ピーク

堂場瞬一

JN030662

朝日文庫

本書は二〇一九年一月、小社より刊行されたものです。

目次

ピーク

第一章　法廷にて

1

「被告人、今の冒頭陳述の内容に間違いはありませんか」

裁判長のお決まりの一言。検察の長い冒頭陳述が終わり、認否の確認の時間だ。永尾《ながお》賢治《けんじ》は自然に、昔の感覚を思い出していた。横浜支局で警察《サツ》回りだった頃は、裁判も担当していたから、こういう場面は何十回も見ている。大抵、被告は取り調べ段階で完全に「落ちて」おり、「間違いありません」と短く認めて、裁判は本番に入るのだ。

しかし、目の前の竹藤樹生《たけふじみきお》は、すぐには言葉を発しなかった。現役時代よりはさすがに細くなっているものの、大きな背中がかすかに震えている。まさか、泣いているのか？　永尾はそっと身を乗り出した。最近とみに目が悪くなってきて、四十歳にしてついに近眼用の眼鏡を手に入れなくてはいけない感じだ。

裁判長と真っ直ぐ向き合って立つ竹藤の背中を、永尾は現役時代のそれと照らし合わせた。当時、この背中は背番号「18」で飾られていた。プロ野球・横浜パイレーツの伝統的なエースナンバー。この背番号を背負ったエースは全員が長く活躍し、球史に名を残している。何しろ、戦後に発足したパイレーツで、「18」をつけた選手は四人しかいないのだ。竹藤の前に三人。この三人が稼いだ勝ち星は、合計で五百勝を軽く超える。そして四人目の竹藤は、歴代「18」の通算勝ち星を七百勝にまで押し上げるのでは、と期待されていた。

一年目から二十二勝もすれば、ファンはそれも当然だと思う。

しかし竹藤は一年限りでユニフォームを脱ぎ、その後パイレーツで「18」を背負った選手はいない。欠番になったわけではないのだが、野球賭博の容疑がかかった選手がつけていた背番号は縁起が悪い、ということだろう。実質的には十七年間、欠番扱いだった。

現役時代を思い出させる大きな背中――今はうなだれ、背後からは後頭部も見えなくなっているほどだった。やがて竹藤は、ゆっくりと頭を上げた。裁判長が発言を促してから、ずいぶん長い時間が経ったように感じる……。

「事実関係はその通りです」

軽く一礼。そこで永尾はふと、彼の現役時代を思い出した。あの年――十七年前、彼が投げるのを何回見ただろう。最初は地元での初戦だった。開幕からの三試合はアウェーで、横浜へ戻ってからの最初の試合だったので、地元ファンにとっては「開幕戦」も同様である。竹藤人気は球団も十分理解していて、公式戦でのお披露目は開幕戦ではなく地元での最初の試合で、と決めていたのだろう。

永尾は、その試合を球場で観戦していたわけではない。入社したばかりで、本社で研修中だったのだ。自分が赴任する予定の横浜で、今年一年、ニュースの中心になりそうなルーキーの初戦を見届けようと、自宅のテレビにかじりついていた。

竹藤は、マウンドに上がる前に一瞬立ち止まり、さっと一礼した。まるで、これからずっとお世話になるマウンドに対して礼を尽くそうとするように。その後、永尾は何度も竹藤が投げる様子を生で観戦したが、初回にマウンドに上がる前には、必ずこの儀式があった。

今の裁判長に対する一礼は、あの時とまったく同じに見えた。現役時代とは多少体形も変わり、十七年分歳を取っているのは間違いないが、それでも当時の佇《ただず》まいが、永尾の頭に即座に蘇る。

あの頃の竹藤は、パイレーツ希望の星だった。いや、長年Bクラスに低迷を続けてきたパイレーツにとって、竹藤は球団が命運を賭ける存在だったと言っていい。地元神奈川出身ということで、早くからチームとは相思相愛の仲と言われていたが、ドラフトの抽選では六球団が競合。パイレーツ弱体化の原因は、毎年くじを引く役割を果たしてきた球団代表のせいだと言われてきた――何しろ七年連続でくじ引きに負け続けていた――のだが、代表はそれまでの失敗を全て帳消しにするように「選択権あり」を引き当て、彼はファンの間ではしばらくヒーロー扱いされた。

あの年のパイレーツは、ずっと浮足だっていたよな、と思い出す。それが災いして、最終的にはリーグ優勝をあと一歩のところで逃したのだが……。

永尾は頭を振った。思い出話は、今はいい。目の前の竹藤に集中しなければ。

しかし初公判は、すぐに終わった。罪状認否が終了すれば、後は次の公判の日程を決めて閉廷。殺人事件の裁判とはいえ、昔のように公判が何か月も続くことはない。殺人事件は裁判員裁判になる決まりだが、裁判員に負担をかけないために公判前整理手続きが行われているので、数回で結審、判決が出るのが普通だ。この裁判でも、おそらく来週には判決が出される。

竹藤は裁判長に向かって一礼し、手錠、腰縄姿で法廷から出された。その姿に、永尾はかすかな違和感を覚えた。

あれから十七年。永尾は竹藤を一度も見ていない。竹藤自身がメディアへの露出を嫌って、徹底して「一般の人」になってしまい、接触はできなかったのだ。竹藤に関する特ダネを書いた時には、まだ入社一年目。横浜支局の駆け出し記者だったわけで、自分のテーマで取材をするような余裕はなく、毎日雑用に追われていた。それに横浜は事件・事故の多い街で、竹藤の事件専従でいられたのは、ほんの短い期間である。

だから、永尾の頭に残っている竹藤の姿は、十七年前のまま、基本的にはユニフォーム姿だった。百九十センチの長身に、がっしりした下半身。いかにもピッチャーらしいその姿は、永尾が「野球選手」として想像するそのままだった。

私服姿の竹藤を見たのはわずか数回だが、その時に抱いた違和感——ユニフォームを着ていない違和感が、今日は脳裏に蘇っていた。竹藤はあくまで「ユニフォームを着ている人」で、それ以外の服は馴染んで見えない。

今日抱いた違和感も、それと同じようなものである。ユニフォームの方が絶対に似合う……竹藤の体形は多少変化していたものの、まだ現役選手の雰囲気をかすかに残していた。もしかしたら、この十七年間、現役復帰を夢見て毎日トレーニングを積み重ねていたのでは……違うだろう。法廷に引っ張り出され、トレーナーにジーンズ姿の竹藤からは、トップ選手特有のオーラが消えている。やはり今は、体が大きいだけの「普通の人」だ。

記者席にいた永尾は、最後に法廷を出た。廊下で、後輩記者の村田《むらた》と目が合う。軽く一礼すると、村田の方から近づいて来た。

「傍聴してたんですか？」やけに目が大きい村田が、その目をさらに大きく見開く。

「ああ」

「仕事で？」

「いや……何というか、因縁の相手なんだ」村田は、十七年前の一件は知らないだろうと思い、永尾は簡単に説明した。「彼がルーキーの頃に取材したことがあってね」

「あの野球賭博事件ですか？」村田がさらに目を見開く。

「ああ」

「永尾さん、あの件の取材スタッフだったんですねえ」感心したように村田が言った。

正確には取材スタッフというより、「主役」である。端緒を摑み、初報の原稿を書き、その後も取材をリードした。しかしそんなことを村田に話しても何にもならない。

「昔の話だよ」

「でも、凄い事件だったんでしょう？　だから今回も、傍聴に来たんじゃないんですか？」

「まあね」何となく、曖昧な言葉遣いに終始してしまう。村田は自分よりも十歳近く年下だ。支局から本社へ上がり、警察回りを終えて司法クラブ——検察庁と裁判を担当する社会部のエリートポジションにいる。取材でも接点がなく、これまであまり話したことがなかったたし、何となく気が引けてしまう。エリートコースに乗った人間は、自分になど興味がないだろう……。

「十七年経っても、竹藤はやっぱり注目の人なんですね。今日も傍聴席、一杯でしたよ。たぶん、普段はこんなところに取材に来ないスポーツ紙の連中でしょうね」

「興味本位の野次馬もいたと思うよ」竹藤樹生という名前は、未だにプロ野球ファンに強烈な印象を与えるはずだ。

「まさか、幻のエースが殺人事件の被告なんてねえ」村田が素直に驚く。「野球のことはあまり知りませんけど、逮捕された時のスポーツ紙の扱い、凄かったじゃないですか」

永尾は無言でうなずいた。それは自分も知っている——スポーツマスコミからすれば、竹藤はまだ「こっちの人」なのだろう。もっとも永尾にすれば、まるで十七年ぶりに、自分の前に亡霊が現れたようだった。いや、追いかけてこそいなかったものの、竹藤の存在は常に自分の頭の中にあったが……。

「裁判は、すぐ終わるだろうな」永尾は微妙に話題をずらした。

「でしょうね。事実関係では争わないだろうし」

「どれぐらいの刑期になると思う？」

「十五年かな」村田がさらりと言った。「単純な殺人ですけど、最近の傾向だとそんな感じですかね」

永尾は思わず唾を呑んだ。十五年……出所したら竹藤は五十五歳だ。サラリーマンならそろそろ、現役生活の「締め」を考える年齢である。四十歳からの十五年——人生の一番充実した時期を刑務所で過ごすことになるわけだ。

あまりにも早くピークを迎えてしまった幻のエースが、新たな転落の坂を転げ落ち始める。人生の中盤に、こんなひどいことが待っているとは、二十三歳の時の彼は予想もしていなかっただろう。

しかし……永尾は何かが引っかかっていた。罪状認否の時、竹藤の態度がおかしかった、とすぐに思いつく。起訴状の内容について問われた時、竹藤の沈黙は不必要に長かった。これまでの取り調べで、事実関係を完全に認め、反省もしていたはずである。それなのに何故か、即座には「間違いありません」という言葉が出てこなかった。

犯罪にかかわった人間は、その後様々なステージを踏む。逮捕された時、起訴された時、初公判、そして判決。そういうタイミングで諦めたり、ごく稀には自分の行為を否定したり……様々だが、心が動くきっかけになるのは間違いない。
竹藤の心も動いたのかもしれない。
しかし、どんな風に？　今の永尾には想像もできなかった。

2

東日新聞の本社は銀座にある。建物は古くなっていて使い勝手は悪いものの、ここを離れて新社屋を――という声はまったく出てこない。銀座というのは、官庁街や政党関係の取材をするのに便利な場所なのだ。それより何より、「食と酒」の利便性は何物にも代えられないということだろう。銀座というと日本を代表する高級な繁華街のイメージがあるが、実際には安く飲み食いできる店がいくらでもある。
建物が古くなっているが故に、最近はいつも補修や配置換えが行われている。社会部の遊軍部屋も、工事のあおりで、ほんの一か月ほど前に引っ越ししたばかりだった。前よりも狭く、物が溢れている。引っ越して狭くなるならやってられないよ、と呆れてしまう。しかし、新しい部署もできるので、既得権益を振り回して居座っているわけにもいかないのだ。

パソコンを立ち上げ、イヤフォンを耳に突っこむ。動画共有サイトで、古いプロ野球の動画を探した。十七年前にはこの動画共有サイトもなかったのだが、それでも竹藤関連の動画は多い。それだけ注目され、ニュースでも散々取り上げられたから、試合を録画していた人も多いのだろう。そういう人たちが何らかの目的でアップする……おそらく、今回竹藤が逮捕された直後には、大量の動画がアップされたはずだ。

竹藤が投げた最後の試合の動画を見つけた。最後は劇的な場面——悲壮な場面と言ってもいい。

この年のパイレーツは、ルーキーの竹藤が二十二勝二敗という驚異的なピッチングを披露したために、久しぶりに優勝戦線に踏みとどまっていた。実際、ペナントの行方は最終戦まで持ち越されていた。

この頃は常勝チームだったスターズが、最終戦を残して首位。0・5ゲーム差でパイレーツが二位につけていた。同じ日に行われた最終戦で、パイレーツが勝ってスターズが負ければ逆転で優勝——絶対に負けられない試合でマウンドに立ったのは、ローテーションを崩して中四日での先発になった竹藤だった。

永尾は、この試合を球場で生で観戦している。

プロ野球チームを担当して取材するのは運動部なのだが、地元の記者も球団の取材は行う。試合以外で地元と関連するニュースもあるわけで、地方版にそういう記事を書くのは、地元支局の記者に任されていた。東日横浜支局の場合は、毎年新人の警察回りにこの役目が振られる。

永尾はしかし、「横浜支局のパイレーツ担当」としてこの試合を観ていたわけではない。

既に竹藤を巡る黒い噂を察知しており、取材も始めていた。試合を観る必要はなかったのだが、絶対に観ておかなくてはならないと球場に足を運んだ——もしかしたらこれが、彼が投げるのを観る最後になるかもしれないと思ったから。

十七年前のシーズン中、永尾は何度も球場に足を運び、竹藤のピッチングに圧倒されていた。特に野球ファンだったわけでもないのに、竹藤に誘導されるようにのめりこみ、パイレーツの球団スタッフにも食いこんだ。それが結果的に竹藤を追い詰めることになったのだが……。

この試合のハイライト場面を上手《うま》く編集した動画でも、竹藤の凄さははっきり分かった。

初回、先頭打者から三者連続三振。速球のマックスは百五十三キロを記録した。このシーズン、竹藤は何度も百五十キロ超の速球を披露していたのだが、この日は明らかに気合いが違っていた。改めて観て気づいたのだが、竹藤は先頭からの三人に対して、速球しか投げていない。普段のピッチングでは多彩な変化球を織りこみ、抜群のコントロールで打者を抑えこんでいたのだが、この時ばかりは打者を「圧倒」するピッチングを狙っていたようだ。

五回までノーヒットノーラン、三振十個を奪うピッチングは、ルーキーイヤーで最高だったと思う。六回に当たり損ねのフライがショートの後方に落ちるヒットを許したが、それでも動揺することはなかった。次打者をセカンドゴロ併殺に切って取り、何事もなかったかのように堂々とマウンドを降りる。ゆっくりと、何事もなかったかのように。

驚異的なピッチングは最終回まで続いた。許したヒットは六回の一本だけ。奪三振は八回までで十四を数えていた。唐突に永尾は、球場の重苦しい空気を思い出した。優勝を賭けた一戦での最高のピッチング。スタンドは盛り上がっていいはずなのに、上から押さえつけられたような雰囲気が漂っていた。

何しろパイレーツも得点できない。

あの頃のパイレーツは、ピッチングよりはバッティングのチームで、勝つ時は常に大量得点、というイメージだった。竹藤が投げていると、最小得点差のピリッとしまった投手戦になる時もあったが、それでもあくまで「海賊打線」が売りのチームだったのだ。

それがこの日、打線は完全に沈黙していた。八回まで散発三安打。優勝のプレッシャーに、打線が完全に押し潰されたようだった。

九回表のマウンドに竹藤が立った瞬間、スタンドを悲鳴のような歓声が回ったのを思い出す。そう、あの時、東京で試合をしていたスターズが負けた、という一報が入ったのだ。竹藤も投球練習に入る前に、スコアボードをちらりと見た。

引き分けなら同率で、優勝決定戦。勝てば優勝。ぐっと有利になったのを意識したのかどうか……この回、竹藤は最悪の悲運を味わうことになった。

きっかけは不運――先頭バッターが放ったサードゴロがイレギュラーしたことだった。低く構えていたサードの頭上を越え、打球は三塁側のファウルグラウンドを転々……打者走者は一気に二塁に達した。カメラはスコアボードを映し出し、そこに「H」が赤く点灯する。

これで竹藤のリズムが崩れた。常に淡々、ピンチを迎えても何事もなかったかのように投球を続けるのが持ち味なのに、さすがにこの時はペースがおかしくなったようだ。ざわめきが広がり、応援団が沈黙する。夏の名残りを感じさせる熱風が頬を叩き、永尾はスコアブックに記入するのを忘れていた――十七年前の出来事が、まるで昨日のようだ。

画面を見ながらも、永尾は記憶を追っていた。竹藤は次打者の初球を暴投する。コントロールがいい竹藤にしては珍しく、慌てた様子は既にいつもとは異なっていた。ノーアウト、ランナー三塁。

スクイズ――球場に悲鳴が走る。小フライになって、キャッチャーとピッチャーの中間地点にバントの打球が飛ぶ。勢いよくマウンドを駆け下りた竹藤が、頭から思い切り打球に飛びついた。グラブの先に引っかかる――と思った。しかし無情にもボールはグラブの先端に当たってこぼれ、一塁側のファウルグラウンドへ転がった。キャッチャーも飛び出しており、三塁ランナーは無人のホームプレートを駆け抜ける。

竹藤は正座していた。まるで先生に怒られるのを待つ小学生のように……画面で顔が大写しになる。唖然としている。あと少し、一センチか二センチの差でボールはグラブからこぼれ、極めて重い1点を先制されてしまった。何が悪かったのか、必死で考えているような顔つきである。スクイズを読み切れなかったことか、打球への反応がわずかに遅れたことか。

均衡は破れたものの、竹藤はまだ踏ん張っていた。一塁へ生きた打者を牽制で刺し、続く二人の打者をいずれも内野ゴロに打ち取った。

九回を投げ切り、百十二球、自責点1。文句のつけようのないピッチングだったが、パイレーツ打線は竹藤の奮闘に応えられなかった。九回裏の攻撃は七番から。レフト前ヒットで出塁し、次打者の送りバントで二塁へ。九番の竹藤に打順が回ったところで、当時「代打の切り札」として人気も高かったベテランの清田《きよた》が打席に向かう。

球場の盛り上がりは、この時がクライマックスだった。何かが起きる……永尾は野球の残酷さをまざまざと見せつけられることになった。

清田は積極的に初球を打って出た。とにかく待たない、いい球なら絶対に見逃さないタイプで、その思い切りの良さがファンには人気だったのだが、この時は打ち損じた——いや、打ち損じてはいない。打球は鋭いライナーになって、ピッチャーの横を抜けたのだ。しかし相手チームのセカンドが素晴らしい動きを見せた。予《あらかじ》めそこへ飛んでくるのを予想していたかのように、二塁ベース寄りの打球に飛びつく。ダイビングキャッチすると、ベースカバーに入ったショートにグラブトスし、二塁ランナーは戻り切れずにダブルプレーが成立した。

永尾は、あれほど暗く大きな沈黙を経験したことがなかった。悲鳴や野次が飛んでもおかしくなかったのに、満員のスタンド全体が、言葉を奪われてしまったようだった。永尾も同様。しばらくして、口が乾いているのに気づいた。ダブルプレーが成立した瞬間から、ずっと口を開けっ放しだったのだ。

パソコンの画面には、ダグアウトで戦況を見守る竹藤の姿が映っている。タオルを口に押し当て、身じろぎも瞬きもせずにグラウンドを凝視していた。泣いているのか？いや、その目は涙で光ってはいない。

竹藤は挫折してはいなかった。ダメージは負っていたものの、膝から崩れ落ちる訳ではない……それは試合後の会見で明らかになった。

「来年は一つも負けないようにしたい」

彼が言うと、それも冗談ではないように聞こえたものだ。この年竹藤に負けをつけたのは他にスターズだけ……この二敗がなければ、優勝していたかもしれない、という思いがあったのだろう。

その会見には永尾も出席していたのだが、複雑な気分だった。

竹藤が今年の調子をキープすれば、パイレーツは来年も優勝戦線に絡めるだろう。だがその前に大きな壁が立ちはだかる――永尾という大きな壁が。

パイレーツファンには申し訳ないが、許せることと許せないことがある。その「許せないこと」を、永尾は自分の手に摑んでいた。

「何だよ、呑気に動画見物か」

「あ……ああ」

永尾は慌ててイヤフォンを耳から引き抜いた。振り向くと、一年先輩の遊軍記者、藤《ふじ》川《かわ》が立っていた。今日もぱりっとした着こなし——ウィンドウペインのスーツにワイドスプレッドカラーのシャツ、濃紺がベースのペイズリー柄のネクタイという洒落《しゃれ》た格好だった。下までは見なかったが、靴も完璧に磨き上げられているに違いない。

「連載の原稿、できたのか？」

「だいたい完成してます」

「明日までに、一応見せてもらうことになってたよな」

「大丈夫です。明日、出しますよ」

社会部が一年がかりで取り組んできた大型連載、「中抜き社会」の第五部である。コミュニケーションの変化を追ったこの連載の最終第五部では、永尾が一回目の原稿を書くことになっていた。藤川は、この連載の取りまとめ役だ。原稿には何かと煩《うるさ》い男で、永尾はデスクよりも藤川に原稿を読まれるのが嫌だった。四十にもなって、原稿にあれこれ文句をつけられるのはたまらない……。

「じゃあ、今日のところは呑みに行くか」

「そうですねえ……」何かと細かくしつこいこの男は、酒を呑む相手としては相応《ふさわ》しくない。とはいえ、つき合いは長い——横浜支局時代からだから、気心は知れている。若い連中と呑みに行くのも気が進まないし、どうせ呑むならこの男との方がましだろう。

今日は呑まずにいられない気分だった。

「よし、決定だ」藤川がにやりと笑う。童顔のせいか、笑うと四十歳を超えているようには絶対に見えなかった。

二人は連れ立って、中央通りを新橋の方へ歩いて行った。首都高の下にある銀座ナインの地下に、社会部行きつけの店が何軒かあるのだ。

二号館の地下にある和食屋に落ち着く。昼は定食でよくお世話になる店で、とても銀座のビルの地下にあるとは思えない雰囲気……年季の入った暖簾《のれん》など、ビルの中の店とは信じられないほどだった。

基本的には定食屋なのだが、単品料理を頼んでビールを楽しみ、最後に残った料理でご飯を食べて腹を膨らませるというのが、永尾がいつもやっている注文方法だった。

それにしても安い。野菜の煮物や白菜の卵とじが三百円。卵焼きが四百円に、冷奴が二百円。昼間は五百円のワンコイン定食を出すのだが、この値段は銀座でなくても破格だろう。今時、二十三区内でこの値段で定食を出す店は希少である。

二人は適当に料理を頼んで、ビールで乾杯した。周りは、残業に備えて定食をかきこんでいるサラリーマンばかり。そういう人たちに囲まれてビールを呑んでいるのは、少しばかり後ろめたいような、優越感があるような、不思議な気分だった。

話題はしばらく、連載の件で進んだ。社会面の連載は、遊軍の大きな仕事の一つである。インターネットや携帯電話の普及でコミュニケーションの質がどう変わってきたか──今回のように、誰が担当しているか曖昧なネタに関しては、だいたい遊軍が引き受ける。

永尾としては、どうでもいい仕事……通常の仕事の範囲を一センチもはみ出さない仕事だった。別に自分が提案したわけでもないし、取材チームの中心にいるわけでもない。割り振られた仕事だから、淡々とこなしてきただけだ。

話しているうちに、藤川の口調が次第に冷たくなってきたのに気づいた。酒は好きだが、アルコールが入っても陽気になったり声が大きくなったりするわけではなく、少し皮肉っぽくなるのがこの男の特徴だ。今は……毎度聞かされる話だが、「もっとやる気を出せ」と言いたいのだとすぐに分かる。

「来年の六月は、大きな異動になるらしいぞ」唐突に話題が変わる。

「でしょうね」株主総会後の六月には、毎年一番大きな異動がある。「たぶん部長も変わるし、相当でかいガラガラポンになるんじゃないですか」

「俺はデスクに上がるかもしれない」

「ああ……おかしくない年齢ですよね」

現場の記者で活躍できるのは、おおむね四十歳ぐらいまでだ。四十代前半で、取材の指揮を執るデスクになるというのが、東日社会部の通常の人事である。

「俺もそうだけど、お前もいい歳だぞ」

「ですね。来年は四十一ですよ」

「そろそろ、先行きを考えた方がいい」

「先行きって……」永尾は戸惑った。

「残りの二十年、この会社でどうやって生きていくかだ」

「いや、そんなこと言われても」永尾は少しだけ声を張り上げた。生き方など、他人にとやかく言われることではない。

「このまま社会部でデスクになって、あと数年取材にかかわるのか、あるいは他の仕事を始めるのか。そろそろ他の仕事を始めてもいい年齢なんだよ」

永尾は曖昧にうなずいた。あまり嬉しくない話だが、四十歳になると、記者職から離れてしまう人間も少なくない。様々な事情で編集局以外の部署へ転身する人間は、社歴が長くなるに従って増えるのだ。四十歳を過ぎて改めて新入社員になるようなもので、ストレスから体調を崩す人間も少なくない。しかし四十を過ぎた多くの人間には生活があり、家族を守るためには多少の無理をしてでも頑張る――永尾には家族がいない。背負うものがないが故に、上も動かしやすいと考えているのではないだろうか。

　それでも別に構わない。

　記者として、これ以上やれることなどないと思う。所詮、向いていなかったのだ。

「最近、何かいいネタはないのか？」

「そうですねえ……」永尾は箸を持ったまま拳で顎《あご》を擦った。

「そろそろ何か、勝負しろよ。昔の名前で出ていますってわけにはいかないんだぜ」

「分かってますよ」ついぶっきら棒な口調になってしまう。藤川に言われなくても、自分が一番よく分かっているのだ。

「確かに、あの特ダネは超一級品だった。何しろ新聞協会賞だからな」

「古い話ですよ」

「分かってるなら、そろそろ新しい一歩を踏み出さないと」

「それじゃまるで、俺が十七年前から変わってないみたいじゃないですか」

「そう見られても仕方ないってことだ」

　藤川の言い方には容赦がなかった。昔から辛辣《しんらつ》、さらに酒が入ると毒舌が凄みを増すのだが……普通の記者ならこれで参ってしまうだろうな、と永尾は思った。自分は横浜支局、さらに社会部の後輩でもあるから、すっかり慣れているのだが。

「そう言えば、竹藤樹生がパクられたんだよな」

「今日、初公判だったんですよ」言ってしまってから、瞬時躊躇《ちゅうちょ》する。あの裁判を傍聴したことを知ったら、この皮肉屋の先輩は何を言うだろう……しかしすぐに気を持ち直して打ち明けた。「傍聴してきました」

「ほう」藤川がテーブルに身を乗り出す。「因縁の相手の面《つら》を見に行ったわけか」

「そういうつもりじゃないんですけどね……」

だったらどうして、と自問する。分からなかった。自分は司法担当の記者ではないから、裁判の記事を書くことはない。興味本位で傍聴している暇な人たちと変わらないわけだ。

しかし……確かに竹藤は因縁の相手と言っていいかもしれない。永尾の方が一方的に因縁を感じているだけだろうが。竹藤は、永尾のことを何とも思っていないだろう。十七年前、永尾は竹藤を直撃取材した。しかし、竹藤が永尾をずっと覚えているとは思えない。

「しかしまさか、竹藤が殺しとはね」

「信じられませんね」

「転落の歴史ってやつか？　裁判では、今後そういう話も出てくるんだろう？」

「どうですかね。裁判の行方までは読めませんけど……」

「掘り下げてみたらどうだ？」

「え？」

「だから、竹藤の人生を」藤川が箸をそっと置き、ビールを一口呑んだ。「あの事件がなければ、竹藤は間違いなく球史に名を残す選手になったよな？」

「俺もそう思います」

「もちろん、野球賭博は犯罪だ。プロ野球選手がそんなことに手を染めたら、自分で自分の首を絞めるようなものだしな。そんなことをしてしまった竹藤の人生は、その後どうなったのか……典型的な転落の歴史だけど、読者はそれを知りたがるんじゃないかな」

「そんなの、週刊誌やスポーツ紙が散々書いてますよ」永尾も一通り目を通していた。抜群の成績で新人王を獲得した元プロ野球選手の転落の歴史は、週刊誌やスポーツ紙にとっては格好のネタだろう。しかし新聞にとってはどうか……確かに竹藤は、一年だけ輝いた。その光度は、他の選手の活躍を完全に霞ませてしまったと言っていいだろう。だが、あれから十七年も経っている。今さら彼の人生をひっくり返して何になるのだろう。だいたい、新聞の短い記事では、竹藤の転落の人生をまとめきれるものではない。スポーツ紙なら連載にできるかもしれないが、一般紙では難しいだろう。

「新聞には新聞なりの書き方があるだろう。いつだって、そういうのを探っていかないと。最近の紙面には、人間ドラマが足りないと思わないか？」

「それは認めますけどね」東日の社会部は、昔から事件に強いと言われていた。その反動というわけではないだろうが、ちょっとした人情話や「いい話」の類は軽視されがちである。「藤川さんは、別に人情派じゃないでしょう」

「俺が書くかどうかはともかく、読むのは嫌いじゃないぜ」

「そうなんですか？」十七年間もつき合っているのに初耳だった。何しろ藤川は、十八年の記者人生の大半を事件取材で過ごしてきた男なのである。

「いいから、ちょっと取材してみたらどうだ？」

「ええ……」

「竹藤は、お前の運命を変えた男だろうが。その男がどうしてこんなことになったのか、興味はないか？」

「ないわけじゃないですけどね」

「何だよ、相変わらずはっきりしない男だな」藤川がにやりと笑う。「ここは奢ってやるから、それでどうだ?」

永尾は曖昧な笑みを浮かべた。ここの奢りと言ったって、千円か二千円……俺もずいぶん安く見られたものだ。

だいたい、こんなことを言われなくとも、竹藤に関しては調べてみるつもりではいたのだ。いや、実際に調べるかどうかはともかく、興味は持っていた。だからこそ、逮捕されてからの竹藤に関する記事は全て集めていたのだし。純粋に、十七年前にかかわり合った人間がどうなったか、興味を引かれていただけ……だが藤川にせっつかれて、本当は自分が何をしたかったのか、ようやく自覚した。

竹藤を知りたい。

自分が破滅させてしまった男が、これまで十七年間何をしてきて、どうして人を殺す羽目に陥ったのか、知りたい。

3

自分にまだ「瞬発力」が残っているのに気づいて、永尾は驚いた。このところずっと、だらだらと仕事をするばかりで、自分から積極的に打って出るようなことはなかったのに。

藤川との夕食を終えても、まだ八時——新聞記者にとっては昼間のような時間帯である。一方面の警察回り、東田《ひがしだ》と連絡を取り、早々に千代田署の近くで落ち合うことにした。

千代田署は警視庁管内の「A級署」の一つで、日比谷、有楽町界隈を管轄している。東日の中でも、この署を担当する警察回りは特別な存在であり、他の署で一度警察回りを経験した記者が回される。事件取材に慣れていて、しかも腰の軽い人間……この署が東日の本社に一番近いので、何かあった場合に召し上げられる要員でもあるのだ。

東田は実際、腰が軽かった。泊まり勤務の時に何度か話したことがあるので、気安い性格なのも分かっている。

電話を入れた後、千代田署まで歩いてしまう。山手線の駅にすれば一駅しか離れていないので、十分ほどしかかからない。風が強い十二月の夜で、寒風を浴びて歩いているだけでビールの軽い酔いは抜けてきた。

落ち合ったのは、署からも近い広場にあるゴジラ像の前だった。東田は、植え込みの周囲のベンチになっている場所に腰かけ、長身を折り畳むようにしてスマートフォンを覗きこんでいた。確か、ひどい近眼なのだ。

「よう」声をかけると、笑みを浮かべて立ち上がる。何となく余裕がある……まだ三十歳で、今風のすっきりしたイケメンだが、何故かベテランの事件記者の風格があるのだ。おそらくその経験故だろう。初任地の福島支局では東日本大震災に遭遇し、そこから異動した横浜支局では、川崎の老人ホーム連続殺人事件を取材している。周囲の評価は「事件を呼ぶ男」。かといって、本人は事件・事故の取材が特に好きなわけではないと言うが。

「飯、食ったか？」

「済ませました」

「じゃあ……コーヒーでも飲もうか」この時間なら、本当は酒を奢って喋らせるべきだが、東田は酒がまったく呑めない。

「いいですよ」

「時間、大丈夫だよな？」

「今日は今のところ何もありませんし、本社に呼ばれそうもないですから」東田がにやりと笑った。

「何もないなんて珍しいな」

「そうなんですよ」顎に力をこめて東田がうなずく。「でも、ちょうどいい骨休めです。

最近、ばたばたしてましたからね」

東田の案内で、二人は近くの喫茶店に入った。チェーンの「喫茶店」で、「カフェ」ではない。コーヒーは少し高いが、落ち着いた雰囲気で、ゆっくり話をするにはいかにも適した場所だった。しかも喫煙席がある。二人とも煙草を吸うので、東田はこの店を選んだのだろう。

席に落ち着くと、永尾は注文する前から早速煙草に火を点けた。

「竹藤の件なんだけどな」永尾はすぐに切り出した。

「はい」電話で用件は話していたので、東田の反応は早かった。

「あの事件、最初から取材してたんだろう?」

「あの日は帰りそびれましたよ」苦笑しながら、東田がスマートフォンを取り出した。しばらく画面に視線を落としていたが、すぐに納得したようにうなずく。「何もなくて、そろそろ引きあげようかと思っていたんですけど、一報が入ってきたのが九時半で」

永尾はうなずいた。警察回りの仕事時間は非常に曖昧なのだが、一応「十時から十時まで」というのが一つの目安だ。しかも一週間に一回は本社での泊まり勤務が回ってくる。最近の感覚では完全なブラック企業なのだが……この辺は、あまり改善されていない。休むのは自己裁量で、という考えなのだ。それ故、何もなければさっさと持ち場の署を離れたいと思うのが普通だ。

「現場には、九時四十五分に入りました」

「早いな」永尾は思わず目を見開いた。

「いやあ……たまたま近くにいたんですよ」

「赤坂なんかで何してたんだ？」

「管内視察です」しれっとした口調で東田が言った。

これが警察回りの唯一のメリットと言っていいだろう。何か取材に縛られていない限りは、自由に動ける。本社サイドではこういう状態を「放流」と言っているのだが、管内をひたすら歩いて人と会い、街の雰囲気を肌で感じ、小さなネタをほじくる——それこそが警察回りの醍醐味である。最近は何かと忙しく、何かあると本社に召し上げられて遊軍の手伝いをすることも多いのだが。だいたい警察回りを任される一年間のほとんどを、遊軍のプロジェクトを手伝って終える記者もいるぐらいだ。

とはいえ、街歩きが好きな人間にとって、警察回りは素晴らしい仕事だ。特に一方面は千代田・中央・港の都心の三区を担当するので、歩いて面白い場所には事欠かない。特に夜の街……全ての繁華街を制覇しようとしたら、肝臓を壊すだろう。

二人はコーヒーを注文した。運ばれて来た水を一口飲んで、東田が続ける。

「……とにかく、十五分で現場に到着しました。そのうち十分は、現場の店を探すので終わったんですけど」東田が苦笑する。

「よく覚えてるな。もう三か月も前だぞ」

「ああ、スマホで日記をつけてるんですよ。日記というか、備忘録みたいなものですけど」

「そんなことして、どうするんだ？」

「俺が過労死したら、それが証拠になるでしょう？」

東田がにやりと笑う。今の彼の元気な顔を見た限り、過労死とは縁遠い感じがしたが。元気一杯というわけではないが、軽口を叩く余裕もあるし、顔色もいい。

「なるほど……俺もそうした方がいいかな」永尾は話を合わせたが、そんな必要はない、とすぐに恥ずかしく思った。何というか、永尾は疲れていない。疲れるほど仕事をしていない。日々の仕事は、完全に「慣れ」だけでこなせるのだ。慣れてさえいれば、どんなに仕事が深夜に及んでも、休みがない日が続いても、疲れずにこなせる。人が疲れるのは、初めての出来事に対応しなければならない時が多いのだ。どうしていいか分からず、あれこれ考えているうちに、無駄に時間だけが経ってしまう。

「何かと便利ですけど……とにかく、現場へは行きましたけど、例によってまったく近づけなくて」東田が苦笑した。

　永尾は無意識にうなずいていた。警察はずっと、記者を現場から遠ざける方向で動いている。要するに「荒らされたくない」からなのだが、年長の先輩たちに話を聞いていると、以前ははるかに取材は自由だったようだ。警察が現場で規制線を張るのは昔から同じだが、平気でその中へ突っこんでいったり、あるいは会議中の所轄の刑事課に密かに忍びこんだり……警察が、そういう自由な取材を嫌うのは永尾にも理解できる。昔は大らかだったのが、次第に締めつけがきつくなったのだろう。

「連絡は警視庁クラブから？」

「もちろんです」

　警視庁クラブの一番大きな役割は、「アンテナ」になることだ。都内で起きた事件・事故については、警視庁の広報課が一括して情報を管理する。クラブの記者も広報課も二十四時間体制で、何かあると、広報課の人間が記者クラブに飛びこんで一報を流すのだ。それを元に、警察回りや本社の遊軍が現場に向かう。警視庁クラブの担当記者も現場に出向き、さらにその後の本部での取材を一手に引き受けるわけだ。

「どんな現場だった？」

「いかにも赤坂……説明しにくい場所なんですけど、外堀通りから二本入ったところです。駅で言うと、赤坂じゃなくて赤坂見附ですね」

あの辺にはあまり縁がない永尾も、だいたいの場所は想像できた。アスファルトの舗装路ではなく、石畳の道路で、両側には飲食店の入ったビルがびっしりと建ち並んでいる。

「とにかく現場は、飲食店ビルの地下一階の店でした」

「ああいう事件が起きるには、早過ぎる時間じゃないかな」

「いやあ、人を殺すのに適当な時間なんてないでしょう」東田が長い髪をかき上げた。ずいぶん皮肉っぽいことを言う男だ、と永尾は驚いた。この男も、ある程度は磨《す》り減っているのかもしれない。荒っぽい事件や悲惨な事故の取材を長く続けてきて、皮肉の一つも吐かない記者などいない。

「実際には、あまり取材してないんですけどね……その夜は、近所で聞き込みしたぐらいで」

「だろうな」警察が現場を完全に封鎖してしまえば、取材は非常に不自由になる。「ところで、竹藤樹生って言われてすぐにピンときたか？」

「もちろん」東田が身を乗り出した。「俺、野球少年だったんですよ。あの年の竹藤は、間違いなく俺のヒーローでしたね。俺もピッチャーをやってたんで」

「じゃあ、あの事件はショックだっただろう？」

「中学生だったんで、詳しいことは分かりませんでしたけど、やばいなってことは分かりました。今考えると、とんでもない事件ですけどね。でも、本人は起訴されたわけでもない」

「ああ」

「末端……というか、先輩に誘われて、仕方なくつき合っただけでしょう？　それだけで永久追放、今でも名誉を回復できないっていうのは、ちょっときつ過ぎると思いますけどねえ」

「仕方がないんじゃないかな。子どもの手本になるべき人間が野球賭博にかかわった……噂だけでも致命傷だと思うよ」

「ですかねえ」東田が首を傾げる。

どうやら東田は、俺があの事件を取材していたことは知らないようだ。わざわざ教える必要もないだろうと考え、永尾は先を促した。

「あの辺では、竹藤は常連だったのか？」

「それが、誰も見た人がいないんですよ」

「ということは、たまたま赤坂にいて、事件を起こしたということかな？」

「そうだと思いますよ。だいたい、家は川崎、会社は新宿ですから、赤坂にはあまり縁がないんじゃないかなあ……そもそも、赤坂で自由に呑めるほど、稼いでいないと思いますけどね」

「ああ」

「とにかく、目立つ人でしょう？　体も大きいし、名前も通っているし。顔だって、昔と大きくは変わってませんよね？」

それは東田の指摘する通りだ。永尾も、送検される竹藤の写真を見たが、十七年前のルーキー時代の印象がまだ残っていることに驚いた。さすがに、日焼けはすっかり抜けて顔色は白かったが。

「ある程度の年齢より上のプロ野球好きだったら、絶対に一目見れば分かりますよ。何しろ、ルーキーで投手五冠ですからね。メディアの露出も凄かったでしょう？」

「投手五冠って、どのタイトルだったっけ？」

「勝ち星、完封、勝率、奪三振、防御率」東田がすらすらとタイトルを挙げた。「これは壁が高いですよ。打者の三冠王の方が、人数は多いんじゃないかな。もちろん、延べですけど」

「さすが、元野球少年だ」

褒めると、東田が照れ臭そうな笑みを浮かべた。スマートフォンをテーブルに置き、コーヒーがテーブルに置かれるのを待った。この店では小さな茶菓子——クッキーだった——がついてくる。東田はクッキーを口に放りこむと、すぐにコーヒーで洗い流した。永尾はコーヒーだけを飲む。甘い物はあまり好きではないのだ。

「それに加えてあの事件ですから……プロ野球ファンの中では、ある意味伝説の存在ですよね」

「ああ」

「だから、聞き込みで名前を出すと、すぐに分かる人が多かったですね。ああいう繁華街って、誰がよく来るとか、最近は来てないとか、噂が結構回るんですよ。特に有名人の場合は……俺が聞き込みした範囲では、事件以前に竹藤を見かけた人間は、誰もいませんでしたね」

その聞き込みはどれだけ完璧だったんだ、と言いそうになった。もちろん、完璧だったはずがない。赤坂の繁華街の全ての店で聞き込みするなど、不可能なのだから。

そして永尾は、実際に竹藤が「赤坂には縁がなかった」と証言しているのを知っていた。今日の冒頭陳述でも「仕事帰りにたまたま訪れた赤坂のスナックで」という一節があったぐらいである。本当に「たまたま」赤坂で一杯やっていて、「たまたま」事件を起こしてしまったということか……しかし酒の席でのこととはいえ、殺人は殺人である。喧嘩の果てに、たまたま相手を殴り殺してしまったのなら、「傷害致死」でもおかしくなかったのだが、相手を「刺した」となると、やはり殺人罪が適用される。ただ発作的に殴りつけたのとは違い、明確な殺意があったと認定されることが多いからだ。刃物で刺せば死ぬかもしれない——それが分かっていて行為に及ぶのは、まさに「未必の故意」である。

「赤坂で呑んでなければ、あんな事件には巻きこまれなかった、ということか」

「でしょうね。慣れない街で呑んでると、トラブルも起きがちなんですよ……実は何日か経ってから、現場のスナックに行ってみたんですけどね」

「ずいぶん熱心だな」殺人事件の場合、発生直後はともかく、その後の取材は警視庁クラブの捜査一課担当が引き継ぐことが多い。よほど複雑、かつ犯人が分かっていない事件では、警察回りが応援に入ることもあるが、竹藤の場合は事件としては単純だった。何しろ警察が現場に駆けつけた時には、竹藤はまだその場にいたのだから。

「いやいや、どんな場所か気になったものですから」少し照れたように東田が言った。

「店の中じゃないんだよな」

「外の通路ですね」東田がうなずき、メモ帳を取り出した。大雑把に図を描いて説明する。「竹藤が呑んでいた店――『茉莉花《まりか》』はここです」ボールペンの先で、四角く囲んだ場所を指す。「事件が起きたのは店のすぐ外です。通路の両側には店が八軒並んでいたんですけど……」東田が四角を次々に書きこんだ。「悲鳴が聞こえて、周りの店から次々に人が出てきたそうです。そりゃそうですよね。こんな店の密集地で人を刺したら、すぐに分かります」

「だろうね」永尾はうなずいた。

「外へ出たら人が倒れていて、血まみれの包丁を持った竹藤が突っ立っていた――俺が話を聞いた人は、全員、そのまま店に戻ったって言ってます」

「取り押さえるのは……できないか」

「無理ですよ」東田が苦笑した。「身長百九十センチの人間が血まみれの包丁を持って立ってたら、永尾さんだったらどうします？」

「逃げるだろうな」

「ですよね」東田がうなずく。「とにかく、一斉に一一〇番通報が入ったそうです。それですぐに警察官が駆けつけて、身柄を確保。竹藤はまったく抵抗しなかったそうです」

永尾はうなずいた。その時の様子は簡単に想像できる。人を殺す――それは犯罪の中でも最も罪が重い行為だ。人を刺し殺してしまった人間は、一目散にその場を逃げ去るか、それとも逃げることも忘れて立ち尽くしてしまうか、どちらかだ。

「被害者——田野倉康夫《たのくらやすお》とは、まったく面識がなかったんだよな」

「店で初めて会ったそうです。それは、『茉莉花』のマスターにも聞きましたから、間違いないですよ」

「そのマスターは、争いになった現場を見てるのか?」一番近くで見ていた人間——最も重要な証人になるはずだ。

「いや、それが見てないそうなんです」

「じゃあ、どうしてトラブルになったかは分からないじゃないか」

「あの、『茉莉花』って結構広い店なんですよ」言い訳するように、東田が言った。「マスターがいつもいるカウンターの中からだと、見えない席もあるぐらいなんです。それに、結構でかい音でBGMが流れているんで、ちょっと言い合いになったぐらいでは聞こえないんじゃないかなあ」

「なるほど」

「それで、マスターがちょっと席を外した間に二人は店からいなくなって、表で大騒ぎに——ということみたいですね」

「初対面同士が酒の席でトラブルか……あり得ない話じゃないな」

「ですね。よくある話ですよ」東田がコーヒーを一口飲んだ。「容疑者が竹藤じゃなかったら、ベタ記事扱いじゃないですか」

「そもそも社会面に載らずに、都内版だったかもしれない」

「これぐらいの殺しなら、そんなもんですよね」

実際には社会面で三段見出しの扱いになった。「裏一面」ででかでかと取り上げたスポーツ紙もある。プロ野球シーズン終盤で、紙面も狭い中、それでも大きく扱う価値のある事件——人物だったということだろう。

「状況は分かった……何か、おかしいと思うようなことはなかったか？」

「何かあるんですか？」警戒するように、東田が逆に訊《たず》ねた。

「いや……今日、初公判だったからね」

「夕刊で読みましたけど、別に問題ないですよね」自分の取材に何か問題があったのかと恐れるような口調だった。

「公判は問題なく進んだよ」

「傍聴したんですか？」

「ああ」

「やっぱり、昔自分がかかわった人のことは気になるんですか?」

「——そうかもしれないな」何だ、俺が十七年前に賭博事件を取材していたことを、こいつは知っていたのか……。

「でも、あの仕事は凄かったですよね。何しろ新聞協会賞ですから」

「古い話だよ」持ち上げられると白けてしまう。

「横浜支局では、今でも語り継がれているそうじゃないですか」

「そんな昔の事件を語り継いでもしょうがないよな」永尾はさらりと言った。「横浜なんて、昔から事件が多いところだから。特ダネだってたくさん出てる」

「でも、新聞協会賞を取るような特ダネなんて、滅多にないですよ。本社から出たネタじゃなくて、支局で摑んだところに価値があるんじゃないですかね」

「古い話だ」永尾は繰り返し言って、この話題を打ちきりにかかった。

東田が、悪意でこの話を持ち出したわけでないことは分かっている。彼にすれば、純粋に先輩の仕事ぶりを尊敬している、ということだろう。

だが永尾は、そういう話題の陰にある本音を邪推してしまうのだ。

だいたいあれからお前は、何かいい仕事をしたのか? 東日史上最大の一発屋ではないのか?

4

永尾は赤坂に転進した。こういう時は出だしが肝心……気になったらすぐに動き出さないと、なかなかスピードが上がらない。

「茉莉花」は、赤坂に無数にありそうなスナックの一つだった。地下一階の通路の両側にある店も、全て同じようなものだろう。名前を入れ替えても、まったく区別がつかないような。

重いドアを押し開けて中に入ると、薄暗さに目が慣れるまでしばらくかかった。こういう店でも最近は完全禁煙の場合が多く、「茉莉花」も例外ではなかった。永尾が入社した十七年前には、酒場と言えば紫煙とワンセットの存在だったのに、この店では見事に煙草の臭いがしない。

東田に説明を受けていたので、マスターの永沢《ながさわ》はすぐに見つかった。東田曰く「中年ヒッピー」。痩せた体形に、肩まで届く長髪を後ろで縛っている。そういう髪型なのにきちんとスーツを着こなしているので、非常にアンバランスな感じだった。しかも額の上にサングラスを跳ね上げている。街中を歩いていたら、絶対に悪目立ちするだろう。

カウンターにつき、ハイボールを注文する。こういうアルコールを煙草抜きで楽しむのはなかなかの苦行なのだが……今日はあくまで取材だ、と自分に言い聞かせた。ハイボールを一口だけ呑むと、すぐに名乗って永沢に話しかける。

「いやあ、もう勘弁して下さいよ」永沢が苦笑しながら、永尾の名刺を取り上げる。

「ああいうこと、店にとってはあまりよくないんで」

「それは分かります。でももう、三か月も前のことですよ？　お客さんも忘れてるんじゃないですか？」

「忘れようとすると、あなたのような人が思い出させてくれるから」永沢が渋い表情を浮かべる。

「申し訳ありません……でも、事件自体はまだ終わっていないので」

「とっくに終わってるでしょう？」永沢が目を見開く。

「まだ裁判が始まったばかりなんです。判決が確定するまでは、事件は終わらないんですよ」

「そんなものですか？」

「そんなものです……とにかく、あの事件の日の様子を教えてもらいたいんです」

「そう言っても、結構前の話ですからね」

明らかに乗り気でない様子で、永沢がグラスを取り上げる。曇り一つないグラスなのに、やたらと丁寧に拭き始めた。放っておいたら、そのまま沈黙を続けるだろう。永尾は慌てて話を続けた。

「あの日は、お客さんは多かったんですか？」

「少なかったですよ。今日ぐらいかな」

言われて、永尾は後ろを振り向いた。かなり広い店内は薄暗く、全体の様子はよく分からない。カウンターの他は全てボックス席。内密の話をするにはいかにも適した雰囲気だ。

「半分ぐらい？」

「半分も入ってなかったでしょうね。時間も早かったんですよ。うちが賑やかになるのは、十時を過ぎてからですから」

「他の店で呑んでから、二軒目で、という感じですかね」

「そうなんでしょうね」依然としてグラスを拭く手を止めようとしない。

「加害者と被害者——竹藤と田野倉さんは顔見知りではなかったんですね？」

「そうだと思いますよ。二人とも、私は初めて見る顔でしたから」

「竹藤のことは分からなかったんですか？　有名人ですけど」

「元プロ野球選手でしょう？　だけど、知らなかったですね。こういう商売をしていると、プロ野球の試合がある時間帯は仕事ですから」

「なるほど……客同士で揉めてたんですか？」

「そういう気配は感じなかったですねえ」永沢はさらりと言った。「ボックス席に座っていると、よほど大声で怒鳴り合ってでもいない限り、カウンターの中からは分からないですから」

「プライバシー重視ですか」

「うちは女の子もいないし、カラオケも置いてないので……普通に呑んで話をするお客さん向けなんですよ。私はその邪魔をしないように気をつけてるだけです」

「いい店ですね」

永沢が苦笑した。そんなことを褒められても……と白けているのだろう。

「事件が起きた時、店から出ていたんですか？」

「ちょっとだけね。お客さんも少なかったし、一服……」永沢が人差し指と中指を伸ばして、口元に持って行った。

「煙草ですか？」

「そう、店は禁煙ですから」

「マスターが吸うなら、喫煙可でもいいんじゃないですか？」

「オーナーの指示なんですよ」永沢が苦笑した。「雇われマスターなんて、何の権限もないんで。お客さんもよく分かってますから、たまに外へ出て一服してるんですよ」

「どれぐらい外していたんですか？」

「五分……十分にはならなかったかな」永沢が首を傾げる。

「そんな短い時間にトラブルが起きて、殺人事件にまでなったんですか？」

永尾は思わず声を張り上げてしまい、慌てて周囲を見回した。目の前の永沢は硬い表情……こんな話を店の中で大声でされたらたまったものではない、と思っているのだろう。

「……失礼しました」

「本当に勘弁して下さいよ」永沢が泣きつく。「オーナーにもだいぶきつく言われたので……事件が起きた責任はお前にもあるって」

「そんなことまでは、責任は取れないでしょう」

「そうは思いますけど、オーナーの立場からすると……苛《いら》つくんでしょうね」永沢が寂しそうな笑みを浮かべた。雇われマスターは、やはり窮屈な思いをすることが多いのだろう。

「戻って来たら……」永尾は話を引き戻した。

「通路で、あんなことになっていて」永沢が一瞬目を閉じる。もう三か月も前のことなのだが、未だに記憶は鮮明なようだ。ぎゅっと引き結んだ唇の端が震えている。

「それからどうしました？」

「すぐに外へ出て、一一〇番通報しました。警察が来るまで、ずっと外にいて」ようやく永沢が目を開ける。

「怖かったですね」

「当たり前ですよ」怒ったように永沢が言った。「あんな大男が刃物を持って立ってるんだから。近づいたら何されるか、分からないでしょう」

「逮捕された瞬間、見ましたか？」

「ええ……何か、気が抜けましたけどね。制服警官が何人も来て、『刃物を捨てろ！』って言ったらすぐに包丁を落としましたから。素直だったですね」

「その包丁は、この店のものじゃなかったんでしょう？」

「まさか」永沢が激しく首を横に振る。「そんなことになったら、この程度の騒ぎじゃ済まないですよ」

少なくとも、永沢は馘《くび》になっていただろう。勝手に店を離れ、その間に調理道具を凶器に使われたら……気の短いオーナーは、永沢の管理責任をきつく追及していたはずだ。

それにしても、包丁の出所は謎だった。

犯行に使われた包丁を、竹藤は「持っていた」と供述している。自宅から持ち出したもの、という話だったが、料理人でもない限り、包丁を持ち歩くのはいかにもおかしい。しかしその件について、竹藤は供述を拒んでいたはずだ……詳しく調べてみないと分からないが、本当に供述していないとなったら、いろいろと問題がある。

被害者の田野倉と竹藤は、面識がない。これは警察も徹底して調べたはずで、面識どころか接点もないことは間違いないだろう。たまたま「茉莉花」で知り合い、たまたまトラブルになって刺し殺した——こういう事件は枚挙に暇《いとま》がないが、犯人が「持参していた凶器を使った」ケースはほとんどないはずだ。この辺はいかにも怪しく、警察が徹底して追及しないはずはないのだが……後で調べてみよう、と頭の中にメモした。もしかしたら、この事件の「肝」になる部分かもしれない。

ただし、永沢にいくら話を聞いても分からないことである。

この場を引き揚げることにし、永尾はハイボールの代金を支払った。

外へ出ると、風は一段と強く、冷たくなっていたので、コートの前をきっちりと閉める。ビルの壁際に灰皿を見つけて、一服してから帰ろうかと思ったが、あまりに風が強くてライターの火が点かない。何だか運に見放されてるな……煙草とライターを持ったまま、赤坂の街を歩き出した。ついでにこの辺でもう少しアルコールを入れていこうか、とも思ったが、その気持ちは盛り上がらなかった。

取り敢えず帰ろう……自宅には、竹藤に関する資料がたくさんある。それを見返して、明日からの取材の計画を立てよう。

赤坂見附駅ではなく、赤坂駅へ向かう。永尾の自宅は、小田急線の梅ヶ丘駅近くだ。千代田線から乗り換え一回で行ける。三十分もかからない帰り道なのだが、何だか気が重い。

本当は、通勤時間がもったいないから、もう少し交通の便がいい場所へ引っ越すべきだと思う。気軽な独身、どこへ住むのも自由である。四十歳になってそれなりの給料を貰っていて、しかもろくに金を使わないから、貯金も結構ある。何ならその貯金を頭金にして、マンションを買ってもいい。ローンもきちんと返していけるだろう。

最近は、そういう風に考えることも多くなった。

何かを変えたいのだ。

変わらないまま四十歳になってしまい、何だか目の前を濃い霧が覆っているような気分になることがある。

人生は何度でもやり直せるはずだ。そのきっかけは無数にある。仕事、結婚、子どもの誕生……しかし今のところ、永尾にはそういうきっかけを摑むチャンスがないし、チャンスを摑むために自分から動こうという気もない。

何もない四十歳。

ある意味、竹藤と同じだ、と思った。彼も全てを失い、これからの人生をどうするか、必死で考えねばならない立場に立っている。ある意味、永尾よりもずっと必死に。

5

自宅へ帰ってシャワーを使い、人心地ついた。シャワーを浴びている間に、狭い部屋は暖房で十分暖まっている。

缶ビールを開け、まず、古いスクラップブックに目を通し始めた。貼りつけた新聞の切り抜きが剝がれかけている……あまりにも何度も見直しているせいだ。考えてみれば俺の記者人生は、このスクラップを見直すことだけで過ぎている。

野球賭博に関する初報が出たのは、十七年前の十二月一日だった。

端緒は、既にシーズン中から摑んでいたのだが、実際に記事にするまでには数か月かかった。

プロ野球　賭博容疑で5人を捜査　神奈川県警

社会面トップの五段見出し。朝刊でこれを見た時、思わず体が震えたのを思い出す。同期の記者は何十人もいるのだが、誰が一番先に社会面トップの特ダネを書くか……無言で全員が競い合っていたと思う。未だに、呑むとこの記事の話題を持ち出す同期の記者がいるぐらいなのだ。

プロ野球を舞台に大規模な野球賭博が行われていることが発覚し、神奈川県警は今日にも現役選手5人を含む関係者に対する事情聴取を開始し、容疑が固まり次第、逮捕する方針を固めた。プロ野球を舞台にした野球賭博事件はこれまでに何度も世間を騒がせてきたが、今回の事件は最大規模になる可能性がある。

下手な原稿だよなあ、と苦笑してしまう。今の自分だったら、もっと煽るような記事——見出しが取りやすい記事に仕上げるだろう。

この原稿は十二月一日の朝刊に載り、その日の夕刊には続報が出ている。

プロ野球賭博　関係者を一斉聴取　神奈川県警

プロ野球を舞台にした大規模な賭博事件で、神奈川県警は関係者の事情聴取を開始すると同時に、関係各所の家宅捜索を始めた。捜索場所には横浜パイレーツの本拠地ベイサイド・スタジアムも含まれており、球団関係者は対応に追われた

このリードもどうかな……重要なのは、竹藤たち現役選手が警察に引っ張られたことである。だからリードには、竹藤の名前をきっちり出すべきだった。しかしこの時点では、警察は選手の名前を公式に発表していない。永尾は独自取材で、竹藤を含む三人までは名前を掴んでいたのだが、当時の支局デスクの判断で「全員の名前を一気に出せない限り実名は伏せる」ことになった。

まあ、「出る人」「出ない人」で差がつくのは不公平とも言えるから、この判断は正しかったと言っていいだろう。それに、ベイサイド・スタジアムのガサを取材に行った同期の記者が、現場雑感を強烈に売りこんできたのである。元々押しの強い男で、永尾を

露骨にライバル視していたから、せめて自分が取材した雑感の原稿を大きく扱わせようとしたのだろう。そういう気持ちは分からないでもない……実際、球場にガサが入るというのは、相当強烈なインパクトを持つ出来事だ。ただ、この時点でシーズンはとうに終わっており、選手はロッカールームから私物も引き上げていたから、ガサは空振りに終わったのだが。

それでも、添えられた写真を見ると、異様さがよく分かる。普段は観客が出入りするゲートに、折り畳んだ段ボール箱を抱えた背広姿の集団が押しかけていく——同期の記者は、この写真が撮れたことで、自分の原稿を猛烈にプッシュする自信が持てたのだろう。

初報で「ガン」と特ダネを書いた後は尻すぼみ……というパターンも多いのだが、この時は全ての歯車が嚙み合っていたと思う。他社は完全にノーマーク。普段、身内とも言えるぐらい密着して取材を続けているスポーツ紙も、野球賭博事件に関しては手も足も出なかった。

永尾は、翌日の朝刊で早くも特ダネの第二弾を放った。名前は伏せたものの、竹藤への直撃インタビュー。これは警察の捜査が始まる一週間ほど前に敢行したもので、竹藤の返事は「やった」とも「やっていない」とももとれる曖昧なものだった。

記事はこんな内容だった。


A投手は、本紙記者の取材に対して、曖昧な答えに終始した。

――野球賭博に関与したという情報があるが。

「その件は今は話せません」

――球団は事実関係を把握しているのか。

「球団とは何も話していません」

――誰かに誘われたのか、それとも自分から手を出したのか。

「今はまだ話せません」


実際には、もっと激しいやり取りがあった。永尾はこの時の取材――川崎の実家に戻っていた竹藤を直撃したのだった――の様子を録音し、音声データにして残してある。今でも自宅のパソコンには保存されているのだが、聞くまでもなく内容ははっきり覚えていた。

直撃取材に対して、竹藤は荒れた。

「竹藤さんが野球賭博をやっていたという情報があります。間違いありませんか？」

「何だよ、それ。そんなこと、今話せるわけがないだろう」一瞬にして竹藤の顔が真っ赤になり、永尾は恐怖を覚えた。自分よりほとんど頭一つ分背の高い大男が、感情むき出しで怒っているのだ。あの時は、その場で引いてしまってもおかしくなかったと思う。しかし引かなかった。永尾の前には、栄光の道が開けていたから。

「球団からも事情を聞かれたんじゃないですか」

「まだ……おい、それは誘導尋問じゃないのか？」

「違います。事実関係を確認したいだけですよ」

「そんなことは言えない」

「誰かに誘われたんですか？　自分から手を出したんですか？」

「そんなこと、今は話せるわけがないだろう！」

厳密なやり取りをそのまま記事にするわけにはいかなかった。竹藤の言葉はあまりにも乱暴で、記事にはそぐわない。それでかなり柔らかくしたのだが、その結果、竹藤は素っ気なく取材を受け流した、という印象を読者に与えただろう。

容疑者への直撃取材はなかなか難しいものだが、この時は見事に成功した。後で警察の捜査担当者からは嫌味を言われたが、気にもならなかった。そっちが出遅れて、俺が一歩先を行っただけじゃないか。文句を言うぐらいなら、さっさと逮捕すればいい――。

あの時の自分は怖いもの知らずだったな、と思う。警察を出し抜いて容疑者にインタビューし、しかも「捜査開始」の特ダネで報道合戦の幕を開けた。

これが上手くいったのは、警察から出たネタではなかったからだろう。

賭博事件の捜査は、薬物事件などの捜査よりもかなりデリケートで厄介だ。薬物事件などのように「証拠」も残りにくく、「現場」がない場合も珍しくない。結局県警は、携帯電話やパソコンのメールを解析して賭博の事実を摑んだのだった。今では、賭博事件というとネットを介して、というのがほとんどだが、そういう事件の走りだったと思う。そういう意味では、神奈川県警にとっても大きなポイントになったはずだ。

永尾はこの情報を、球団内部のネタ元から摑んでいた。地元の球団担当として、イベントなどの取材を繰り返すうちに仲良くなった若い職員がいて、彼から得た情報が全ての端緒だった。

プロ野球のチームというのは、非常に「閉じた」組織であり、ロッカールームの中では第三者が入って来ないことが当然で、あけすけな会話が交わされるようだ。要するに、部外者が入りこまない空間では何を話しても表に漏れない、という気楽な感覚なのだろう。しかし永尾のネタ元になった職員は、選手たちがひそひそと賭博の話題を口にしたのを聞いてしまい、ひどく悩んでいた。

賭博の中でも、野球がネタになると、非常に複雑かつ多様な賭けができる。勝ち負けを始めとして、点差、ある投手の失点、特定の打者の安打数など、細かい点までが賭けの対象になる。それだけ、野球には様々な局面があるわけだが……この時の賭博は、「複合型」と言ってよかった。

最も多く賭けの対象にされたのは、ピッチャーの成績である。ある試合の先発ピッチャーが発表されると同時に賭けが始まり、「何回まで投げるか」「失点は何点以内か」という二つの要素の組み合わせで、受け取る額が決まる。「七回まで2失点」とか、「三回5失点」とか……組み合わせはある意味無数にあるわけだ。

ロッカールームでの噂話を気にした職員は、警察ではなく永尾に相談した。彼としては、どうしようもない袋小路に入りこんでしまった気分だったのだろう。チーム内で話して、何とかなる問題でもなさそうだ。かといって、自ら警察に足を運んで情報を提供するのは怖い。それで新聞記者に相談した——その結果、事態はこの職員が恐れていたよりも大きくなってしまったのだが。

それにしてもまあ、よく書いたものだ……毎日、朝夕刊に原稿を出し、さらに横浜の地方版にも書きまくった。地方版の方は、あくまで「地元の反応」記事で、誰かに話を聞けばいくらでも原稿は書けたのだが。

事態はこの後も、激しく動いていく。警察は断続的に関係者に事情聴取した。元締めは広域暴力団で、賭けに加わっていた人数は数百人に及んだ。

賭博にかかわっていたのは、五球団の九選手とされていた。警察の捜査が進むと同時に、世間の注目は各球団の対応に向いた。敗退行為――賭けのためにわざと手を抜く――こそなかったとされたものの、自分がかかわる世界で賭けをしていたとなったら、厳重処分は避けられなかった。

東日の報道が出た当日、パイレーツは竹藤を含む選手三人を「当面」謹慎処分とした。他球団も、申し合わせたように「謹慎」。そこから選手たちは姿を消し、永尾も竹藤には接触できなくなった。結局、本人に直撃取材できたのは一度だけ……しかし、他社はまったく接触できなかったのだから、これでも上々だろう。

年末、警察は関係者を一斉に逮捕した。元締めの暴力団員三人と、球界からは四人。竹藤も逮捕者の一人で、さすがにこの時は激震が走った。何しろその年の新人王、投手五冠、優勝を逃したチームから選出されたＭＶＰ……年俸も来期は一気にアップすると噂されていた。

年明け早々、プロ野球機構は、逮捕された全選手を永久失格処分とした。この処分に関しては、賛否両論が沸き上がったのを覚えている。実際、運動部が書いた原稿も、両論併記だった。「賭博行為に関しては、疑いを持たれた時点で処分すべき」「刑事事件として処分が決まっていないのに早過ぎる」。プロ野球機構は、批判覚悟で厳しい処分に出たようだ。

この頃になると、さすがに永尾が取材できることは少なくなっていた。警察取材は依然として続けていたが、もはやパイレーツだけの問題ではなく、プロ野球全体の「最大の危機」と言われるようになり、取材の主体が運動部に移ったからだ。

最後に大きな原稿を書いたのは、竹藤の謝罪会見だった。逮捕された竹藤は結局、「起訴猶予」で釈放され、その足でベイサイド・スタジアムに直行し、球団の計らいで短時間だが謝罪会見を開いたのだ。

球団からすれば「けじめ」だったのだろうが、あれほどの屈辱は滅多に経験できるものではない。留置場での二十日間……筋肉で張った体は萎《しぼ》み、顔には影が射していた。慌てて髭を剃ったようだが、顎の右側に剃り残しがあったことをやけにはっきり覚えている。

翌日はやはり、どのスポーツ紙もこの謝罪会見を盛大に扱った。ほぼ全紙が一面トップ。永尾も会見場の一角に陣取っていたのだが、今に至るまで、あれほど緊迫した会見に出席したことがない。テレビカメラの放列、スチルカメラのフラッシュ、記者たちの殺気立った雰囲気……会見場は球場の中にあるインタビュースペースで、それほど広くないせいもあって、真冬の寒さを吹き飛ばすほど暑くなっていた。

自分が書いた記事を読み直すと、あの会見の様子がありありと脳裏に蘇る。スーツ姿の竹藤は、ひどくぎこちなかった。スーツのサイズが合わずに、体の動きが制約されてしまったような……一礼したまま、なかなか顔を上げない。肩が震えているのがはっきりと見えた。

その後、絞り出すように謝罪の言葉が続く。その音声ファイルもずっと保存してあるのだが、冒頭のフレーズは頭に焼きついてしまって離れない。

「この度は……私の無分別な行動で多くの方にご迷惑をおかけして……子どもたちの夢を壊してしまいました。野球からは永遠に離れるつもりです」

そこで一度言葉を切った時、鳴り響いたシャッター音。本来、カメラのシャッター音などごく軽いものだが、あの時はスコールがトタン屋根を打つような騒音だった。

突然の引退宣言。

もちろん、プロ野球機構が永久失格処分を下した以上、プロのマウンドで投げるのはもう不可能だ。しかしわずかな可能性……将来的には名誉が回復されて、チームに戻れるかもしれないではないか。

竹藤はその可能性を、自ら断ち切ったのだ。

会見は三十分近くかかった。その割に内容が薄かったのは、竹藤の答えが常に短く、簡潔だったせいだと思う。ぼろを出さないようにしているだけじゃないか、と当時の永尾は皮肉に思ったものだが、今考えてみると自分の立場が理解できず、混乱していただけかもしれない。

印象的だったのは、球団の広報がまったくフォローしていないことだった。普通、選手が会見する場合には、広報が完全に仕切る。まずい質問が出れば遮《さえぎ》り、適当なタイミングで会見を終了させてしまう。しかしこの時、球団広報――永尾もよく知っている男だった――は、最初に開会を告げた後は、一言も口を挟まなかった。腕組みをして、横の方から竹藤を睨《にら》みつけているだけ。竹藤がサンドバッグ状態になるのを、冷静に観察していた。

この会見が、竹藤が表舞台に出た最後になった。永尾はその後も、竹藤に直接取材しようと探し回ったのだが、結局見つからなかった。川崎の実家に隠れているとも、海外へ脱出したとも言われているが、真相は定かではない。いかにもありそうな想定は、アメリカに渡って大リーグに挑戦する、というものだった。日本球界と大リーグではルールもまったく違うから、日本で永久追放されたからといって、アメリカで野球ができないということではあるまい。だいたい、起訴猶予処分になったということは、「犯罪事実はあったにしても、裁判にかけるほど悪質なものではない」という検察の判断である。

大リーグ側は、そういう事実をどう判断したか……あの頃の竹藤の実力なら、大リーグでも間違いなく通用しただろうが、やはり「起訴猶予」は微妙な結末だ。

結局あの一年が、竹藤のピークだったのだ。野球選手としての、そして人生の。

それは永尾にとっても同じである。あの特ダネが、記者人生の早過ぎるピークだった。同い年の野球選手と記者は、二十三歳で全てを手にした。その後は……転落の速度こそ違うが、今立っている場所はそれほど変わらないのではないか。

6

竹藤の第二回公判では、証拠調べが行われた。一番問題になったのが、凶器として使われた包丁である。竹藤が自宅から持ち出して持ち歩いていたもので、この事件における「謎」の一つだった。

検察官から包丁を示された竹藤は「自分のもので間違いない」と断言した。しかし検察官が、「どうして包丁のような危険な物を持ち歩いていたのか」と追及すると、「よく覚えていない」と曖昧な答えに終始した。

これがよく分からない……傍聴席で、永尾は腕組みをした。竹藤は現役引退後、いくつかの職を転々としていたが、事件を起こした時には、コピー機のメーカーで営業をやっていたという。事業所を回り、業務用のコピー機を売り、メインテナンスにも入る。顧客からクレームが入れば、時間にかかわらず飛んで行って対応するという、いかにもストレスの溜まりそうな仕事である。この仕事は二年前からだったというが、同じ時期に、竹藤は妻子と別居している。三十歳の時に、高校の同級生だった女性と結婚して、すぐに男の子が生まれたのだが、その後別居に踏み切っていた。

事件を起こした時には、川崎市内のアパートで独り暮らし。忙しい営業マンが料理をするものだろうか、と永尾は疑問を抱いた。料理をしないのに家に包丁があるのは、明らかにおかしい……となると、そもそもこの包丁は、犯行のために用意したのではないかという推測が成り立つ。しかし被害者と竹藤に面識がなかったのは間違いない。

事実関係には何の間違いもない。「茉莉花」で呑んでいて、初対面の田野倉と口論になり、店の外へ連れ出して、持参していた包丁で刺し殺した。

動機にも問題があるとは言えない。「呑んでいてトラブルになり」というのは、事件の動機で最もポピュラーなものだと言っていいぐらいだ。

ただ、包丁の謎が消えない。まるで、どこかでトラブルになるのを予見していたようではないか。もちろん、違法なのは承知の上で、刃物を持ち歩く人間はいる。それでトラブルになれば、「護身用」と言い訳できる類の刃物――だいたいが折り畳み式のナイフなど、小さく目立たないものだ。しかし竹藤が持っていた包丁は、刃渡り二十センチにもなる。その刃にわざわざ、段ボールを加工した自作の「鞘《さや》」を被せていたのはどうしてだろう。

この日の公判が終わり、永尾は思わず司法担当の村田を摑まえて地裁の廊下で立ち話をした。包丁の件には村田も疑問を抱いたようだが、結論は「それが何か問題ですか？」。

「いや、だっておかしいだろう。まるで誰かを刺す予定で持ち歩いていたみたいなものじゃないか」

「でも、刺した相手は初対面の田野倉です。偶然ですよ」

「他のことについては普通に供述しているのに、包丁の件についてだけは『覚えていない』だ。これも変じゃないかな。まるで、一番都合が悪いことを隠しているみたいだ」

「まあ……警察の捜査だって、百パーセント完璧なわけじゃないでしょう」村田が面倒臭そうに耳を弄《いじ》る。「昔、知り合いの刑事が言ってましたけど、どんなに完璧に思える捜査にも、一パーセントか二パーセントの穴があるそうです」

「それぐらいは俺にも分かってるけど、これは重要なポイントじゃないか？」

「あのですね、裁判は、犯行の状況を完全に再現する場じゃないんですよ」呆れたように村田が言った。「事実関係を審理するのが裁判の役目です。そのために必要な材料というのは限られていて、公判ではその調べに集中するんですよ。そうしないと、話がどんどん広がって、裁判がいつまで経っても終わらないでしょう?」

「……それはそうなんだけどさ」十歳近く年下の記者に正論でやりこめられ、永尾は言葉を失ってしまった。まったく、そう正面から攻めてこなくても。

「永尾さん、この件、まだ取材するんですか?」

「たぶんな」

「無駄ですよ。今の感じだと、どんな判決が出ても、被告は控訴しないでしょう。懲役十五年で確定、その後は世間から即座に忘れられます」

「それでいいのかね」

「他に何かあるんですか? 罪を犯せば逮捕されて裁判を受けて、有罪になれば服役する——単純明快じゃないですか」

それで真実が埋もれてしまってもいいのか? 永尾の中に答えは一つしかない。だがそれを口に出しても、また村田の反論を食らうだろう。

村田が呆れたように首を横に振り、その場を離れて行った。完全に後輩にしてやられた……言い負かされたことより、もう一言だけ反論できなかったのが悔しい。まったく俺は、どれだけ情けない記者になったんだ？

その時永尾は、視線に気づいた。刺すようなその視線には、殺意さえ感じる。裁判所の中で誰が？　慌てて周囲を見回すと、小柄な中年の男がこちらを見ているのに気づいた。

刑事だ、とすぐに分かる。

裁判所に警察官がいてもおかしくはない。証言を求められることもあるし、捜査の参考にと自ら進んで傍聴する真面目な警察官もいる。しかし、永尾の顔を凝視していたこの警察官の意図は、明らかにそういうものではなさそうだった。

視線を逸らす。こういう人間とはかかわり合いにならない方がいい。警察回りの頃は警察官とつき合うのが主な仕事だったのだが、警察取材を離れてからはあまり接点がない。

踵《きびす》を返したところで、後ろから「ちょっと」と声をかけられた。急げ。とにかく足を前へ運べ……頭はそう考えていたが、足が動かない。まるで、短い言葉が永尾を縛りつけてしまったようだった。

どうしたものかと迷っているうちに、腕を摑まれた。実際には「触られた」程度だったのだが、体が震えてしまう。振り返ると、相手は険しい表情を浮かべていた。

「あんた、記者さんかい？」

「そちらは？」永尾は辛うじて言い返した。

「こんな場所でバッジを出すのはどうかと思うが、桜田門」あらぬ方に向けて顎をしゃくる。それで警視庁の方向を示したつもりなのだろう。

「何のご用ですか？」

「ちょっと……」男が今度は本当に永尾の腕を摑み、トイレの方へ引っ張って行った。何だか連行されている気分だ……東京地裁の廊下は全体がクリーム色で統一されており、決して暗い雰囲気ではないのだが、嫌な感じだった。

男子トイレの前まで来ると、男がそっと手を放して腕を下ろす。

「あんた、記者さんなのか？」

「東日の社会部です」

否定すると面倒なことになると思い、永尾はすぐに認めた。それで相手は、少しだけ硬い表情を崩す。

「赤坂署の金崎《かなさき》です」

永尾は、「金崎」と名乗った男を一瞬で観察した。小柄――たぶん百六十五センチぐらいで、やたらと目が大きい。白いものが混じり始めた髪を、きっちり後ろに撫でつけていた。背広の下には薄いダウンのベスト。さらに、薄いよれよれのコートを着ている。

「今、ずいぶんでかい声で話してたね」

「ああ」

永尾は顔が赤らむのを意識した。村田と、そんなに大声で話し合っていたのだろうか……その内容は、警察批判と取れないこともない。これは面倒な相手に摑まった、と不安になった。

警察官――特に刑事はプライドの高い生き物だが、立場上、誰かに喧嘩をふっかけるようなことはない。それは強烈な批判を受けた時でも同じで、とにかく自分からトラブルに首を突っこむのはご法度、と教育を受けているのだ。それが敢えて永尾に文句をつけてきたのは、よほどのことがあったから――しかし次の瞬間、永尾はそれが自分の思いこみだと悟った。

「ちょっと話ができないかな」

「何ですか、いったい」永尾は一歩引いた。

「実は俺も、あの事件の捜査には問題があると思っているんだ」

金崎に誘われるまま、永尾は外へ出て日比谷公園へ向かった。金崎がどこかの店に

――お茶か食事でも――行こうとしなかった理由は想像できる。飲食店では、必ず人の目と耳を気にしなければならないからだ。開けた公園の方が、まだしも他人に聞かれる心配はない。

裁判所を出て弁護士会館の脇を通り、霞門の交差点を渡れば、すぐに日比谷公園だ。都心のさらに中心にある広大なこの公園は、どこがメインの出入り口か分からないが、ここは人通りが多い。

冬枯れが目立つ公園……永尾の感覚では、日比谷公園は必ずしも「都民の憩いの場」ではない。日比谷方面と霞が関方面を行き来する人がショートカットで使う場所だ。今日も人の行き来は激しく、とてものんびり話ができる雰囲気ではない。

「あんた、煙草は？」金崎が唐突に訊ねる。

「吸いますけど……」

「俺も吸うんだが、しばらく我慢だな」

「公園の中は禁煙でしょう」

「分かってる……とにかく、歩きながら話そう」

金崎がちらりと振り向いて後ろに視線を送った。まるで尾行を警戒するような……ちょっと心配し過ぎではないか、と永尾は白けた気分になった。金崎は歩くスピードを緩めない。どうやら、歩きながら話すのが一番安全と判断したようだ。

　金崎は、五十歳ぐらいだろう。小柄だががっしりした体つきで、時折寒風が吹き抜けるのも気にならない様子で、胸を張って歩いている。薄いダウンを背広の内側に入れるのは、防寒としては効果的なのかもしれない。薄いコートを着ているだけの永尾は、外へ出てからずっと寒さに耐えている。

「あんた、警察回りにしては歳を取ってますね」

　言われて思わず苦笑してしまった。社会部で警察回りをしていたのなど、もう十年も前だ。

「警察回りじゃありませんよ」

「警視庁?」

「いえ」警視庁クラブには、所属したこともない。入社して数年経ち、警視庁クラブへ行くべき年齢になった頃には、もう新聞協会賞の効力も消え失せていた、ということだろう。力のある記者、これから伸びそうな記者しか、あそこへは配属されない。あるいは圧倒的な体力馬鹿。

「司法担当ですか?」

「違います」

「じゃあ、あの裁判なんか関係ないでしょう」

「遊軍なんです」永尾は打ち明けた。「遊軍は、興味のあることを何でも取材していいので」

「そいつはずいぶん、楽しそうな仕事ですね」皮肉っぽく言って、金崎が背広のサイドポケットに両手を突っこむ。

「それよりあなたは――金崎さんはどうしてこの裁判を傍聴していたんですか？　警察官としての仕事はとうに終わっているでしょう」

「ああ」金崎が認める。

「だったらどうして？」

「個人的に興味があったら、裁判を傍聴することもあるさ」

「興味があるんですか？」

「自分が手がけた事件で、犯人がどう裁かれるか……興味を持たない刑事はいないよ」

「全ての刑事が、自分が逮捕した犯人の公判を見るわけじゃないですよ」

「あんた、妙に理屈っぽいね」

「すみません」別に悪いことではないのだが、つい謝ってしまった。「生まれつきなので」

「そういう性向は、記者をやってるとさらに強くなるんじゃないか？」

「否定はできませんね」

　初対面の相手と、ごく自然に話ができているのが不思議だった。永尾は、自分ではごく平均的なコミュニケーション能力の持ち主だと思っている。人見知りするわけではなく、初対面の相手ともそれなりに話せるが、用心して一定の距離は置く――しかし警察官というのは、コミュニケーション能力に関係なく、初対面の相手に対してはよそよそしい態度を取りがちだ。ところが金崎は、まったく壁を作らず、ぐいぐい攻めこんでくる。こちらにもそういう態度を求めているようで、永尾はすっかり彼のペースに巻きこまれていた。

「凶器の包丁の件、おかしいと思わないか」金崎がずばり切りこんできた。

「おかしいというか、不自然です」

「そうだな」

　おや……永尾は警戒した。捜査を担当した刑事が、それに疑義を呈する――こんなことは普通、あり得ない。何か裏があるのではないだろうか。

「どういう意味でしょうか」永尾は少し引いて訊ねた。

「言った通りだよ。あの包丁はどこか変だ。包丁を持ち歩くなんて、普通は考えられないからな」

「人を殺そうとしているのでない限りは……そうでしょうね」

「竹藤がどういう男か、知ってるか?」

「いえ」永尾は反射的に否定してしまった。昔は知っていた——自信と、若さ故の不安が入り交じった男。

「ごくごく真面目な男なんだよ。元プロ野球選手で、野球賭博で球界を永久追放された」

「そうですね」

「俺は横浜生まれでね」金崎が突然打ち明けた。「ガキの頃からのパイレーツファンなんだよ。小学生の頃の三年連続日本一——あれですっかりファンになった。本当は、警察官になる時も、警視庁じゃなくて神奈川県警に入りたかったぐらいなんだ。神奈川県警にいれば、ベイサイド・スタジアムでの試合は観られるからな」

「警視庁に入れる人が神奈川県警に行くのは無意味でしょう。警視庁の方が、はるかにレベルが高いですよ」

「そうかもしれないが、警視庁に入ったことで、パイレーツの試合を生で観る機会が減ったことは後悔している」

この人は本気で言っているのだろうか。確信が持てないまま、永尾は首を傾げた。ちらりと横を見ると、少なくとも金崎の目つきは真剣である。

「結局東京からパイレーツの試合を見守っていたんだが、まあ、十七年前はシーズン中ずっとわくわくしっ放しだったね」

「竹藤がデビューした年ですね」

「あんた、ルーキーであれだけ派手派手しい活躍をした選手を知ってるか？」

「いえ」短く否定してから、「プロ野球にはあまり詳しくないので」とつけ加えた。

「あ、そう」つまらなそうに言って、金崎が独白を始めた。「パイレーツはずっと低迷期でね。そこに突然、竹藤が現れた。地元出身の選手があれだけ活躍したとなったら、盛り上がらないわけがない。一年目であれだけ完成された選手はいなかったな……そこで突然、あの賭博事件だ。こっちとしては、天国から地獄へ叩き落とされた気分だったよ。その後竹藤は表舞台から消えて――十七年ぶりに姿を現したと思ったら、いきなりあの事件だ。顔を見た時、俺は腰を抜かしそうになったよ」

「分かります」

「捜査は順調に進んだけど、俺は包丁の一件がどうしても気になってね。徹底的に調べたんだけど、結局竹藤はその件についてだけは何も言おうとしなかった。まあ、それを除いても起訴するのに問題はなかったんだが……今でも引っかかってる」

「ええ」

「裁判で何か別の話が出るかと思って顔を出したんだが、結局同じだったな」

「それで、どうするんですか？」

「どうするもこうするも、容疑者が起訴された事件について、再捜査はできないよ……有罪になるのは間違いないから、警察官としてはそれで満足すべきかもしれないが、どうにも釈然としない」

「細かいところにこだわるんですね？」

「優秀な刑事っていうのは、そういうものだ」

金崎がごく自然な口調で言った。自分で自分を「優秀」と言うのはいかがなものか……と思ったが、永尾は批判を差し控えた。

「もどかしいでしょう？　裁判でも真実が明らかにならないまま、公判が進むんだから。これから何か言うとは思えませんよね」

「まったくな……それであんたは、担当でもないのにどうしてこの裁判を傍聴しているんですか？」

「竹藤を引退させたのは私だからです」

　金崎が立ち止まる。二歩先に行ってしまった永尾も立ち止まり、踵を返した。金崎は怪訝《けげん》そうな表情を浮かべている。

「竹藤の賭博事件――その第一報を書いたのは私なんですよ」

「何と、まあ」金崎が溜息をついた。「警察官としては、賭博を許すわけにはいかない。しかしあの件では、竹藤は起訴猶予処分になった。何とかならなかったものかね」

「どうにもなりません。起訴されなかっただけで、犯罪事実はあったわけですし」

「あれは、東日の特ダネだったんじゃないか？　あんた、相当優秀なんだね」

　永尾は唇を引き結んだ。優秀だったとしても昔の話だ。今は……自分のことは言いたくない。

「あんたも竹藤に関係した人間というわけだ……どうしてこんなことになってしまったのか、知りたくないか？」

　もちろん知りたい。それは記者の本能だ。

第二章　転落した男

1

藤川に連載の原稿を渡してから、永尾はしばらく自席で待機した。一応、連載キャップのOKをもらわないと、この先動きにくい。

藤川は自分のノートパソコンの前で背中を丸め、原稿を読みこんでいた。瞬きすらしない。人の原稿を読む時は、とにかく集中する男なのだ。

「ま、いいんじゃないかな」藤川がようやく顔を上げた。

「そうですか」永尾は膝を叩いて立ち上がった。藤川が目を通してさえいれば、デスクもあまりうるさいことを言わずに原稿にOKを出す。これで、この連載に関する永尾の仕事は終わったも同然だった。

「しかし何だね、お前の原稿っていうのは可もなく不可もなくっていうか……何とも評価しにくい文章だな」

「新聞記事なんだから、事実関係が分かればいいんじゃないですか？　別に、文章で売り出そうとは思ってませんしね」

「取材タイプか文章タイプか……記者はだいたい二つに分かれるんだけどな」

「どっちでもない――俺みたいなタイプもいるんじゃないですか？」中途半端だと言いたいのだろうか……疑念を感じながら永尾は肩をすくめ、バッグを取り上げた。取材の七つ道具が入っているのでずしりと重い。ノートパソコンにコンパクトデジカメ、タブレット端末にICレコーダーと、バッグの重さの大半は電子機器のものだ。「電子」と言っても、結局は重い塊なんだよな、といつも思う。本当はビジネスタイプのリュックサックを使い、両肩に負担を分散させる方が楽なのだろうが、永尾はスーツにリュックサックというスタイルがどうしても好きになれなかった。

「これから取材か？」藤川が訊ねる。

「ええ」

「何かいい原稿でも出そうか」

「どうですかね」曖昧に言って、永尾は遊軍部屋を出た。これ以上、原稿についてどうこう言われても返事のしようがない。突っこまれるのも嫌だった。

銀座にある東日本社から有楽町駅まで歩き、京浜東北線で川崎へ出る。竹藤の自宅は、川崎市内で最も発展が著しい人気の街、武蔵小杉に近いのだ。川崎で南武線に乗り換え、向河原《むかいがわら》で降りる。勤務先が新宿だった竹藤は、武蔵小杉から東横線経由の副都心線で通っていたようだが、自宅は武蔵小杉から一駅離れた向河原駅の近くにある。

武蔵小杉駅の周辺にはタワーマンションが建ち並び、近未来的な街に生まれ変わりつつあるが、少し離れると、昔ながらの川崎の住宅街が姿を現す。竹藤が住んでいたのもそういう古い街で、一戸建ての家が建ち並んでいた。自宅は三階建てのアパート。かなり古く、白い外壁には何度も塗り替えられた形跡があった。

まず、アパートの住人に聞き込みをしてみる。何人かに話を聞くことはできたものの、竹藤は近所づき合いがほとんどなかったようで、「これは」という証言は一つも得られなかった。まあ、都会の独り暮らしはこんなものだろう。自分だって、マンションの両隣に住んでいるのがどんな人か、まったく知らない。

仕方なく、このアパートを管理している不動産屋の連絡先を教えてもらった。武蔵小杉駅のすぐ近くなので、そのまま歩いて移動する。タワーマンションが建ち並んでいるとはいえ、その「麓《ふもと》」は昔ながらの川崎の光景だ。建物が互いに支え合うように建っており、呑み屋と住宅が混在している。

不動産屋の担当者、望月《もちづき》はまだ若い——おそらく二十代の男で、竹藤に関する質問には飽き飽きしているようだった。

「警察にもマスコミの人にも散々話したんですけどねえ」

「何度も申し訳ないんですが……」永尾は下手に出た。こっちにはこっちの都合があるわけだが、あくまで「話を聞かせてもらう」立場に徹することにした。

「いいんですけど、手短にお願いしますよ」望月は上から目線で言った。短いやり取りの間にも、何度も髪に手をやる。すっかり流行《はや》らなくなったソフトモヒカン。そんなに手のかかる髪型とは思えないが、望月はこの髪型を何より大事にしているのかもしれない。

「入居したのが二年前でしたね」永尾はメモ帳を広げた。

「そうですね……事件の直後に更新だったんですけど」

「更新したんですか？」

「まさか」馬鹿にしたように望月が言った。「本人が留置場にいるのに、更新できるはずがないでしょう」

「だったら今は、空き部屋ですか？」

「ええ。結局、ご家族と話して契約は解除しました」

「家具があったでしょう？　どうしたんですか？」

「どうしたかは分かりませんけど、契約が切れる直前に、奥さんが運び出していましたよ。もっとも、二トントラックの荷台がすかすかだったみたいですけど」

永尾はうなずいた。家族と離れ、三十代後半になって独り暮らし……荷物がそんなに多かったとは思えない。

「ご家族とは別居していたんですよね」

「そうみたいですね」つまらなそうに望月が言った。「でも、連絡先は実家……というか奥さんになっていましたよ」

「保証人は？」

「お父さんですね」

「たしか、川崎に住んでいるはずですが……」竹藤は川崎生まれ川崎育ちで、東京の大学へ進学するまで、ずっと実家で暮らしていたはずである。

「そうですね」望月が書類をめくった。「溝の口の方です」

「住所、教えてもらえますか？」大昔の――十七年前のメモ帳を引っ張り出せば、そのデータは残っているはずだが、見つけ出すのには時間がかかるだろう。プライバシー保護を盾に答えは拒否されると思ったのだが、望月はあっさり教えてくれた。

住所を書き取り終えると、永尾は望月の顔を少し長く見つめた。途端に、望月が居心地悪そうに体を揺する。

「何か？」

「いや、ずいぶんあっさり教えてくれるんだな、と思って」

「別にいいでしょう？　犯罪者なんだし」

犯罪者には人権などない、とでも言いたげな口調だった。むっとしたが、普通の人の人権意識などこんなものだろう。

「あなた、竹藤とは会いましたよね」

「ええ」

「どんな人でした？」

「でかい人……元プロ野球選手でしょう？　本人はそんなこと、ひとことも言わなかったけど」

「知らなかったんですか？」

「知りませんよ」望月が当たり前のように言った。「もともと野球に興味ないですし、活躍したのって二十年近く前でしょう？　その頃、まだ小学校に入る前でしたから」

ということは、望月はやはりまだ二十代か……それにしてはずいぶん生意気な口をきく。あまり信用できないタイプだな、と永尾は警戒した。

「それで、あなたの印象は？」

「何だか暗い人でした。事情は聞かなかったんですけど、あの歳であんな安い物件を探してるってことは、相当訳ありだと思いましたよ」

「何か問題を抱えているような？」

「仕事か、家族のね」望月がうなずく。「そういう人、意外に多いんですよ。ただこっちからは、そういう話題は出しませんけどね」

「プライバシー重視ですか」

「もちろんです」

そう言いながら、実家の住所は簡単に教えてくれるわけか……いい加減な男だと、永尾はさらに警戒心を強めた。

「後で事件が起きたのを知って、びっくりしましたけどね」

「あんな事件を起こすようなタイプだとは思わなかったから？」

「暗い人……ということは、静かで大人しい人っていうことでしょう？」

「一般的には」

「つまり、事件なんか起こしそうには見えなかったんですよ。体はでかいのに、あまり迫力もなかったし……話している時も、基本的には背中を丸めてるんですよね。猫背って言うんですか？」

「体の大きい人には、よくある話ですよね」相手と目線を合わせるために、ついつい背中を丸くしがちだ。

「訳ありだとは思いましたけど、事件を起こすような人には見えなかったですね」

「野球の話とか、しなかったんですか？」

「全然」望月が肩をすくめる。「向こうからは一言も話しませんでした。もちろん俺も、野球の話題は分からないから、何も言わないし」

「入居中に、何かトラブルは？」

「何もなかったですね」望月があっさり断言した。「まあ、普通の人だったんじゃないですか？　とにかく問題を起こしそうな人には見えなかった」

　不動産屋を辞して、永尾は駅に向かった。午後遅く……取り敢えず、実家を訪ねてみよう。十七年前には、何度も訪ねていたことを思い出す。竹藤への取材——直当《じか》たりできたのは一度だけだったが——もあったし、逮捕された時には両親のコメントも取りに行った。その後、竹藤が行方をくらました時にも、実家で両親に話を聞いたものである。

　当時、向こうは恐縮していたが、腹の底ではこちらに対していい感情は持っていなかっただろう。新聞記者としては極めて真っ当なこと——永尾は社会正義のために記事を書いたのだが、両親にすれば「将来ある息子を潰した」相手でしかないはずだ。十七年経った今はどうだろう。あれこれ想像すると不安になってくる。

しかし不安になっても、足取りが遅くなるわけではない。むしろ、面倒なことは早めに済ませてしまおうと考えていたせいか、足早になってしまった。

南武線で武蔵小杉から三駅。ＪＲ武蔵溝ノ口駅の改札を出た途端に「こんな街だったかな」と首を傾げてしまう。東急の駅、それに近隣のビルをつないだデッキがあって賑わっている。永尾が横浜支局にいた頃は、もっと地味な駅の印象が強かったのだが……スマートフォンの地図を頼りに目的の家を探す。取り敢えずの目的地は高津区役所。そこを越えて、さらに厚木街道を目指して歩き、途中で左に折れた。こんな街並みだっただろうか……記憶は定かではなかった。

ああ、ここだ——記憶が一気に蘇る。目の前に、三階建ての堂々たる一戸建てがあった。一階部分は、車が二台楽に入るガレージ。二階と三階部分が住居なのだが……人がいる気配がない。道路に面した窓はカーテンが引かれ、中の様子は窺えない。ガレージにはシャッターが下りていて、「売家」の貼り紙があった。

両親はこの家を手放したのか……。

永尾はしばし、その場で立ちすくんでしまった。

竹藤の両親は、二人とも教員である。父親は高校、母親は小学校。公務員だから給料は安定していたとはいえ、それほど高給取りというわけではない。この家は、竹藤が契約金でプレゼントしたものだった。元々の自宅は、この近くにあった小さな一戸建て。今まで野球のために両親には迷惑をかけた、契約金で大きな家をプレゼントしたい――ドラフトでパイレーツ入りが決まった時の、竹藤のコメントを思い出す。

それは、彼がまだ二十二歳、大学四年生の時だった。自分はもう、東日新聞入りが決まっていただろうか……特に野球ファンでもなかった永尾は、記者になってから竹藤関係の記事を集め始めたのだが、同い年のこの選手との「差」に啞然とするばかりだった。

もちろん、プロ野球選手は選ばれたスポーツエリートだ。毎年ドラフトにかかる選手は、十二球団全体で百人ぐらいのものだろう。それに対して、新人記者は何人ぐらい生まれるものか――全国紙、ブロック紙、地方紙合わせて、毎年数百人？　極めて特殊な仕事であるプロ野球選手と、一応は普通のサラリーマンである新聞記者を比べるわけにはいかないが、パイレーツの担当を命じられ、竹藤のことをあれこれ調べるようになって、その差を実感するようになった。当時の東日の横浜支局はとりわけ先輩たちが厳しく、「一日二十二時間労働」「時給はファストフードのアルバイトより下」などと、永尾たちが自虐的になっていたせいもある。竹藤は一球投げていくら稼ぐのだろう、などと計算したのを思い出した。

親に対して素直に感謝し、契約金で家までプレゼントする……そういう素直さも永尾には無縁だった。どういう育ち方をしたら、竹藤のような人間になるのだろう。

そしてどうなったら野球賭博に手を染め、人を殺すことになるのか。

永尾はようやく再起動した。家を売ることになったのはいつだったのか……おそらく、竹藤が殺人事件を起こしてからだ。賭博事件が起きてから、この家についてあれこれ噂が飛んだのを覚えている。様々だったが、簡単にまとめれば、野球賭博をやるような男に買ってもらった家に住むのは図々しい——ということである。契約金と野球賭博はまったく関係ないのだが、野次馬は些細なことでも摑んで突っこむ。

そういう悪評を立てられてもこの家に住み続けていたのは、息子とのつながりをキープしておきたかったからに違いない。

しかしさすがに殺人事件となると……と想像は膨らむ。

永尾は結局、「売家」のビラに記してあった不動産屋の電話番号だけをメモした。念のためにインターフォンを押してみたが、反応はない。

見事な空振りだ。

最近は根気がなくなってきた、とつくづく思う。昔は空振りしたり取材拒否されたりしても、何度も同じ相手を訪ねて平気だったのだが、このところ一度空振りすると、「もういいか」と諦めてしまうことも多い。

しかし今日の永尾は違った。当たるべき場所はまだいくらでもある。次は新宿へ転進して、竹藤の勤務先を当たる。気合い十分なのだが――そういう自分に戸惑いを感じる。

2

竹藤が勤務していたコピー機会社の新宿営業所は、伊勢丹新宿店のすぐ近くにあった。新宿駅からも新宿三丁目駅からも歩いて行ける場所で、副都心線に直通する東横線沿線の住人だった竹藤にとっては、通勤しやすかっただろう。もしかしたらあの場所にアパートを借りたのは、通勤の利便性を考えてだったのかもしれない。

午後五時過ぎ……所長の所《ところ》は露骨に迷惑そうな表情を浮かべた。勤務時間の終わりが近いせいか、竹藤の件で散々取材されて辟易《へきえき》していたからか――おそらく両方だろう。

しかし所は、お茶を出してくれるぐらいの礼儀は持ち合わせていた。とはいえ、小さな応接室に入って向き合うと、いきなり「もうお話しすることはないんですが」とバリアを張った。

「取材攻勢は、結構大変だったんじゃないですか?」

「取材もそうですし、警察の方もね……しつこかったですよ。こっちは何も分からないのに」

「会社とは直接関係ないですからねえ」

永尾は同情をこめて言った。それで少しだけ、所の緊張が解けたようである。丸い顔にえくぼ。歳は永尾とさほど変わらない感じで、いかにも人が好さそうだった。それだけに、取材にも警察の事情聴取にも精一杯答え続けて、疲れてしまったのだろう。ここはできるだけ下手に出て、情報を引き出したい。

永尾はお茶を一口飲んでから、テーブルに灰皿が載っているのに気づいた。曇りのないガラス製だが、ここで煙草を吸う人間がいるのは間違いない。最近では、喫煙できるオフィスは珍しいのだが……。

「煙草、いいですか」永尾はワイシャツの胸ポケットから煙草とライターを取り出した。

「ああ、どうぞ。私もいいですか?」

「もちろんです」

ほっとした表情を浮かべ、所がスーツのポケットから煙草を出した。火を点け、天井に向けて煙を吹き出した後は、表情がさらに穏やかになっている。やはり煙草には、即効的な鎮静効果があるようだ。永尾も煙草に火を点け、軽くふかす。

「会社の中で煙草が吸えるなんて、珍しいですね」

「お客様で吸う方もいらっしゃいますからね」

「社員は？」

「この営業所には十人いて、吸うのは私一人です」

「それは……ずいぶん肩身が狭いですね」

最近の男性の喫煙率は三割ぐらいではないだろうか。この営業所では一割――平均よりもずいぶん低い。

「まったく、超少数派です」

「お互い様ですよ。喫煙者には厳しい世の中ですよね」

真顔で所がうなずく。本当に普段から肩身の狭い思いをしているのだろう。

「竹藤がここに勤め始めたのは、二年前でしたね」永尾は本題を切り出した。

「ちょうど二年前――一昨年の十二月です」

「ずいぶん中途半端なタイミングみたいですけど」

「うちはよく、中途で人員を募集しているんです。営業職というのは、出入りが激しいんですよ」

「なるほど……しかし当時、竹藤はもう三十八歳だったでしょう？　新しく雇うには、結構歳がいってますよね」

「求人の際には、年齢制限は出さないんです。もちろん、若い人の方が体力もありますし、長く働いてくれるから、実際には三十代から上は面接ではねてしまうことが多いんですが……竹藤には他の業種で営業の経験がありましたからね」

「ここへ来る前は何をしていたんですか？」

「法人向けのパソコン営業をしていました。成績は悪くなかったようですが、会社の方で大規模なリストラがあったそうで」

「馘《くび》ですか？」

「まあ、ありていに言えば」うなずき、所が灰皿の縁で煙草を叩いた。「国内のパソコン業界も、なかなかシビアな状況なんですよ」

「でしょうね……」その頃竹藤は、相当厳しい立場に置かれていたはずだ。順番ははっきりしないが、妻子との別居、そしてリストラ——賭博事件から十五年、必死に積み上げてきたものが一気に崩れ落ちたように感じてもおかしくはない。

「実際には、私は『あの』竹藤だと分かって採用を決めたんですけどね」

「ああ、元プロ野球選手だと分かったんですね？　でも彼は、賭博で永久追放になったんですよ」永尾は思わず指摘した。

「あれ、冤罪みたいなものじゃないですか？」所が不満そうに唇を尖らせる。

「いや、冤罪とは言えないと思います」自分の取材を否定されたように感じ、永尾は思わず反論した。「犯罪事実はありました。ただ、起訴して裁判にかけるほど悪質ではなかったというだけ――」

「まあ、専門的なことは分かりませんけどね」所が、永尾の言葉を途中で叩き切った。

永尾は警戒して、余計なことは言わないようにしよう、と自分を戒《いまし》めた。おそらく所は、竹藤のファンだったのだ。プロ野球選手の場合、とにかく広く顔が知られているから、職種を選ばなければ再就職では有利だ、と聞くこともある。

「竹藤は、私の高校の後輩なんですよ」

「川崎青南《せいなん》ですか？」

「そうです」所がうなずく。「ご存じかもしれませんが、元々そんなに野球が強い高校じゃありません。ところが、竹藤の代――あいつがエースで投げていた二年、三年の時には、連続して夏の甲子園に出たわけですからね。その時私は、もう卒業して大学生でしたけど、二回とも甲子園に行きましたよ。こんなチャンス、二度とないかもしれないと思って」

「甲子園では、二回とも一回戦負けでしたよね」

「それは竹藤のせいじゃないでしょう」所の顔が赤らむ。「あれだけ打てないんじゃ、ピッチャーがいくら頑張っても無駄ですよ。何しろ、二試合ともスコアは0対1ですから。見殺しですよ」

これは筋金入りの「竹藤ファン」だ。母校の野球部ではなく、竹藤個人のファン。それだけ応援していた後輩が、二十年ほどして自分の目の前に「面接」で現れる。その時の所の興奮と動揺は、簡単に想像できた。

「とにかく、面接は合格だったんですね」

「総合的に検討した結果です」所がさらりと言った。

「面接は誰が担当したんですか?」

「私と、本社の人事担当者です」

「人事担当者の方は、『パイレーツの竹藤』だと知っていたんですか?」

「知らなかったと思います。『ずいぶん大きな人ですね』って驚いてましたけど」

「仕事ぶりはどんな感じだったんですか?」

「ごく真面目でした」所が短くなった煙草を灰皿に押しつける。すぐに二本目に火を点けた。「基本的には、静かな男でしたよ」

「そんな感じで、営業は大丈夫なんですか？」

「うちは、コピーのリースですから。営業とはいっても、飛びこみで契約を狙うようなことはあまりないんです。一度契約していただくと、そのまま長くおつき合いするケースが多いので」

「経費の問題を考えても、コピー機なんて、あまり頻繁には買い替えないですよね？」

「そうなんです。もちろん、長く使っていただくために、メインテナンスやお客様のクレーム対応には全力を尽くしますけどね。営業の仕事としては、むしろそっちの方が大事なんです」

「そういう仕事を、きちんとこなしていたんですね？」

「そうですね。営業成績はほぼ普通……五段階で言えば三、でした」

「可もなく不可もなく、ということですか」

「それだと貶《おとし》めているように聞こえますが」所がむっとして言った。

「失礼しました。そういうつもりではないです」

　永尾は、この男が未だに「竹藤ファン」なのだと気づいた。殺人事件を起こした部下――普通なら、「会社の顔に泥を塗った」と激怒し、話題にもしたくないだろう。しかし所は、ごく普通に話している。話の端々に、竹藤を庇《かば》うようなニュアンスも感じられた。

「営業先で気づかれなかったんですか」永尾は質問を変えた。

「一度もなかったようですね」

「あれだけの選手なのに？」これは永尾には意外だった。

「投げていたのは十七年も前、それも一年だけですよ？　それに、あんな形で引退させられてから、一度も表に出ていないでしょう。時々、テレビの『あの人は今』みたいな番組で昔のスター選手が出てくることはあるけど、そういうところにもまったく出ていない」

「そうですね」

「テレビで露出していない人は、即座に忘れられるんですよ」

所の説には合点がいった。永尾はあのシーズン、パイレーツの試合を散々観ていたし、賭博事件でさらに深く取材していたから、竹藤という男の印象を人より強く濃く持っていたのかもしれない。普通の人だったら、たとえプロ野球ファンでも、十七年前の竹藤と今の竹藤の顔が一致する人は少ないのではないだろうか。永尾が見た限り、竹藤は間違いなく十七年分歳を取っている。「老けた」感じではないが、昔の精悍《せいかん》な面影は消えたと言っていいだろう。

「じゃあ、営業先で昔の話が出て、気まずい雰囲気になることはなかったんですね？」

「本人の申告では、そういうことはなかったようです」

「所長は、昔の話はしたんですか？」

「それは……」

　所の顔が急に歪んだ。言いにくい話なのだと察したが、永尾は無言で彼の顔を凝視し続けた。やがて所が溜息をつき、口を開く。

「ここで働き始めてから三か月ぐらいしてからかな……呑みに誘ったんですよ。それまで、営業所の呑み会も個人的な誘いも断ってきたのに、その時はたまたま乗ってきましたね。この近くで呑みました。もっともあいつはほとんど呑めないからウーロン茶だったけど。その時に、私が青南で三学年上だ、ということは話したんです」

「どういう反応を示しました？」

「多少、心を開いてくれたような気もしましたが……高校時代の話は普通にしてましたね」

　その頃のことなら、抵抗なく話題にできるのだろうか。どこからが竹藤の「タブー」なのだろうと永尾は訝《いぶか》った。

「チームメートには申し訳ないことをした、と言ってましたよ。特に二年生の時には、三年生に迷惑をかけたって。自分が点を取られなければ負けなかった……しかし、0対1だったらピッチャーに責任はないでしょう」

「そうですね」

「二年生の時は、他のレギュラーは全員三年生だったんですよ。その中で竹藤はエースナンバーを背負っていたんだから、いろいろ期するところもあったんでしょう。あいつにとっては、三年生の時の一回戦負けよりも、二年生の時の敗戦の方が痛かったみたいですね」

「礼儀正しい……ということでいいんでしょうかね」

「そうですよ。あいつは基本的に、礼儀正しい体育会系の人間なんです」

「プロ野球の話はしましたか？」

「いや……」所の目が宙を泳ぐ。

「避けたんですか？」

「向こうから、プロ時代の話は勘弁してくれって先に言われたんです。そう言われると、こっちは何も言えなくなりますよ」

「分かります」

先にバリアを張ったわけか……引退してからの歳月、竹藤はずっとそうやって、プロ時代の話題を封印してきたのかもしれない。そう言われると、よほど図々しい人間でもない限り、「あの賭博事件の真相は」などと切り出せないものだ。ましてや竹藤は、人を圧するあの体格である。

「それで、結局プロ時代の話はなしですか」

「一度も」所が肩をすくめる。「本当は、いろいろ話したかったんですけどね。とにかく一年目の竹藤は神がかっていた」

「ええ」

「とはいえ、向こうが嫌がる話題は出さない——これは営業の基本でもあるんですよ」

「家族の話題は出ましたか？　こちらへ就職したのと同じようなタイミングで、家族とは別居したようですけど」

「ああ、それは……」所が煙草を口元へ持って行こうとして途中で止め、宙に浮かした。「家族手当の話などがあるので聞きましたけど、『別居中』というだけでした。家庭の事情となると、これも聞きにくいですよね」

「そうですね」

「向こうからも、何も話は出ませんでしたね。たしか、息子さんが二人、いるのかな？」

「そうです」

「やっぱり野球をやっているんですかねえ」

「どうでしょう」

野球は、竹藤の名声を頂点に押し上げたスポーツだが、逆に言えば彼をどん底に突き落としたスポーツとも言える。自分が一番得意なことを息子にも経験させたいと考えるのはいかにも自然だが……。

所は竹藤のプライバシーをほとんど知らないようだ、と判断する。知っていれば、今さら隠す意味もないだろう。

「事件のことは、いつ知りましたか？」

「翌日です。朝刊に出ていて大騒ぎになりましたよ。早めに出社して、本社と善後策を相談しようとしていたら警察から電話がかかってきて……驚きましたよ。そのすぐ後に警察官が来て、私も事情聴取されました」

「ここで？」

永尾は右手の親指を下に向けた。その仕草が気に障ったのか、所が嫌そうな表情を浮かべる。永尾は咳払いし、煙草を揉み消した。もう、フィルターのところまで灰になっている。

「最初はここでした。その日の午後には警察署に呼ばれてもう一度事情聴取されて、一日仕事になりませんでしたよ」

「事件を起こしたと聞いた時、どう思いました」

「あり得ない、と」答えは速かった。

「人を殺すようなタイプではない？」

「絶対にあり得ません」所の口調に一段と熱が入る。「竹藤は、酒を呑んでトラブルを起こすようなタイプじゃないんですよ。そもそも酒を呑まないし、静かな男ですからね。同僚と議論になることもありましたけど、そういう時も基本的には自分の方から引いていたので」

「何事にも控え目、ということですか」

「出しゃばらないタイプ、です」少しむきになった調子で、所が言い返す。

　賭博事件が竹藤を変えたのだろうか。あの事件の前、竹藤は「普通の若いプロ野球選手」だった。あの年、彼は何回お立ち台に立ったことか……コメントはいつもつまらなかった記憶がある。気の利いたことが言えるタイプでもなかっただろうし、広報の方からも「無理して話すな」と言い含められていたはずだ。ちょっとしたサービス精神で話したことが、本人の意図とは関係なく騒ぎにつながってしまうこともよくある。

「とはいえ、ほぼ現行犯逮捕ですからね」所が肩を落とす。「警察の方から話を聞くと、どうも間違いないようで……ここのスタッフ全員、しばらく仕事が手につかない様子でした」

「ショックで？」

「もちろんです」侮辱されたように感じたのか、所が目を細める。「仲間ですからね」

「ということは、他のスタッフともいい関係だったんですね」

「小さな営業所ですしね」

それはスタッフ同士の仲がいいことにはつながらないのだが、と永尾は思った。集団が小さいと、些細な仲違いが大きなトラブルにつながることも少なくない。逆に東日社会部のように百人もの大集団だと、トラブルは埋もれがちだ。

「営業所としては、どういう風に対応したんですか？」

「営業所レベルで対応できる問題じゃなかったですよ」所が肩を落とした。「結局本社の人事が全てを決めて……留置されているんだからどうしようもなかったんですけど、起訴されるまでは謹慎処分、起訴を待って解雇となりました。それは弁護士を通じて本人に伝えてもらっています」

「竹藤がこんなことをするとは——」

「やっぱり、考えられません」所が首を横に振った。「あいつは何か……悪い運につきまとわれているんだと思います。野球賭博にしろ、今回の件にしろ、私には信じられない」

しかし二つとも、間違いなく竹藤の身に起こったことなのだ。

外へ出ると、既に暗くなっていた。冷たい風がひとしお身に染みる。会社へ顔を出そうか……と思った瞬間、スマートフォンが鳴った。鳥海《とりうみ》。一瞬、永尾は顔をしかめた。横浜支局の同期で、今は警視庁クラブのサブキャップをしている。永尾が賭博事件の初報を書いた時、球場で雑感を拾ってきたのがこの男だ。

「空いてるか？」鳥海がいきなり切り出す。

「これから社に上がるところなんだ」

「そうか。飯でも食わないか？」

永尾は腕時計を確認した。午後六時。夕食には少し早い時間だが……まあ、いいか。

「いいよ。どこにする？」

「日比谷の『東花楼《とうかろう》』でどうだ？　そこで六時半」

「大丈夫だ」永尾も何度か行ったことのある中華料理店だ。日比谷というより、山手線のガード下という方が正確である。東京駅から新橋まで続くガード下の飲食店街は、そこだけ他の街に属さない別の街、という雰囲気を持っている。

「用件は？」念のために訊ねる。声の調子からして、ただ同期同士で食事をしようという誘いでないのは分かった。

「それは会った時に話す」

鳥海はいきなり電話を切ってしまった。昔から忙《せわ》しない男で、特に電話ではその傾向が顕著だ。苦笑しながら歩き出す。ここからだと、丸ノ内線に乗って銀座まで出るのがいいだろう。丸ノ内線の駅だけは日比谷寄りにあるから、それほど歩かずに済む。

しかし、いったい何だろう？　考え出すと、嫌な予感が膨らんできた。

3

東花楼は帝国ホテルのすぐ近くにある店で、看板の下に「一九七六年開店」の文字が入っていることに、永尾は今日初めて気づいた。自分が生まれる前からある店なのだ、と妙に感心する。

六時半ちょうど。店に入ると、中華料理店特有の油っぽい空気に出迎えられる。鳥海は既に店に来ていて、メニューを眺めていた。巨体——というより小山のような男である。入社当時は「背が高い」印象しかなかったのだが、今や似合う形容詞はただ一つ、「でかい」だ。身長百八十センチは入社当時から変わっていないだろうが、体重は三十キロほど増えたはずだ。軽く百キロを超えているようで、どっしりとテーブルについていると、まさに小山のようだった。仕事以外で関心があることと言えば、食事だけ。

永尾に気づくと、軽くうなずきかける。永尾が腰かけると、いきなり「ビールでいいな」と切り出した。寒い中を歩いて来て、ビールが呑みたい気分ではないのだが……苦笑しながらも永尾はうなずいた。本当は温かい紹興酒でも頼むべきところだが、永尾は紹興酒が苦手だった。

ビールで乾杯した直後、鳥海が勝手に料理を注文する。餃子にカニ玉、青椒肉絲《チンジャオロース》に酢豚と、王道の中華ばかりだった。

「俺の意見は無視かよ」永尾は形だけ抗議した。

「どうせ同じようなものを頼むだろうが」丸い顔に埋まりかけた目を細め、鳥海が言った。

「まあ、そうだけど……」強引なのはいつものこと——食だけに限らない。仕事でも常に貪欲に、周りが引いてしまうぐらい強引に突き進んでいくのだ。特に支局の一年目は凄い——酷かった。現場があると真っ先に飛び出し、永尾たち他の二人の同期には渡さなかった。

　鳥海が、中ジョッキの生ビールを一気に半分ほど呑んだ。

「警視庁クラブは暇なのか？」永尾はついからかってしまった。

「何で？」

「こんな時間に呑んでるからさ。これからクラブに戻るんだろう？」

「もちろん。サブキャップの仕事はクラブの留守番だ……だいたい、これぐらい呑んだだけでどうにかなる方がおかしい」

　永尾は肩をすくめた。自分には無理……酒は嫌いではないが、必ずしも強くないのだ。呑むのは仕事が一段落してからと決めている。しかし鳥海は、支局時代から平然と酒を呑んでいた。警察官の自宅へ夜回りに行く前に一杯、さらに上がりこんでも延々と酒盛り……酒で得たネタも相当あったはずだ。

「竹藤の事件を取材してるんだって？」

「さすが、耳が早いな」軽い口調で言ってみたが、内心どきりとした。鳥海が、縄張り意識の強い男だと知っているが故に……自分のところの記者が取材した一件を、どうして今になって蒸し返すのかと怒っているのではないだろうか。

「何か問題でもあるのか」

「ヒューマンドラマを書きたいと思ってね」

「そのネタに竹藤か……つまりお前は、十七年前からまだ一歩も進んでないんだ」

鳥海がずけずけと言ったので、永尾は黙りこんでしまった。一歩も進んでいないと指摘されればその通りであり、反論できない。いつまで昔の話にこだわっているのかと、鳥海は呆れているのだろう。しかし永尾の感覚では違う。竹藤という男が、十七年前とはまったく違う姿で自分の前に現れたのだ。取材して掘り下げる価値のある人物である。

「竹藤がどうしてあんな事件を起こしたのか、何であんな風になってしまったのか、お前たちもそこまでは取材してないだろう」

「してないよ。そういうのは、週刊誌の守備範囲だ。俺たちは事件の本筋だけを追う」

「そういう取材でいいのか」

「当たり前だ」鳥海があっさり言い切った。「警視庁クラブがどれだけ忙しいか、お前も知ってるだろう。右から左へ流す要領で取材しないと間に合わないことだってあるんだ」

「この件がそうだっていうのか?」永尾は頭に血が昇るのを感じた。あれだけの男が起こした事件なのに、そういう対応はないだろう……。

「まさに、右から左へ流していい事件だ」鳥海があっさり認める。「世間の人は、竹藤樹生なんて完璧に忘れてる。野球賭博の話が出て初めて、『あの人か』って思い出すぐらいじゃないか?」

「あの野球賭博は、大事件だったんだぞ」こいつは何でこんなに攻撃的になってるんだ? 頭の片隅を疑問が走ったが、言わずにいられなかった。「そう軽く言われたら困る」

「どんな事件だって古くなるんだよ」

しれっとした口調で言って、鳥海が残ったビールを一気に飲み干した。中ジョッキを二口かよ、と呆れて、文句を言うのも忘れてしまう。

鳥海が新しいビールを注文し、同時に料理が次々に運ばれて来た。馴染んだ味……安心できるはずなのに、心はざわついていた。それに鳥海が食べるのを見ていると、何となく食欲がなくなってしまう。この男は、まるでブルドーザーが瓦礫《がれき》を撤去するように料理を片づけるのだ。しかも食べる量が凄まじい。昼飯に中華料理屋に入れば、定食に加えてラーメンまで頼んでしまうような男なのだ。

最初に頼んだ料理をあらかた片づけてしまうと、鳥海は口をもぐもぐさせながら「締めはどうする?」と訊ねた。

「まだ食ってる途中だよ」苦笑しながら、残った酢豚を慌てて自分の小皿に全部入れる。

ほぼ鳥海が一人で平らげてしまって、まったく食べた気がしない。

「チャーハンか？　焼きそばか？　面倒臭いから一緒に頼むか」

こちらの了解を得もせずに、鳥海が手を挙げて店員を呼ぶ。まったく……食べることにこれだけ執念を燃やす男は、他にはいないだろう。少なくとも永尾は知らない。

皿を全て片づけ終えると、鳥海はようやく落ち着いたようだった。わずかにビールの残ったジョッキを持ち上げ、縁越しに永尾の顔を凝視する。

「何だよ」昔からこういうことをする男だった……豪快なイメージばかりが目立つのだが、実際には陰に隠れてこちらの様子を密かに窺っている。露骨に疑いの目を向けることも珍しくなかった。

「ヒューマンドラマ……書いてどうするんだ？」

「どうするって、それだけだよ」

「いつまで竹藤に頼るつもりなんだ？」

「何だよ、それ」むっとして永尾は聞き返した。

「十七年前――正確には十六年前か、あの新聞協会賞は見事だった。正直俺は、悔しさで眠れぬ夜を過ごしたよ」

「お前が？　まさか」永尾は目を見開いた。いつも自分の仕事に自信を持ち、他人を見下してばかりいるはずなのに。

「俺は人一倍嫉妬深いんだ。自分以外の人間が特ダネを書くのは許せない」

「いくら何でもそれは極端じゃないか？」鳥海が真面目に言っているのは分かったが、永尾の感覚では理解できないものだった。「特ダネはたくさん載ってる方がいいじゃないか」

「そうかもしれないけど、とにかく俺は許せないんだ」

　参ったな……永尾は思わず口をつぐんだ。何でこいつの激した口調に耐えながら飯を食わなきゃいけないんだ？

　うつむいていると、鳥海が一転して静かな声で話しかけてきた。

「とにかく、あの特ダネは見事だった。お前はいいポジションにいたよな？　俺みたいに警察ばかり回っているのと違って、球団に食いこめたのが大きかった。本来は、球団担当なんて暇なポジションなんだけどな」

「そんなことはない」永尾は即座に否定した。「警察《サツ》回りをやりながら球団の取材もしてたんだから、お前以上に忙しかったんだぜ」

「とにかく」鳥海が強引に話を打ち切りにかかる。「ネタは見事だった。見事過ぎたんじゃないか？」

「どういうことだ?」永尾は目を細めた。

「あんなデカいネタには、一生に一度出会えるかどうかだ。だからお前、あれを書いて満足しちまったんじゃないか? 記者として最高の仕事をしたんだから、あとは流していける、とでも思ったんだろう?」

「まさか」永尾は即座に否定した。「俺は一年生だったんだぜ? あれは始まりに過ぎなかった」

「じゃあお前、あれから胸を張れるような特ダネを書いたか?」

永尾は思わず黙りこんだ。細かい独自記事は書いてきた。しかし一面や社会面のトップを飾るような記事は一度も書いていない。

だいたいあれから、暇なポジションばかりを経験してきたのだ。横浜支局では、警察回りを一年やった後で市政担当、遊軍、その後で記者が二人しかいない相模原支局で二年。社会部に上がってからは五方面の警察回り、都内版編集部、遊軍、国交省、さらに遊軍……その間何をしてきたかと問われると、口をつぐまざるを得ない。

「一年目に取った新聞協会賞だけで、一生食っていけると思ってるのか? そろそろ結果を出さないと、社会部から追い出されるぞ」

「まさか」

「まさか、じゃない」鳥海の口調は険しかった。「取材部門は、四十歳になると選別が始まるじゃないか。デスクになって編集局に残るか、他の部署に出るか……これからまったく新しい仕事を覚えるのはきついんじゃないか？」

「俺が出されるのが決まってるみたいに言うなよ」

「出たくないのか？」

「……ああ」言ってみたものの、自分でも自分の気持ちが分からない。

「じゃあ、呑気にヒューマンドラマなんか書いてる場合じゃないだろう。もっとインパクトが強いネタで勝負しろよ。それとも、もうそんな力はないのか」

「冗談じゃない」

「あるいは、最初からそんな力はなかったのかね。あのネタだって、偶然で取れたものかもしれないし」鳥海の口調が皮肉っぽくなる。「完全にたまたま、いいネタにぶつかる時だってあるんだよな」

「俺はちゃんと取材してたよ」

「本当にそうかどうかは、お前しか知らない……なあ、もうちょっと真面目に仕事しろよ。お前、今は完全に流してるだろう」

「ちゃんとやってる」説得力がないと思いながら、永尾はつい反論してしまった。「やってなければ、とっくに社会部から追い出されてるだろう」

「社会部はいつでも人手不足なんだよ」鳥海の台詞は強烈だった。

「お前……何なんだ？」永尾は鳥海を睨みつけた。「何が言いたい？　俺を馬鹿にしてるのか？」

「あのな、同期を馬鹿にしてもしょうがないだろう」鳥海が溜息をついた。「俺はお前にちゃんとやって欲しいんだよ。同期だから言うんだぜ」

「だから、ちゃんとやってる」

「やってない」鳥海が即座に否定した。「俺の目から見たら、全然ちゃんとやってない。お前は、十六年前の新聞協会賞の威光だけで生きてきたんだ。確かに大変な賞だけど、世間はずっと覚えているわけじゃないぞ。そもそもあの野球賭博だって、二十一世紀の事件を百件選ぶ時に入ってくるほどのものじゃない」

「二十一世紀の事件？　二十一世紀は始まったばかりじゃないか」

「選ぶのは二〇九九年か二一〇〇年だろうな」

「そんな先の話を言われても……」

「とにかくお前は、あの仕事の上に胡座《あぐら》をかいてるだけだ。そりゃあ最初は誰でも、一目置くさ。入社一年目でいきなり新聞協会賞なんて、どれだけすごい記者なんだろうと思う。でも、化けの皮は徐々に剝がれるんだ。今のお前は何もやってない――少なくとも、意味のある仕事はやってない。十七年前のことはさっさと忘れろよ」

「忘れてるよ。あんな昔の話――」

「忘れてないだろう」鳥海が永尾の言葉を遮った。「忘れてるならどうして、わざわざ竹藤の事件を取材してる？」

「あの事件に問題があるからだ」

「何にこだわってるか知らないけど、奴が犯人なのは間違いない。死体のすぐ側で、血のついた包丁を持って立っていた――これ以上の証拠はないし、本人も犯行は認めている」

警視庁クラブこそ、一課担当の取材が甘かったんじゃないか？　永尾は口から出かかった言葉を呑みこんだ。口喧嘩になったら、鳥海に勝てるわけがない。

「とにかくお前はまだ、あの事件に縛られてるんだよ。いい加減にしないと、お前は東日史上最大の一発屋で終わるぞ」

永尾は叩きつけるようにグラスを置き、立ち上がった。

「帰る」

「話は終わってないぞ」

「何でお前に説教されないといけないんだ？」

「説教じゃない。忠告だ」

「チャーハンと焼きそばは一人で食ってくれ……俺も忠告しておくけど、こんな飯の食い方をしてると、早死にするぞ」

　店を出て、永尾はすぐに煙草をくわえた。この辺も路上喫煙禁止なのだが、無視して火を点ける。深く煙を吸いこみ、天を仰ぐ。空気が重く、雨を予感させる夜空……いや、正確には夜空ではない。東京の繁華街では星は見えないが、多種多様な灯りが夜を白く染め上げる。

　煙草を携帯灰皿に押しこむと、永尾は足早に歩き始めた。鳥海の言ったことは当たっている――認めたくはないが、自分は十七年前の賭博事件に頼っていた。あの時点では、同期のライバルであった鳥海にも大きな差をつけたのは間違いない。一年目のスタートダッシュで、トラック一周分ぐらいのリードを作った感じだろう。しかし自分が、その後ジョギングペースで仕事をしていたのに対し、鳥海は常に全力疾走で、今やその差はない――いや、とうに追い抜かれて、今では永尾の方が何周も周回遅れになっているだろう。

藤川はこの取材を進めるように永尾をけしかけた。鳥海はやめろという。

どちらが正しいのか。二人が自分を見る目は、どちらが正確なのか。

4

翌日の裁判では、証人の証言があった。永尾は当然傍聴していたのだが、特筆すべきことはない……裁判の流れをひっくり返すほどの証言はなかった。

昼過ぎに地裁を出ると、急に気が重くなる。今日は、別居している竹藤の妻に会うつもりだったのだ。しかし、一つだけ期待できる材料がある。二人は別居しているものの、まだ離婚はしていない。竹藤のアパートの契約が切れた時に、家財道具を持ち出したのは妻だったのだ。

つまり二人の関係は、まだ切れていない。別居した夫婦は、多くが離婚に至るはずだが、冷却期間を経て仲が元に戻る夫婦も稀にはいるはずだ。そこに期待しよう。

竹藤の妻、涼子《りょうこ》は、保険の外交員をしていた。夫婦二人で働いて、何とか二人の子どもを育てていた、ということだろうか。今時、東京で共働きの夫婦は珍しくないが、何となく侘《わび》しい感じがする。竹藤の場合、事情が特殊過ぎるのだ。

自宅の住所も摑んでいたが、敢えて昼間に会社を訪れることにした。この辺は経験を積んでいるから、会社を説得するのも慣れている——というより、偶然に恵まれてこの取材は可能になった。十年以上前、社会部で警察回りをしていた時に仲良くなった刑事が、定年後にこの会社に勤めていたのだ。一般の会社は、定年後の警察官をよく採用する。「保安要員」ということで、トラブル対策のためには、捜査のノウハウも必要なのだろう。ずっと年賀状のやり取りをしていたのですぐ連絡がつき、彼が会社に話を通してくれた。

しかし普通、会社は社員を守ろうとするものだが……涼子の場合、立場が微妙になっていることもあり、会社側は取材をＯＫしてくれたのかもしれない。間違ってもこんな会社では働きたくないな、と永尾は皮肉に思った。

新宿にある本社に出向くと、受付で顔見知りの元刑事、城山《しろやま》が待っていてくれた。たしか今年、六十二歳……現役時代から年齢以上に歳取った雰囲気だったせいか、還暦を過ぎていても当時とあまり変わっていない。むしろ外見と年齢がようやく一致した感じだった。変わっていたのは眼鏡——度が強くなったようだ。

永尾に気づくと、城山が軽く右手を挙げる。受付に直行しようと思っていたのだが、彼は両手を広げて永尾の動きを止めた。何かあるな……城山は、一階の広いロビーの隅に永尾を連れていった。

「あのな、分かってるとは思うけど、この件は結構厄介だったんだぞ」

「了解してます。お手数おかけして……」永尾は素早く頭を下げた。

「事件の直後も大変だった。警察の事情聴取もあったし、マスコミの連中が直当たりしてきて、散々迷惑をかけられた。よく無事に乗り越えたと思うよ」

犯罪者の家族は、だいたいひどい目に遭う。家族がまったく関係ない事件でも世間は犯罪者扱いするし、「管理責任」を問う声も出てくる。精神的にダメージを受け、社会からドロップアウトしてしまう家族もいるぐらいだ。涼子がこの苦境を乗り越えられたとしたら、子どもの存在故だろう。子ども二人を抱えていたら、ダメージを受けて引きこもっているわけにもいかない。

「ようやく落ち着いたところなんだから、話を聞く時には細心の注意を払ってくれよ」

「分かってます」

「しかしあんたも、何で事件から三か月も経ってから取材なんかしてるんだ?」

「ちょうど裁判が始まったので」

「まあ、俺みたいな年寄りのオヤジがあれこれ言うことじゃないけど……」分厚いレンズの向こうで、城山の大きな目がぎょろりと動いた。「とにかく気をつけてくれ」

「ご協力、感謝します」

「こういうことだと、会社の部屋を貸すわけにはいかない。そこは自分で工夫してくれよ」

「外で——喫茶店かどこかで話を聞きますよ」

「結構だ」城山がうなずく。「じゃあ、今、ここに呼んでくる」

城山が手を尽くしてくれたことはありがたかったが、何だか会社の眼前でブロックされているようでむかついた。もちろん会社としては、こんな用件で訪ねて来た新聞記者を中に入れたくはないだろうが。

城山が受付の女性と一言二言言葉を交わす。受付の女性が差し出した受話器を耳に当て、短く何か言うとすぐに受話器を返した。それから永尾のところに戻って来ると、「すぐ来るから」と告げた。

わずか数分が手持ち無沙汰……よく会う相手なら会話で詰まることはないが、城山と会うのは十数年ぶりである。昔話を始めたら長くなるし、城山の最近の仕事ぶりを聞くにしても、短くは終わらないだろう。城山は昔から不器用というか、説明が長くなりがちな男なのだ。待つだけの短い時間を持て余しているのは城山も同じようで、会話は弾まない。

やがて城山が顔を上げ、ほっとしたような笑みを浮かべる。

「ああ、来たよ」

永尾は城山の視線を追った。エレベーターホールから、背の高い女性がうつむいたまま、足早に歩いて出て来る。そこそこヒールのある靴を履いて身長百七十センチぐらい、と永尾は判断した。もっとも、これぐらいの身長がないと、百九十センチある竹藤とは釣り合わないだろう。

城山が、手際よく二人を引き合わせてくれた。

「じゃあ……」最後に何と言っていいか分からない様子で、城山が言葉を濁す。

「お手数おかけしまして」永尾は丁寧に頭を下げた。

城山が去ってしまうと、永尾は改めて凉子と向き合った。不機嫌そう……なわけではなく、表情を消している。濃紺のスーツにグレーのブラウスという格好は、保険の外交をする人の標準的な服装のように思えた。ロングボブの髪型で、裾の方は顎を隠すように内側に丸まっている。名前の通りに涼しげな目元。竹藤の高校の同級生ということは、永尾とも同い年なのだが、自分よりずっとしっかりして落ち着いた感じがした。

「お忙しいところ、すみません」永尾は下手に出て切り出した。「お仕事は、大丈夫ですか？」

「大丈夫ではありませんけど、取材は……受けることにしています」

「そうなんですか？」

「逃げても、追われますから。だったら、取材を受けた方が早く解放されます」

「それは……ずいぶん立派な姿勢だと思います」

「竹藤から聞きました」ようやく涼子が顔を上げる。「竹藤も、マスコミ対応ではずいぶん大変だったそうですから。いい時も、悪い時も」

やはり夫婦となると、過去の厳しい出来事についても話し合っているのだろう。その「厳しい出来事」の原因を作った一人はまさに永尾だ。

取り敢えず会社を出る。よく晴れた寒い日で、コートを着ていない涼子は寒そうだった。こういうこともあるだろうと予想して、永尾は会社のすぐ近くにあるスターバックスに目をつけていた。この手のカフェは煙草は吸えないし、オープン過ぎて内密の話をするには適していないのだが、この際仕方がない。涼子に風邪でも引かれたら困る。

「そこのスターバックスでどうですか？」

涼子がちらりと顔を上げ、前方の店を確認する。すぐに、首を横に振った。

「すみません。あそこは、会社の人がよく利用する店なので……会社の人には会いたくないんです」

いきなり予定が狂った。こういう時は、相手に任せてしまうのも手だと思い、永尾は「どこかいい店はありますか」と訊ねた。

「ホテルか何かの方がいいと思います。ああいうところのカフェなら、周りを気にしないで話せるでしょう」

想定していた予算を大きく上回ってしまう。しかしこの際、ケチ臭いことは言っていられない……涼子にリードされる形で、永尾は近くのホテルに向かった。

ロビーに入ると、外は相当寒かったのだと改めて意識させられる。涼子も外へ出るのは分かっていたはずで、コートぐらい着てくればよかったのに、と永尾は思った。

ロビーの一角にあるカフェに落ち着き、コーヒーを注文した。街の喫茶店で飲む値段の倍以上だが、たっぷりしたポットで運ばれてきたので一安心する。これならむしろ、お得かもしれない。

「今回は、いろいろと大変でしたね」

「そう、ですね」涼子がコーヒーにミルクだけ加え、スプーンでかき回した。「大変でした」

短い一言に、涼子の苦悩がこもっていた。口では言い表せないだろう。事件から三か月経っても、まだ気持ちの整理もできていないはずだ。

「古い話からお伺いしますが、竹藤さんとは高校の同級生ですよね」

「ええ」

「野球部のマネージャーだったとか？」

「違います。三年の時にクラスが同じだっただけです」

「当時からつき合っていたんですか？」

「いえ」短くはっきりした否定。

「ただのクラスメートだった、ということですか」

「それはそうですよ」涼子が顔を上げた。「あの頃の竹藤は、クラスの——学校のヒーローでしたから」

「甲子園にも応援に行ったんじゃないですか？」

「行きましたよ……強制されてですけどね。私、野球はそんなに好きじゃないので」

それなのに野球選手——元野球選手と結婚したわけか。その疑問をぶつけてみると、涼子が苦笑した。初めて「笑み」に近い表情が浮かぶ。

「つき合うようになったのは、彼が現役を引退してからです」

「きっかけは同窓会か何かですか？」

「竹藤は、同窓会には一度も出ていませんよ。クラスの同窓会にも、野球部のＯＢ会にも。出ないのは当然だと思いますが」

出にくい、というのは十分理解できる。起訴こそされなかったものの、逮捕された人間である。しかもそれによって、野球の道から引かざるを得なかった。竹藤が「合わせる顔がない」と考えるのも自然だろう。

「じゃあ、どこで会ったんですか？」

「バイト先です」

「バイト？」

「竹藤がバイトしていたコンビニエンスストア」

「コンビニなんかでバイトしていたんですか？」永尾は思わず目を見開いた。引退後、竹藤が一番気にしていたのは「人の目」だったはずである。人と接するのが仕事であるコンビニエンスストアのレジに入ろうとした気持ちが理解できない。

「神奈川県内ですか？」

「いえ、山梨です」

「山梨？」確かに神奈川と山梨は県境を接しているのだが、竹藤が山梨にいたというのは意外だった。

「ええ。何かおかしいですか？」涼子が怪訝そうに目を細める。

「いや、山梨にいたことはまったく知らなかったので。何でそんなところにいたんでしょうか」

「逃げ出したから、に決まってるじゃないですか」涼子の目がますます細くなる。そんなことも分からないのか、と呆気に取られているようだった。「神奈川や東京にはいられなくて山梨にいた、それだけです」

「しかし、コンビニの店員っていうのは、ずいぶん極端な話ですね」だいたい竹藤は、そんなに金に困っていたのだろうか。契約金は両親に家をプレゼントして消えたかもしれないが、一年目の年俸だって普通のサラリーマンでは想像もできない額だったはずだ。しかもパイレーツは、一年目の選手には寮生活を義務づけていたから、金を使う暇もなかったはずである。それともどこかで散財して、貯金は一切なかったとでもいうのだろうか。

「誰だって、仕事しないと生きていけないんですよ」

「それはいつ頃ですか？」

「引退してから三年目……だから、二〇〇四年ですね」

竹藤が二十六歳の時だ。あの頃、既に事件の記憶は薄れ始めていた——いや、一般の人はもう忘れていたに違いない。もしかしたら引退してからしばらくは、貯金を切り崩しながらどこかに隠れていて、金がなくなったからバイトをしようと決めたのかもしれない。

「バレなかったんですかね？　あの身長ですし……」

「いつもマスクをしてました。顔の下半分が隠れていると、案外分からないですよ」凉子は冷静だった。今のところ、激する気配も泣き出す気配もない。はるか過去の昔話をしているような感じである。

「それで、あなたはどうして山梨にいたんですか？　当時も今と同じ、保険の外交の仕事をしていたんですか？」

「いえ。大学を出てから建設会社で働いてました。あの時は、たまたま出張で山梨に行って、偶然竹藤に会ったんです」

「それはすごい偶然ですね」

「やっぱりマスクで顔を隠していたけど、私はすぐに竹藤だと分かって……びっくりしました」

「事件のことは、当然ご存じだったんでしょう？」

「ええ。でも、完全に姿を隠している——昔の同級生とも連絡を絶っていたので、山梨にいるとは想像もしていませんでした」

「それで、どうしたんですか？」

「反射的に声をかけました。竹藤も私のことは覚えていて、びっくりしていました」

「それはそうでしょうね」永尾はうなずき、先を促した。今のところ涼子はスムーズに喋ってくれている。こういう時は、余計な言葉を挟まない方がいい。

「私は、ちょっと動転していたかもしれません。何も考えずに、『何時まで』って聞いたんです。それで、竹藤のバイトが終わるタイミングでもう一回店に行って、一緒に食事をしました」

逆ナンパのようなものか。「どうして声をかけたんですか」と訊こうとしたが、永尾が質問するより先に、涼子が説明した。

「自分でも、どうして声をかけたのか、分からないんです。賭博事件のことはもちろん知っていて、でもちょっとどうかなと思っていて……私が知っていた竹藤は、高校生の頃の竹藤なんですけど、賭博に手を出すなんて考えられなかったんですよ。そういうタイプじゃなかったんです。高校にはやんちゃな連中もいましたけど、そういう人たちとはつき合いもなかったし、基本的には野球漬けの毎日で、授業もちゃんと受けていましたからね」

「どうしてあんなことになったか、知りたかったんですか？」

「たぶん……でも、なかなか訊けないじゃないですか。賭博の話なんて、大声でするものじゃないし。だから、竹藤が昔の事情を話したのは、日付が変わりそうな頃でした」

「そんなに長くいたんですか？」

「五時間」涼子が右手をぱっと広げた。「その時はそれだけで……でも、気にはなったんです。私が知っている竹藤じゃなかったから。もともと真面目で面白みがない印象はあったんですけど、暗くはなかったんですよ。それが、目がどんよりとしていて、声もぼそぼそして……」

「同情したんですか？」

「そうかもしれません」涼子が肩をすくめる。「馬鹿みたいな話ですけどね。でも、真面目なのは昔の通りでしたから」

「結婚すると思いました？」

「実際に結婚したのは、それから四年後ですよ。二人とも三十歳になってました。その間、竹藤はあちこちを転々として、仕事も何度も変わっていたし」

「そんな状態で結婚するのは、不安じゃなかったですか？」

「子どもができたので」

「ああ……」

「竹藤も、結婚する気はなかったんです。でも子どもができたから、きちんと責任を取ろうとしたんですよ」

「真面目、なんですね」

「それだけが取り柄です」

彼女の印象は本当なのだろうか、と永尾は訝った。真面目な人間が、そもそも賭博に手を出すだろうか。それが悪いことだとは、当然分かっていたはずだし。

「お子さんは男の子が二人、でしたね」

「ええ」

「仕事はどうしていたんですか？」

「私は辞めて……あの会社は、女性には厳しかったですから。産休、育休の制度も不十分でしたし、最初の子の時は私も体調がよくなかったんです。だから、辞めるしか選択肢がありませんでした」

「竹藤さんの方は、仕事はどうしていたんですか？」

「あの時は、東京で働いていました。営業の仕事だったんですけど……高校の先輩の紹介でした。意外に向いていたみたいですよ」

「パソコン関係ですか？」

「いえ」涼子が意外そうな表情を浮かべる。「それはその後……結婚した時には、事務機器の営業でした」

「正社員ですか?」

「契約です。正社員になったのは、パソコン関係の営業をしていた時で……」

「そこをリストラで辞めさせられて、今の職場に入ったんですね?」

「今の職場ではないですけどね」涼子が皮肉っぽく言った。「最後の職場です」

しかしこれで、竹藤の職歴は何となくつながった。バイト生活で食いつなぎ、結婚を機に営業マンとしての人生を歩み始めた。ただし不運もあり、最後は……いったい何があったのか、という疑問は膨らむばかりだった。

「失礼を承知で伺いますが、別居したのは二年前ですよね?」

「ええ」涼子の表情が強張る。

「今の——最後の仕事に就いたのと、どちらが先でしたか?」

「別居が先です」

「それで家を出て、一人で川崎にアパートを借りたんですね?」

涼子が無言でうなずき、コーヒーを一口飲んだ。カップを摑む左手の薬指に指輪がないことに気づく。もともとしていなかったのか、外してしまったのか。

「失礼ですが、別居の原因は何だったんですか？」

「疲れたんです」

「疲れた？」

「竹藤は、ずっと闇を抱えていたんです。そこには、私も触れませんでした」

「野球賭博のことですね？」

「ええ……もしもちゃんと話してくれれば、私は聞くつもりでいました。何か言えるとは思っていませんでしたけど、話しただけで楽になることもあるじゃないですか」

「そうですね」

「でも、竹藤は絶対に言いませんでした。結局、私にも心を開いていなかったんだと思います。それに忙しかったので……二人とも働いていて、子どもも二人いると、夫婦の時間はなかなか取れないんです。いつの間にかすれ違いが多くなって。別に大喧嘩したわけじゃないんですけどね」

「借金があったと聞いています」

「ああ、それは……それは私の責任でもあります。生活費を借りただけですよ」

「消費者金融ですか？」

うつむいたまま、涼子が素早くうなずく。しかし、夫婦が共働きしていて、消費者金融に頼らねばならないほど家計が苦しかったのか？

「それも別居の原因なんですか？」

「そうではない、とは言えませんね。夫婦で借金を背負いこまないようにと、竹藤が考えていたのも確かです」

だったら「すれ違い」とは言えないのではないだろうか。取り立てが家族に及ばないようにするために、別居という形をとったとすれば、竹藤はむしろ家族思いの人間だ。

「お子さんとの関係はどうだったんですか？」

「普通……としか言いようがないですね」涼子が寂しげな笑みを浮かべた。

「二人とも男の子ですよね？　野球はどうですか？」

「自分が野球をやっていたことも話していません。上の子はもう十歳なので、話せばある程度事情は分かったかもしれませんけど、一言も言いませんでした。家にも、野球関係のものは一つもないぐらいですし。記念品……トロフィーや賞状はたくさんあったはずなんですけど、そういうのは全部実家に預けた、と言ってました」

「実家が売りに出されたのはご存じですか？」

「ああ……はい」涼子の顔が暗くなった。「竹藤の両親から連絡がありました」

「向こうのご家族とは交流があったんですか？」

「交流というほどの交流はありませんでした。竹藤が、実家にもあまり顔を出したがらなかったので」

　竹藤の心境は容易に想像できる。親に対して後ろめたい気持ちもあっただろうし、実家に近寄れば昔からの顔見知りに会う可能性も高い。捨てざるを得なかった故郷、ということだろう。

「でも私は、電話ではよく話していました。竹藤の代わりに、彼の両親と話していたつもりです。だから、家を売る話も直接聞きました」

「やはり、あの事件がきっかけですか」

　涼子が無言でうなずく。表情は暗かった。スプーンをまたコーヒーに突っこみ、意味なくかき回す。永尾はようやくコーヒーに口をつけた。少し冷めてしまっている。ぐっと飲み干して、ポットから注ぎ足した。熱いコーヒーを一口飲んで、気を落ち着ける。ここからが大事な話だ……。

「ご両親は引っ越されたんですね？」

「ええ」

「どこに行かれたんですか」

「それは言えません」涼子がきっぱりと言い切った。「言えば、彼の両親のところへ取材に行くんでしょう？」

「それは……もちろんそのつもりです」

「だったら、絶対に言えません。両親をこれ以上悲しませるわけにはいきませんから」

「しかし、一番近くにいる人に話を聞きたいんです」

「やめて下さい」涼子の強い口調に揺るぎはなかった。「あの事件では、彼の両親もたいへんなショックを受けているんです。賭博事件の時もそうだったと聞いていますけど、あの時の比じゃないんです」

「それは分かりますけど――」

「両親には接触しないで下さい。私が今話しているんだから、それでいいじゃないですか」

複雑な人間関係だ、と永尾は思った。別居中とはいえ、涼子は夫とその家族を大事に思っている。そのためには、自分が防波堤になるのも厭《いと》わない――立派な態度だが、少し自己犠牲の度が過ぎるのではないかと思った。

「無理しないでいいんじゃないですか」

永尾が静かな声で言うと、涼子の顔から力が抜けた。これは落ちる、壁が崩れると思ったが、涼子はすぐに持ち直した。

「無理します。これ以上、苦しむ人が出るのは耐えられません」

「でも、あなたも苦しんだんでしょう？」

「苦しみましたけど……別居しているとはいえ、籍が入っている以上、夫婦の責任はあると思います」

「そこまで自分を追いこまなくてもいいんじゃないですか？　竹藤さんの荷物を、アパートから引き取ったんですよね？」

「誰かがやらないといけませんから。彼の両親には任せられません……全部売り払って、売れないものは粗大ゴミに出しました」

強烈な台詞《せりふ》だったが、憎しみは感じられなかった。単なる「業務連絡」のように聞こえる。

「竹藤さんは、見ず知らずの他人を殺すような人だったんですか？」

「いいえ」

「最近、会いましたか？」

「別居してからも、月に一度は会ってました。子どもたちが会いたがっていたし」

「同居していた頃と比べて様子が変わっていたとか……」家族と離れて侘しい独り暮らしが始まれば、精神的に荒《すさ》んで犯罪に対するハードルが下がることもままある。それこそ自棄《やけ》になって、ろくに呑めない酒を呑んで暴れるとか。

「同じです」涼子が静かに首を横に振った。「いつもと同じように、真面目で静かな人ですから」

「じゃあ、事件の一報を聞いた時はどんな感じでした？」

「ぼうっとしてしまいました」涼子が打ち明けた。「事実と、私が知っている竹藤のイメージがまったく結びつかなかったので」

「お子さんたちはどうしていますか？　今回の件については話されました？」

涼子が唇を引き結ぶ。顎に力が入り、唇が震え始めた。泣くのでは、と予感して永尾は後悔したが、涼子は踏みとどまった。

「詳しくは話していません。でも、『パパにはしばらく会えないから』とは言ってあります。下の子がまだ五歳で、泣いて困りました。それに長男の方も……学校ではいろいろ言われたようです」

「いじめじゃないですか」

「学校には相談して、その辺は何とか治りましたけど……先生方がしっかりしている、いい学校なんです」

「そうですか」一つの家庭が壊れた。おそらく建て直すのは不可能だ。

「とにかく、私は何も知らない……無責任だと思われるかもしれませんけど、二年間別居していると、知らないことも増えるんです」

「ええ」

「どんな人とつき合っていたのか、普段何をしていたのか……だいたい、酒を吞むようになったことだって知りませんでした」

「本当に吞まなかったんですか?」これが永尾には意外だった。スポーツ選手は誰でも、水代わりに酒を吞むような印象がある。

「野球をやめた時に酒もやめた、と言っていました」

「じゃあ、もうずいぶん長く吞んでいないんですね」

「それがスナックで事件を起こして……二年前だったら、お酒を吞む場所に行くなんて考えられませんでした」

それは確かに……竹藤の勤務先の上司、所も「そもそもあまり酒を吞まない」と言っていたし。スナックが殺人事件の舞台になったというだけで、竹藤は今もそれほど酒を吞まないはずだ。吞むようになったというのは、涼子の思いこみに過ぎない。

だがそれを、わざわざ涼子に説明する必要はないだろう。だいたい、事件の時に、竹藤はほとんど酒を吞んでいなかった。酒場でのトラブルが原因らしいということで、呼気のアルコール検査も行われたのだが、検出されたのは極めて微量。最初に話を聞いた刑事の印象でも「素面《しらふ》」で、酔った上の犯行という感じではなかったようだ。

素面だったら、もっと悪質なのか？　「酔った上で」という枕詞がつけば何でも許されるものではないが……。

永尾はなおも質問をぶつけ続けたが、涼子の答えは結局一つだった。「あんなことをする人ではない」

だったら何故？

疑問が募るだけの取材だった。

5

涼子と別れ、新宿駅へ向かって歩き出す。途中、思いついてスマートフォンを取り出した。昨日会った刑事、金崎に会ってみようか。彼もこの一件については疑問を抱いている。

いや、後回しにしよう。

いくら疑問を抱いていても、一介の刑事である金崎に何かできるわけがない。捜査本部で決めて動いた方針を、裁判が進んでいる今になって、一人の刑事がひっくり返せるものではないのだ。そもそも、上司や仲間に対して、「あの捜査はおかしい」と疑義を呈するなど不可能だろう。

そもそも、金崎よりも先に会うべき人間がいる。竹藤の担当弁護士、内野《うちの》。逮捕から公判までずっと面倒を見ている人物なので、「現在の」竹藤を知るのに最も適している。

調べておいた弁護士事務所に電話を入れると、幸い内野は摑まった。しかし、永尾の取材申し入れに対しては、色よい返事をしない。

「裁判中のことについては、あまり喋りたくないんですよね」

「すぐに記事にするわけじゃありません」永尾は粘りにかかった。「いつか別のタイミングで……と思っています。公判の邪魔になるような記事を書くつもりはありませんよ」

もしも新しい事実が出てくれば、話は別だが。裁判はあくまで、起訴事実が正しいかどうかを判断する場である。そして、起訴状に事件の全てが書いてあるわけではない。埋もれた事実が発見されれば、裁判の進行には関係なく書くべきだと思う。

ただし今のところ、急いで書くべき事実はない。

「実は私は、竹藤さんをプロ野球から追い出した人間なんです」永尾は切り札を出した。

事実である。

「追い出した」は大袈裟だが、そのきっかけを作ったのが永尾の一連の記事だったのは
「え?」内野の口調が変わる。明らかに興味を引かれたようだった。

「竹藤さんが、野球賭博で永久追放処分を受けたのはご存じですよね? そのきっかけになった記事を書いたのが私です」

「そんな昔の話を、まだ追いかけ回しているんですか?」

「まさか」永尾は即座に否定した。「あの件は終わってますよ。私はただ、あんな事件を起こした人が、どうして殺人事件にかかわるようになってしまったのか……それが知りたいだけです」

「興味本位ですか?」

「記者の本能です」

「まあ……取材拒否する理由もないですね」

「事務所まで伺います。これからでもよろしいですか?」

「記者さんというのは、本当に強引ですね」内野が苦笑する。

「強引になるのも仕事のうちなので。では、今から三十分後に伺います」

電話を切り、「よし」と自分に気合いを入れる。内野の事務所は新橋で、新宿からは

山手線で一本だ。

「強引ですね」と言われたのはいつ以来だろう。もしかしたら、新人時代以来かもしれない。あの頃の永尾は、鳥海たち同期、それに他社の警察回りと競い合うように必死に仕事をしていた。嫌がられても怒鳴られても食らいつき、何とか相手からコメントを引き出そうとした。

しかし二年目以降、そういう強引さは影を潜めてしまったと思う。「俺はやれる」という自信——新聞協会賞の威光を勝手に取り入れていた。結果、必死に取材することを忘れ、適当に済ませていたのだ。

強引に取材する——こんな感覚を味わうのは久しぶりだった。

しかし、悪くない。嫌がられても突っこみ、相手を納得させることこそ、記者の醍醐味ではないかと思えてきた。

内野の事務所は、住所的には「港区西新橋」だったが、「虎ノ門」を名乗ってもクレームはつかないだろうな、と永尾は思った。道路を渡った向こうが虎ノ門、という場所なのだ。

既に夕方六時。しかし雑居ビルの四階にある事務所はまだフル稼働中だった。こういう共同事務所では、各弁護士の部屋は個室になっているものだが、ざわついた雰囲気は伝わってくる。弁護士というのは、実に忙しい仕事なのだ。「優雅に儲ける」ようなイメージもあるが、完全に妄想である。

受付で名乗ると、すぐに会議室に案内された。個室ではないのか……大きな会議室で二人きりで話していると集中力を削がれるのだが、仕方がない。

内野は中肉中背の中年の男で、黒々と盛り上がった髪は天然パーマのようだった。ワイシャツの袖をまくり上げて、毛むくじゃらの前腕を見せている。ネクタイを少し緩めていて、法廷で見た姿とはかなりイメージが違っていた。法廷ではさすがにきっちりした格好をしているのだが、事務所へ戻るとだらしなくなるようだ。ここは、リラックスできる場所なのだろう。別に、好ましくないわけではない。永尾も、ネクタイをきちんと締め上げることなど、ほとんどないのだ。

「法廷にいました？」内野がいきなり切り出してきた。

「ええ、三回とも。分かるものですか？」

「分かりますよ。あの法廷は、傍聴席がそんなに広いわけでもないですから……それにあなた、ずいぶん熱心に見られていたようだし」内野が、テーブルに置いた永尾の名刺を確認した。「司法クラブの方ではない？」

きり。やはり間抜けな感じがするし、喋りにくい。

「それで」内野が背の高い椅子に体を押しつけた。「ご用件はどういうことでしょうか」

「社会部の遊軍です」

「何でも屋さんですか」

「そういうことです」さすが弁護士は、記者の仕事もよく分かっているようだ。

永尾は少しだけ沈黙した。巨大な――十人ほどが同時に座れるテーブルを挟んで二人
「最近の竹藤の様子を知りたいんです」

「最近のと言われても」困ったように、内野の眉間に皺が寄る。「彼は世間から隔絶された場所にいて、裁判を受けているんですよ。既に普通の状態ではないわけだ」

「それは分かります」永尾は食い下がった。「内野さんは、今一番頻繁に竹藤に会える人でしょう。そういう人から見た竹藤の印象について、お伺いしたいんです」

「反省してますよ」内野はあっさり言った。「自分が何をやったか、しっかり理解して反省しています。だから公判では、争う要素がほとんどない」

「本当にそうですか?」

「何か問題でも?」内野の目つきが急に鋭くなった。

「一つだけ、気になることがあります」永尾は人差し指を立てた。「凶器の包丁なんで

すが、あれを自宅から持ち出したというのは本当ですか?」

「ええ」

「包丁を持ち歩いていたんですよね? それを警察官に見つかれば、銃刀法違反で逮捕されますよ? いい大人なんですから、そんなことが分からないとは思えない」

「しかし、竹藤さんはそう証言している……私がそんなことを気にしていないとでも思いました?」

「いや……」挑発的な言い方に、永尾は思わず引いた。弁護士の能力を過小評価すべきではない。しかもプライドが高い人たちなのだ。

「もちろん普通の人は、包丁を持ち歩くようなことはしませんよ。だから私も確認しました。しかしとにかく、『持っていたから』の一点張りです。それ以上、話は進みませんでした」

「あり得ない……」

「あり得ないように思えるかもしれないけど、事実は事実なんです」

「理由は問題にならないんですか?」

「総合的に判断して、この裁判では問題にならないでしょう」内野が断定した。

「そうですか……」専門家に「問題にならない」と言われてしまうと反論もできない。

しかし永尾は、裁判では出てこないはずの事実が気になった。

「包丁の件、気になりませんか？」

　無言で目を見開き、内野が永尾を睨んだ。口を開きかけたので、機先を制して畳みかける。

「弁護士は——裁判は真実を追究する場ではない、それは分かります。裁判に必要な要素以外のことを気にしていたら、時間ばかりかかって仕方ないですからね。でも、真実を知りたいと思ったことはありませんか？　それは人間の基本的な感情だと思いますが」

「まあ……昔はね」内野が顎を撫でた。

　この弁護士は四十代半ばだろうか。謎を追う気持ちを失い、純粋にテクニックだけで裁判を戦うようになってからどれぐらい経つのだろう……もっとも、自分も同じようなものか。新聞記事を書く時も、次第に惰性でこなすようになってくる。

「もちろん、弁護士の立場として、裁判に関係ないことに力を注げないことは分かります。しかし、新聞記者である私にはそれができます」

「包丁の件がそんなに引っかかるかね」内野が厳しい視線を永尾に向けた。「裁判はすぐに終わる……判決後に控訴するかどうかはまだ分からない。基本的に、竹藤さんは判決をそのまま受け入れると思うが……ただ、包丁の件を詳しく調べた結果、彼に不利な材料が出てくる可能性を考えたことはありますか？」

「もちろんです」永尾は低い声で言った。「常に包丁を持ち歩いているような人は、精神状態を疑われてもおかしくはない。そもそも銃刀法違反ですよね？」

「そう。だから私も、この件については本人に深く確認しなかったんです。警察が、持ち歩いていた理由についてそれほど追及していなかったことも分かっていましたからね。何も、余計なことをして墓穴を掘る必要はないでしょう。あなたがやろうとしていることは、彼の破滅のスピードを速めるかもしれないんですよ」

「竹藤さんは、もう一度破滅しているんですよ」

「……十七年前の野球賭博で」

永尾は無言でうなずく。内野の表情はさらに厳しくなっていた。唇をきつく引き結び、目はほとんど閉じている。何か言いたいのだ、とすぐに分かったが……彼の口からは、とんでもない事実が飛び出してきた。

「十七年前、私は竹藤さんの弁護を手伝った」

「そうなんですか？」永尾は目を見開いた。「まだ駆け出しで、当時は横浜の事務所にいてね……父親の事務所だったんですが。父親が弁護を担当して、私がそれを補佐した。

結果的に彼は起訴猶予で釈放されて、法廷で戦うことはありませんでしたけどね」

「まさか、当時の関係があったから、内野さんに弁護を頼んできたんですか？」

「正確には、父親に」内野がうなずいた。「ただ、私の父親は横浜で開業していたし、そもそも五年前に亡くなっています。それで、あちこち連絡が回って、結局私のところに話が来たんですよ。たまたま東京の事務所に入りましたから、今回は都合がついた」

「竹藤さんは、あなたを覚えていたんですか？」

「ええ。彼の記憶力は大したものですよ。ちょっと気まずい感じもしましたがね。同じ弁護士に二度弁護してもらうことなんか、滅多にないんですから——彼にすれば、知り合いを頼っただけかもしれませんが」

「球界を追放されてから、ずいぶん苦労してきたようですね」

「当たり前ですよ」むっとした口調で内野が言った。「まともな社会人としてやり直すのがどれだけ大変だったか、あなたも想像できるでしょう？　ずっとバイト生活を続けてきて、結婚してようやく普通に会社で働けるようになって」

「でも、別居しましたよ」

「そうであっても、そこまで頑張ったんですから」

「ずいぶん肩を持つんですね」少し入れこみ過ぎではないか、と永尾は訝った。弁護士だから、被告を信じてサポートするのは当然だが、それにしても気持ちが入り過ぎている。「前回弁護したことも影響しているんですか？」

「それもありますけど、私は昔からパイレーツファンでね……横浜育ちですから。竹藤さんは、弱いチームに現れた救世主だったんですよ。十年に一人――二十年に一人のピッチャーだったのは間違いない。あんなことがなければ、今頃は二百勝していたかもしれない。大リーグで活躍していたかもしれない。そういう人材が潰されたんですから、残念至極ですよ」

「しかし彼は、賭博をしていました」潰された、という一言に永尾は敏感に反応した。当時の永尾は、「潰す」などという意識はまったく持っていなかったのだ。そこに反社会的、犯罪的事実があるから書いた、それだけである。竹藤が野球選手であることは、記事が大きくなる材料である、という程度にしか考えていなかった。要するに竹藤は、ニュースバリューの高い存在だったのだ。

「それは分かっています。私だって、賭博を容認するわけじゃない。ただ、何かもっと別の方法があったんじゃないかと思いますよ。プロ野球機構は、処分を急ぎ過ぎた」

「しかし竹藤さん自身、機構の処分がなくても自ら身を引いていたかもしれません」

「どうしてそう思うんですか」内野がぎろりと目を見開いた。

「謝罪会見も取材していましたし、彼の話を聞いていて、反省が深過ぎる――もう野球に帰ってこない気持ちが強いのははっきり分かりました」

内野がゆっくり目を細めると、息を吐いた。いかにも残念そうに首を横に振る。

「まあ……記者さんとしては、事実を摑めば書かないわけにはいかなかったんでしょうね」

「ええ」しかもそれが特ダネならなおさらだ。

「あの記事を読んで、私がどれだけショックを受けたかは分かるでしょう？」

「もちろんです」逆の立場だったら――永尾が単なるパイレーツファンで、記事で事実を目の当たりにしたら、激怒したかもしれない。「余計なことを書きやがって」と……。

「怒りの持って行き場がなくて、悶々としましたよ。しかも最終的には、竹藤さんは引退を余儀なくされた」

「そういう言い方はやめていただけますか」永尾は静かに抗議した。「あの記事が間違っていたとは思っていません。書く必要があったから書いたまでですし、彼を引退に追いこむような意図はありませんでした。先ほど追い出したと言いましたが、それはあくまで、結果です」

内野が不機嫌そうに唇を捻じ曲げ、腕組みをした。怒る権利もないことは理解していて、それでも誰かに怒りを転嫁したい──パイレーツファンなら当然の心理だ。

「しかし結果的に、稀代のピッチャーを引退に追いこんだことを、何とも思わなかったんですか」

重い質問に、今度は永尾が黙りこむ番だった。そう……最初にあの事件の端緒を摑んだ時には、騒ぎがここまで大きくなるとは思ってもいなかった。一番ありそうなシナリオは、警察や球団、プロ野球機構の調査が曖昧なままで終わり、全てがうやむやになってしまうことだった。情報を摑んでから、過去の賭博事件について調べてみたのだが、賭博組織の全体像をきちんと摑んで、全員を摘発したようなケースはほとんどなかったのだ。

ところが事態は永尾の想像を超えて動き始め、竹藤とパイレーツファンにとっては最悪の結末になった。

そこに後悔はなかったか？

あった。

とんでもないことをしてしまった、という気持ちがずっと拭えなかったのだ。あれだけのピッチャーが、自分の記事一本で引退を余儀なくされる。新聞の影響力の大きさをまざまざと思い知った一件だった。永尾はしばらく、パイレーツファンから石を投げられるのではないかという妄想に囚われた。署名入りで記事を書いたこともあったから、名前はばれている。もちろんそんなことはなかったが、どうにももやもやしたものが残ったのは確かである。

かといって、自分に何かできるわけでもなかった。パイレーツファンの中には、竹藤の復権を求めて署名運動をする動きもあった。それは実際に結実し、竹藤が引退表明してから半年後には、五万人の署名がチームとプロ野球機構に渡されたのである。きっかけになる記事を書いた自分が、その署名運動に参加するわけにはいかない……それは分かっていたが、記者としてやれることはないかとずっと考えていたのは事実である。

悪いことをしたわけではない。

ただ、自分でもコントロールできない事態を前にして、「こんなつもりじゃなかった」という気持ちをどうしても捨てることができなかったのだ。

贖罪《しょくざい》……かもしれない。

自分の行動は百パーセント間違っていなかった。しかし他にもっと上手い手があったのではないだろうか。あの時の後ろめたい気持ちが今の自分を動かしている、と永尾はようやく認める気になった。

結局、内野からはほとんど情報が得られなかった。弁護士という立場上仕方ないのかもしれないが、徒労に終わったことを意識するとげっそりと疲れる。

どうしたものか……仕事を終えたサラリーマンで賑わい始めている新橋の街中にさまよい出たものの、永尾は立ち止まってしまった。

行く場所がない。

一杯やって気持ちを鎮めたいところだったが、一人で呑む気にはなれない。かといって、誘う相手もいないのだった。公判は明日も予定されているから、アルコールを入れないクリアな状態で帰るか。その前に本社に顔を出して——とも思ったが、そんな気にもなれない。本社へ行けば、いろいろな人に会う。最近の永尾は、同僚と顔を合わせることさえ面倒だった。

連載のゲラは……明日出る予定だ、と思い出す。ゲラが出たら一応確認しないといけないが、今夜はすっぽり空いている。

肩に誰かがぶつかった。ふと気づくと、歩道の真ん中で立ち止まって、通行の邪魔になっている。これじゃまるっきり馬鹿だと思い、近くのビルの前まで移動した。植えこみの部分が、腰かけるのにちょうどいい高さ……しかし、いくら何でも人様のビルの前で腰かけて一休み、とはいかない。

何だか疲れた。両手で顔を擦り、さらに指先で目を刺激する。指を放して目を開けると、視界がモヤモヤと歪んだ。

スマートフォンが鳴りだす。藤川からの原稿の問い合わせかもしれないと思ったが、画面に浮かんでいたのは懐かしい名前だった。記者の習慣で、すぐに電話に出ようと思ったが、一瞬躊躇《ためら》う。この番号を登録したのは、もう十七年も前だ。以来ずっと電話帳には入ったままなのだが、最近はこちらからかけたこともかかってきたこともない。別の誰かの電話番号になっている可能性もあるのではないだろうか。

しかし無視するわけにもいかない。思い切って電話に出ると、懐かしい声が耳に飛びこんできた。

「パイレーツ……元パイレーツの花山《はなやま》です」

「花山さん……」永尾は思わず言葉を失ってしまった。声を聞くのは本当に久しぶりだ。そして、「元」というのはどういうことだ？　一瞬訳が分からなかったが、すぐに定年で辞めたのだろうと思い至る。賭博事件があった頃、花山は四十代の半ば。それから十七年が経っている。

「急に電話してすみませんね」花山は昔と同じように丁寧な話しぶりだった。

「いえ……よく私の電話番号が残っていましたね」

「私は、こういうものは、絶対に削除しないんです」花山の声は穏やかだった。「仕事柄……いやいや、職場はもう定年になりましたけどね」

「いつだったんですか?」

「二年前」

ということは、十七年前は四十五歳だったわけだ……あの頃彼は、もっと老成しているような感じだったが。外見が、ではない。小柄で童顔なので、むしろ若く見えたのだが、態度が堂々としていたというか……賭博事件の大騒ぎの中でも、彼だけは落ち着いて見えた。花山がいなかったら、パイレーツ広報部は崩壊していたかもしれない。

「ちょっと会えませんか? 今、東京に出て来ているんです」

「これからですか?」

「まだ仕事ですか?」遠慮がちに花山が訊いた。

「いや、大丈夫です。仕事なんか、何とでもなりますから」実際、すぐにやるべきこともない。

会う場所を決めてから、永尾は思い切って「私に何か用ですか?」と訊いてみた。東京に出て来て、懐かしく永尾の顔を思い出したからとは思えない。

「竹藤のことで、話したいんです」

そういうことなら、こっちから頭を下げて頼みたい。

第三章　過去

1

「ややや、どうも。お久しぶりです」

顔を綻《ほころ》ばせた花山を見て、永尾は長い空白が一気に埋まるのを感じた。昔とほとんど変わっていない——とまでは言い切れないが、予想したより老けていなかったのは事実だ。体も萎んでいない。

「変わりませんね、花山さんは。相変わらず空手はやっているんですか？」

「週に二回は道場に通ってますよ。もう、五十年になりますね」

「すごいですねえ」永尾は溜息をついた。この元気さには、もう追いつけない。

「お互い様でしょう。永尾さんもまだまだ若い……今、四十歳でしたね」

「よく覚えてますね」

「ええ」花山がにこやかな表情を浮かべる。「あの年、あなたは新人で二十三歳だった。

人生において記念すべき年だったでしょう」

「まあ……そうですね」彼の言葉がチクチク胸に刺さる。

「それが四十歳になるんだから、時の経つのは早いものです」
四十、と言われると急に疲れを感じる。あの頃——二十三歳の頃は、自分が四十歳になった時のことなど想像もできなかった。四十歳など、とんでもない年寄りに思えたものだが、実際に自分がその年齢になったら、大人になれたとさえ思えない。
待ち合わせの場所に指定されたのは、渋谷駅からほど近いビルに入ったタイ料理店だった。インテリアを見て、漂う香りを嗅いだ限りでは、結構本格的な感じ……あちこちを見回しているうちに、ふと思い出した。

「この店、横浜にもありましたよね？」

「そうそう、あそこの姉妹店です。一緒に行ったの、覚えてませんか？」

即座に記憶が蘇って、永尾はうなずいた。あれは六月に入ったばかりの頃だったか……まだ梅雨には入っていなかったと思う。竹藤が怪物の片鱗を現し始めた頃——五月に五勝を挙げて月間ＭＶＰに選ばれた直後だったはずだ。その頃永尾は、支局の上司に命じられて、「竹藤マーク」を始めていた。もちろん賭博問題はまだ表面化しておらず——後に裁判で明らかになったところでは、竹藤はこの時期、まだ賭博に手を染めてもいなかった——地元生まれで地元球団に入ったニューヒーローを徹底して密着取材する。何しろパイレーツには絶えて久しかった、書くべき価値のある選手だったのだ。

もちろん、運動部のパイレーツ担当のように自由に取材ができるわけではなかったし、警察《サツ》回り本来の仕事にも縛られていたのだが、それでも事件取材の合間を縫って竹藤の周辺取材を始めた。実家、中学、高校……「怪物」の子ども時代を調べるのは、なかなか興味深い取材だった。

花山と親しくなったのもその頃だった。花山はパイレーツプロパーの職員で、当時は広報部の課長だった。親会社から送りこまれてくる部長はあくまで「お飾り」のようなもので、実質的に現場を仕切っていたのは花山である。

あの頃……初めて花山と二人きりで食事をしたのが、この店の横浜店だった。それを告げると、花山の笑みがぱっと広がる。

「覚えてましたか」

「もちろんです。あの頃、花山さんはガードが固かったから……花山さんと個人的に話をしたり、ましてや飯を食ったりするのは、我々の側からすると大変なことだったんですよ」

「球場の外で会っても、特別な話が出たわけじゃないですけどねえ」花山が苦笑した。

「あの時、訊こうと思ってたんですけど……」

「何ですか？」

「どうして私を誘ってくれたんですか？　与《くみ》し易しと思ったからですか？」

「まさか」花山は即座に否定した。「地元横浜の記者の中では、あなたが一番熱心だったからに決まってるじゃないですか」

「そんなにギラギラしてました？」

「あの頃はね。今は……」花山が、永尾の顔を正面から覗きこんだ。「だいぶ脂が抜けましたかね」

「十七年分、歳を取ったんですよ」

「それだけですか？」

どうしてこんな風に突っこんでくるんだ？　永尾は口をつぐんだ。しかし花山はそれ以上話そうとせず、メニューを眺め始めた。

「去年、今年と続けてタイに行ったんですよ。女房の提案でね」メニューに視線を落としたまま花山が言った。

「そうなんですか？」

「二年前に定年退職して、暇になりましてね……行ってみたら、まあ、はまりましたよ。

物価も安いし、人も穏やかだし、何より飯が美味《うま》い」

「まさか、移住しようなんて思ってませんよね？」最近、定年後の海外移住も盛んだ。中でもタイは人気だというが……いろいろトラブルもあると聞いている。

「そこまで入れこんではいないですよ。やはり、住むなら日本ですね。ただ、タイ料理を食べる機会は増えました」

「美味いですよね」永尾も同意した。

「辛いものが好きな人には、世界で一番かもしれません」

タイ料理店ではお約束のシンハービール。それに一通り名物料理が食べられるコースを頼んだ。ビールで乾杯すると、花山がほっと一息つく。

「東京には何の用事だったんですか？」

「知り合いに会いに来ましてね……本当は一緒に夕食を食べるつもりだったんですが、急に向こうの都合が悪くなって」

「私は代打、ということですか？」

「いや、失礼。そういうわけじゃないですよ」花山が慌てて言う。耳が赤くなっていた。

彼は昔からこうだ。プロ野球チームの広報担当は、なかなかタフな仕事である。海千山千の新聞記者を相手に、嫌われず怒られず、秘密は絶対に守って、チームにプラスになる記事を書かせる——ある意味綱渡り的な仕事なのだが、花山は「人柄」で、この難しい仕事を上手くこなしていた。穏やかで誠実で、絶対に嘘はつかない。それ故各社の記者たちも、何とか花山といい関係を築こうと努力していたのだが、どうやら「個人的にはつき合わない」というのが花山の方針らしかった。本人はそんなことは一度も口にしていないはずだが……東日横浜支局の歴代パイレーツ担当も、アタックしてはことごとく失敗していたらしい。

そんな中で、自分だけが選ばれた……かすかな優越感を抱いたのを覚えている。思えばあれが、勘違いの始まりだったかもしれない。

「しかし、本当に久しぶりですね」永尾は思わず言った。横浜支局から本社に異動する際に挨拶して以来……最後に会ってから十年以上が経っている。

「あっという間ですよ。あの騒ぎも昨日のことのようだ……永尾さんは相変わらず、ご活躍のようですね」

「いやいや」言葉を濁してしまう。時々署名記事が出ることもあるから、「ご活躍」と思っているのかもしれないが、とんでもない。

二人は、十七年前の思い出話に花を咲かせた。竹藤の話題は出てこない。花山はその件について話したいと言っていたのだが……必然的に話題は、当時在籍していた選手、最近のパイレーツの様子などに限られてしまう。永尾は特にプロ野球ファンではなく、今はパイレーツを追いかけてもいないから、花山の話を一方的に聞くだけになってしまったが。

「それにしても、パイレーツはなかなか浮上できませんね」花山が溜息をついた。「負け癖というのは抜けないものです」

「どうしてでしょうね。金をかけていないから？」

「まあ、金をかければいい選手は取れますよ」花山が苦笑した。「ただ、そういう方法で強くなればなったで、ファンはそっぽを向いたりするものですが」

「金をかけないでいい選手を育てる方が、ドラマ性はありますよね」

「竹藤がいれば、と思ったこともありますよ。あるというか、何度も思いました」

「仮にあのまま投げていても、もう引退している年齢ですよ」

「もちろん」花山がうなずく。「ただ、竹藤が投げていれば、パイレーツはもっと強くなっていたでしょう。チームが強くなれば、目指してくる選手も増える。そうすると自然に底辺が広くなって、選手層は厚くなるんですよ」

「逆に言えば、弱いチームには人材が集まらない、ということですか」

「それが厳しい現実ですね」花山が悲しげな笑みを浮かべた。

「失礼しました……でも、チームの強化は、直接的には花山さんの仕事じゃなかったでしょう」

「あくまで間接的でしょうね。プロ野球チームの広報は、他の企業の広報とはちょっと違う――何が違うか分かりますか？」

「密度が濃いですよね」

「そうそう」百点の答えだと思ったのか、花山の顔がまた綻びる。「普通の会社の広報は、それほど頻繁に取材をさばかないでしょう。メーカーや銀行のニュースが、毎日経済面に載るわけじゃない」

「そうですね。ところがプロ野球の場合は、シーズン中は毎日ニュースになる。記者との接触も頻繁です」

「そういう中で、どれだけチームにとっていい記事を書いてもらえるか……マスコミといい関係を築くのは難しいですよ」

「一般紙の運動部やスポーツ紙の場合は、同じ業界内の仲間という感じじゃないですか？」

「もちろん。一緒にプロ野球を盛り上げようという点では、狙いは同じですからね」花山がうなずく。「一蓮托生《いちれんたくしょう》という感じです。いい記事を書いてもらえば選手が奮起する。

結果チームは強くなる――ある意味、広報もチーム強化に関与しているんですよ」

もっとも、球団とマスコミの関係が、常に上手くいくわけではない。特にあの賭博事件は……一触即発どころか、全面対決だった。それも球団側が一方的にボコボコにされる展開。経験豊富な花山も、あの時ばかりは対応に四苦八苦していた。知り合いを困らせてしまった、と永尾は困惑していた。

料理が運ばれてきた。さつま揚げはもっちりした歯ざわり。春巻きはフレッシュな野菜の香りが楽しめる。トムヤムクンは予想していたよりも辛くて汗が噴き出てきたが、それでも全ての料理が体にいい感じがした。

「美味いですねえ」感心したように花山が言った。「この店は、タイで食べるのと変わらない味ですよ」

「さすが、何度も行っている人は違いますね」

「移住を真面目に検討すべきかもしれません。実は、女房は結構真剣に考えていましてね」

「奥さんが本気だと、計画は実現するかもしれませんね。だいたい、男の方には選択権があまりない……」

「夫婦のことをよくご存じですね。永尾さんのところもそうですか?」

「いや……恥ずかしながら、四十まで独身できてしまいまして」

「仕事が忙しくて、それどころじゃなかったんでしょう」

「まあ、そうですね」

「まだまだチャンスはありますよ。新聞記者は、結婚相手としては悪くないんじゃないですか？　高給取りだし、家にはあまり寄りつかないから奥さんが世話を焼く必要もないし」

永尾は曖昧な笑みを浮かべて、この話題が先に進まないようにした。四十歳で未婚の男性が結婚できる確率はどれぐらいだったか……絶対に楽観的にはなれない。

料理を食べ続けているうちに、次第にリラックスしてきた。花山の穏やかな性格のせいかもしれない。物腰が柔らかく、しかし言うべきことはきちんと言う。その言い方も計算しつくされたもので、結構きつい台詞でも、言われた方は傷つかない。現役を退いたのだから、こういう気遣いはもう必要ないと思うのだが、生来の性格は変わらないのだろう。

「竹藤が裁判中なんですね」

「……ええ」いきなり生々しい話題——本題が出てきて、永尾は低い声で応じた。

「こんなことになるとはねえ。世の中、一寸先は闇です」

「処分が出てから……辞めてから、接触はあったんですか」

「ありましたよ」花山があっさり認めた。

「それは、球団に対してですか？」

「まさか……竹藤に触ることは、球団としては一種のタブーになってましたから。あくまで個人的に、です」

「花山さんの方から連絡を取って？」

「いや、節目節目に竹藤の方から電話がかかってきました。仕事を変わったとか、結婚したとか、子どもが生まれたとか……子どもが生まれたと聞いた時は、これであいつも完全に立ち直るだろうと思ったんですけどね」

「家庭を持って一人前、とよく言いますよね」だったら自分はまだまだ半人前だ、と皮肉に考える。

「私の他にも、連絡を受けていた人間は何人かいますよ。トレーナーの安西《あんざい》とか、もう亡くなりましたけどスカウトの生駒《いこま》さんとか」

「生駒さんって、竹藤を担当していたスカウトの人でしたよね？」

「そう……たまたま、生駒さんも竹藤から連絡を受けていることが分かったんです。どうもあいつ、裏方の人間に対しては義理堅かったようですね。仲間——選手とは完全に連絡を絶っていたようですが」

　その辺の竹藤の感覚が、今一つ理解できない。基本的に、あの賭博事件で、竹藤はパイレーツ全体に迷惑をかけた。起訴はされなかったとしても、竹藤が自分のことを「犯罪者」だと思いこみ、チームに迷惑をかけないように連絡を絶ったというなら理解できる。しかし、「選手」と「スタッフ」を選別していた理由は何だろう。

「竹藤は、チームとのつながりを保っていたかったんですかね」

「というより、義理でしょう。なかなか連絡はできないものですよ……迷惑をかけた相手と連絡を取れば、怒られると思うでしょう？　でもあいつは、何かの度に電話してきて、近況報告だけはしてました。最後には必ず、『ご迷惑をおかけして』で締めるんですよ」

「そんなことがあったんですね……お世話になったスタッフさんに対する気遣いだったんでしょうね」

「特に生駒さんにはね……何しろ竹藤を見出して、最初に接触した人間だから。高校時代からずっとマークしていたんですよ。高校、大学の七年間ずっと」

「七年ということは、高校一年の時からですか？　最初に甲子園に出て注目されたのは、二年生の時ですよね？」

「生駒さんは、パイレーツのスカウト陣の中では『本番』の人だったんです」

「本番?」聞いたことのない専門用語――隠語のようだった。

「パイレーツでは、神奈川県内を担当するスカウトを『本番』と呼ぶんですよ。歴史的に、地元の選手を優先的にスカウトするのが基本方針なので。一番優秀なスカウトは地元に配するんです」

永尾は、スカウトまでは取材していない。それは、本社の運動部の仕事なのだ。

「一年の時から分かるものですか?」

「正確に言えば中学生の頃からね」花山が笑みを浮かべた。

「そんなに前から?」

「スカウトの情報網は、驚くべきものですよ。とにかくよく歩いて、選手を見ている。もちろん、中学生に声をかけることはないですけど、素質は分かりますからね。竹藤は、生駒さんの秘蔵っ子だったんですよ」

「球団で一番つき合いが長い人、だったんですね」

「実は私、竹藤が辞めてから一度だけ、会っているんです」

「そうなんですか?」突然の打ち明け話に、永尾は思わず身を乗り出した。皿に肘がぶつかって、まだ手をつけていない春雨のサラダが少しテーブルに零《こぼ》れる。慌てて皿を押さえ、咳払いした。

「生駒さんの葬式で」花山の表情が少しだけ暗くなった。「生駒さんは五年前に亡くなったんですけど、お通夜の時に竹藤が来たんですよ」

「通夜に参列したんですか？」義理のある人とはいえ、球団関係者がずらりと揃った席に顔を出せるものだろうか。

「いや……お通夜の会場の外にいたんです。中には入れなかったんでしょうね。焼香を終えて出てきたところで見つけて、声をかけました」

「中へ入れたんですか？」

「入るようには言いましたよ。恩義のある人とのお別れに来たんだから、焼香ぐらいはするべきだって……入りにくいなら、私がつき添うと言ったんですけど、遠慮してね。完全に葬儀に参列する格好で、黒いスーツに黒いネクタイをしてたんですよ」

「結局、入らなかったんですね」

「やはり申し訳ないと言って……とにかく外からでもお別れしたいっていうことでしたから、気が済むようにさせました」

「その後は？」

「お茶を飲みました。一時間ぐらい話しこんだかな……泣いてましたよ」

永尾は軽い衝撃を受けた。あの大男が、喫茶店の片隅で背中を丸めてすすり泣いている姿は、想像しにくい。だいたい永尾が覚えている竹藤の顔というと、マウンド上の澄ましているが自信に溢れた表情なのだ。

「そんなことがあったんですね……」

「気持ちは分かりましたけどね。一番恩義を感じている人が死んだのに、通夜に参列もできないなんてね……賭博事件がなければ、こんな不義理をすることもなかったわけですから」

「厳しい人生ですね」軽く応じてしまってから後悔する。こんな簡単な言葉で言い表せるような感情ではないだろう。

「自業自得と言ってしまえばそれまでですが、さすがに可哀想になりましたよ」

「ええ……」

「あなたにも、ずいぶん苛《いじ》められましたね」

永尾は無言を貫いた。うなずきもしない。花山は好きだが、元球団関係者である。そんな人に対しては、絶対に認めたくないことだった。必要があったから書いた――その原則は絶対に崩したくない。

「辞めてからは、仕事も転々としていたようですね」

「あいつが悪いわけじゃないですよ」花山が断言した。「例えば、昔の事件がばれて馘になったとか、そういうことは一度もなかったんです。たまたま勤め先が不景気でリストラされたりとか、竹藤本人の努力ではどうにもならないことばかりだったんです。敢えて言えば、あいつには運がなかったということでしょうね……あるいはあの一年で運を使い果たしてしまったのか」

「人間の運の量は限られているのかもしれませんね」

「あの一年が、彼の人生のピークだったんでしょうが……可哀想ではありますよ。ただ、運なんて、自分ではコントロールできないものですから」

「分かります」花山の言葉がしみじみ胸に染みる。自分もそうなのではないか……。

「ただ、こっちでもなかなか援助しにくかったんです」言い訳するように花山が言った。「起訴猶予になったとはいえ、球団の中では竹藤はタブー扱いになりましたからね。仲のよかった同期や、可愛がっていた先輩選手も、球団から『竹藤とは接触しないように』と念押しされていました。私たち裏方も同様です」

「でも花山さんは、竹藤と連絡を取っていたんですよね」

「球団の方針に反していたのは分かっていましたけどね」花山が肩をすくめる。「私には援助はできない……しかし、電話をかけてくる竹藤を邪険にはできませんから」

「実は……」言いかけ、永尾は言葉を呑んだ。この件は、花山に言っていいものかどうか。しかし、これだけ竹藤の話題を持ち出しておいて、黙ったままでいるわけにもいかないと思った。それは卑怯ではないだろうか。「今回の事件があってから、竹藤のことを調べているんです」

「裁判の記事でも書くつもりですか?」花山の目が細くなった。竹藤を球界から追い出しただけでは気が済まず、さらにダメージを与えるつもりか、とでも思っているのだろう。

「いや、もっと大きい感じで……竹藤の人生を振り返って、何か記事にできないかと思っているんです」

「あいつを悪く書くなら、やめてください」花山の顔が引き攣《つ》った。「球界を追放されて、もう十分苦しい目に遭ってきたじゃないですか。これ以上ひどく書かなくとも――」

「しかし彼は、とんでもない事件を起こしたんです」

永尾が指摘すると、花山が黙りこんだ。殺人事件――賭博とは比べ物にならない重罪であり、許されるものではない。

「彼がどうしてあんな事件を起こしたのか――それが謎なんです。もちろん、取り調べや裁判では動機についていろいろな話が出てきています。酒の席での喧嘩のようなものですから、誰にでも起こりうる話ですよね。でも彼の場合、もっと複雑な事情があったような気がしてならないんです。真面目に仕事をして、家族を養ってきた人間が、どうしてあんなことをしたのか……だいたい竹藤は、酒を呑まなかったはずですよ」

「じゃあ、やめたんだね」花山が暗い声で言った。「入団した頃は、結構呑んでましたよ。ただ、体を苛めるような呑み方はしていなかった。ルーキーの頃から、プロ意識がしっかりしていたんでしょう」

「事件を反省して、酒をやめたのかもしれません」永尾はうなずいた。「そんな人間が酒場にいたことも、酒の席で喧嘩になったことも、どこか不自然なんです」

包丁の件は持ち出さずにおいた。これは花山に話しても仕方がないことだろう。捜査・公判にかかわる専門的な話なので、理解してもらえないかもしれない。

「それは私には分かりませんけどね……しかし、一度ああいう事件を起こしてしまうと、なかなか普通の生活には戻れないものです」

「でしょうね」永尾はうなずいた。「就職だって結婚だって、簡単にはいかないでしょう」

「それもありますけど、尾を引くという感じですかね……」自信なげに花山が言った。

「どういうことですか?」永尾は顔から血の気が引くのを感じた。「今でも野球賭博と関係しているとか?」

「まさか」花山が思い切り首を横に振る。髪が乱れるぐらいの勢いだった。

「失礼しました」永尾はすぐに頭を下げた。「でも今のは、どういう意味ですか?」

「人と人とのつき合いは、なかなか切れないということです」

「でも、野球関係の人たちとは、基本的に切れているでしょう」

「野球関係者とはね」

思わせぶりな言い方だった。気になる……永尾はなおも突っこんだ。花山は、言ってしまったことを後悔している様子だったが、永尾としては一度摑んだ尻尾を放すわけにはいかない。しつこく確認して、ようやく花山から話を聞き出した。

聞かなければよかった。

この情報は、警察もチェックしていないだろう。そもそも賭博事件は神奈川県警が摘発したものであり、警視庁側では当時の情報も乏しいはずだ。

どうすればいいのか——永尾は頭の中で可能性を転がした。

結論は一つ。疑問があるなら直当たりだ。

2

永尾は翌日の公判を傍聴しないことにした。これまでの流れで、事実関係の争いが出ないと予想される以上、半日近く法廷に縛りつけられている意味はない。

代わりに、都営浅草線の蔵前駅へ向かった。問題の男——十七年前に賭博事件の元締めとして逮捕された熊谷《くまがや》という男が、この街に住んでいる。

花山の情報によると、竹藤はこの男にずっとつきまとわれて、花山にも「困っている」と零《こぼ》していたという。永尾は話を聞いてから自宅でまたスクラップブックをひっくり返し、熊谷が裁判では執行猶予つきの有罪判決を受けていたことを確認した。ただし、その後の動向が分からない。熊谷は広域暴力団の組員だったのだが、あの事件をきっかけに組を追い出されたようである。

当時永尾が取材していた県警の暴力団担当刑事が教えてくれたのだが、どうやら熊谷は、組に無断でプロ野球賭博を展開し、それが幹部の逆鱗《げきりん》に触れたようだった。仁義がどうこういうよりも、美味しい商売を独り占めにしたのが許されなかったのだろう。「金の問題もあるけど、要するに組の看板に泥を塗ったのが問題になった」というのがその刑事の解説だったが、永尾には理解し難いものだった。ヤクザの常識は、やはり一般人には分かりにくい。

昨晩は、この刑事に久しぶりに電話をかけて——連絡先が残っていたのが幸いだった——話しこみ、現在の熊谷の住所を調べてもらった。さすがに記者としての腕は上がった、と思う。こういう際どい情報を、電話一本で取れるようになったのだから……そう考えても、胸を張る気にはならなかった。こんな能力を生かす機会も、もはやあまりない。

暴力団員に取材したこともあるが、ずいぶん昔の話だ。久しぶりなので緊張したが、相手は「今は」暴力団員ではない、と自分を鼓舞する。組織という背景がなければ、ただの人だ。

蔵前駅の真上は江戸通りで、オフィスビルなどが建ち並ぶ賑やかな街だが、少し歩くとごちゃごちゃした下町の雰囲気が色濃くなる。国際通りを渡ってしばらく行くと、目当ての住所にたどり着いた。かなり古い、二階建てのアパート。室内が狭いので、洗濯機はベランダに置かねばならないタイプだ。平成になってからできたマンションには、こういう物件は少ないような気がするが……小さな公園が目の前にあって、環境はなかなかいい。

午前十時。勤め人なら家にいない時間だ。暴力団担当の刑事も、さすがに最近の熊谷が何をしているかまでは把握していなかった。そもそも暴力団員でもないのだから、追跡する意味もないわけだが。

歩道に立ったまま、煙草を吸いながらアパートを観察する……観察するほどのことはない。単に、突入するまでの時間を稼いでいるだけだと自分でも分かっていた。

要するにビビっている。

結局煙草を二本灰にした。肩を上下させて気合いを入れ直し、歩道を離れる。向かいのアパートの二階……階段は裏の方にあった。そちらに回ると急に陽が翳《かげ》り、風を一際冷たく感じる。肩をそびやかしながら階段を上がると、足音がやけに大きく響く。階段も相当ガタがきているようだ。

問題の二〇一号室の前に立つ。ブザーがあったので鳴らしてみたものの、反応がない。そう言えば音が聞こえなかった。もう一度押してドアに耳を近づけたが、やはり音がしない。どうやら壊れているようだ……仕方なく、右手を拳に固めて軽くノックする。しばらく待ったが、こちらにも反応はなかった。今度は少し強くドアを叩く。さらにドアノブに手をかけて手首を捻ると、軽く回った。鍵はかかっていない——家にいると判断し、顔が入る分だけドアを開けて首を突っこんだ。

「熊谷さん？」

「煩《うるせ》えな。誰だ」

静かな声……機嫌が悪い訳でも、凄んでいる訳でもない。これなら何とかなりそうだと思い、永尾は名乗った。

「新聞記者に用はねえよ」

部屋の奥から暗い声が返ってくる。そう言われたからといって引き下がるわけにはいかない……話があるのはこっちなのだから。ドアを開けたままにしておけば、絶対にここまで出て来るはずだと判断し、永尾は無言で室内を観察した。

靴を三足置いたら一杯になってしまう玄関には、サンダルが一足置いてあるだけだった。上がってすぐに小さなキッチンがあり——廊下の左側にガス台がついているだけという感じだった——そこと奥の部屋とを隔てるドアは開いている。カーテンを閉めているのか、ほぼ真っ暗。何かが腐ったような、黴《かび》のような臭いが薄っすらと漂っている。長くいたら、頭痛を催しそうな予感がした。

熊谷が出て来る気配がないので、永尾はまた声をかけた。

「熊谷さん？　上がりますよ」

「勝手に上がるな！」声が鋭くなったが、〝怒鳴っている〟レベルではない。体調でも悪いのだろうか。

「今、ちゃんとお願いしましたよ。上がらせてもらいます」またも図々しい一面を出したな、と思いながら永尾は靴を脱いだ。スリッパなどあろうはずもなく、それがちょっと困る……靴下越しにも、床がざらざらしているのが感じられた。窓から砂が吹きこみ、そのまま掃除もしていないような感じだった。

灯りをつけるべきだろうか。廊下の端に照明のスウィッチがあることには気づいていたが、明るくしていいかどうか分からなかった。結局、暗さに目が慣れるまで待ち、短い廊下をゆっくりと歩き出す。

開いたドアの前に立ち、部屋を見回す。

「勝手に入るなと言っただろう」

声はするが姿は見えない。異臭はさらにひどくなり、永尾は軽い吐き気を覚えた。

「話がしたいんです。ちょっとだけ時間を下さい」

「俺はこれでも、忙しい身でね」皮肉っぽい台詞の後に、短い笑いが続く。

「お時間は取らせません。パイレーツのピッチャーだった竹藤の関係です」

「竹藤ね……ずいぶん話していないな」

当たり前だ。逮捕されてから三か月以上、竹藤は世間との接触を絶たれているのだから。

「入りますよ」

許可を待たずに、永尾は部屋に入った。これは……部屋ではなくゴミ置場ではないか？　本来六畳ほどの部屋なのだろうが、室内にある物を全て持ち出したら、二トントラックが一杯になるかもしれない。何があるか、ちょっと見ただけではまったく分からなかった。一杯になったゴミ袋、大量のペットボトル、インスタント食品の容器など……明らかにゴミが多い。

ゴミの中に埋もれるように布団が敷いてあり、熊谷はその上で胡座をかいていた。上下古びたジャージ姿で、頭頂部が透けて見える髪はほぼ真っ白。がりがりに痩せていて、ジャージは明らかにオーバーサイズだった。頬はこけ、唇はかさかさになってひび割れが見える。間違いなく栄養失調状態だ。

「あんた、えらく図々しいな」

「新聞記者はそういうものです」

元暴力団員――そのイメージから喚起される恐怖心は、急速に薄れていた。今なら、向こうが何をしても簡単に逃げられる。

「座りますよ」

「座れるならな」熊谷が皮肉っぽく言った。

永尾は何とか空いたスペースを見つけて腰を下ろした。胡座をかくと、膝にビニール袋がぶつかる。中に何が入っているかは見ないことにした。神経質では、こういう仕事はやっていけない。

熊谷が永尾の顔を見つめたまま、床に置いた煙草を引き寄せた。火を点けると深々と煙を吸いこんだが、すぐに咳こんでしまう。血を吐くのではないかと思えるような激しさで、永尾は心配になって腰を浮かしかけた。目の前で倒れられたら面倒だ……咳は治まり、永尾も安心して煙草に火を点けた。

「で？　竹藤がどうした」

「逮捕されたのは知ってますか？」

「ああ……そんなニュースを見た記憶はある」

見た？　室内にはテレビは見当たらなかったが……突っこんでも仕方がないだろう。

「あなたは、十七年前の事件の後も、竹藤と連絡を取り合っていたそうですね」

「取り合うというのは、お互いに電話をかけることだろう」熊谷が細かく訂正した。

「俺が一方的に電話をかけていただけだ」

「何のためにですか？」

「金をたかるためさ。決まってるだろう」熊谷があっさりと認めた。

「実際に金は受け取ったんですか?」

「いや、一度も」

「しょっちゅう電話していたんですか?」

「そんなに多くはない。こういうのは、向こうが忘れた頃にやるのが効果的だからな」

しかし、効果はなかったわけだ……それにしても、どうにも迫力がない。暴力団の組織を離れてしまうと、やはり独特の凶暴性は薄れるものだろうか。

「竹藤は、何であなたの電話を受けたんでしょうね。面倒なら着信拒否にすれば済むだけの話でしょう」

「さあな。そういうのは向こうの都合だから」

うなずき、永尾は盛大に煙草をふかした。部屋の異臭は耐え難く、煙草の臭いで誤魔化すしかない。ただ、元々の部屋の臭いに二人がふかす煙草の臭いが混じると、さらに悪臭はひどくなるようだった。永尾は軽い頭痛を意識し始めた。

「何か弱みでも握っていたんですか?」

「いや」

「だったら、どうしてたかろうと思ったんですか」

「ご縁があったからね」熊谷の表情が歪む——笑ったのだと気づくのに、少し時間がかかった。

「それがあなたのやり口なんですか？」

「あんたは何が言いたいんだ？　俺をどうにかしようというのか」

「そういうつもりじゃありません。竹藤について調べているんです」

「奴の何を？」

「十七年前から今まで何をしていたか……あなたの方が知っているんじゃないですか？」

「さあね。知りたければ、金を持ってこいよ。只で喋るわけにはいかない」

「つまりあなたは、竹藤さんの事情を何か知っているんですね」永尾は思わず突っこんだ。

「知っているかどうかも言えないな」熊谷がとぼけた。

「新聞社は、取材相手に金は払わないんです。そういうのは、週刊誌のやり方ですよ」

「それはそっちの理屈だ。こっちとしては、もらえるものはもらう……しかしあんたは、そういうつもりはないようだな」

「ありません」

「そうかい。だったら勝手にしろ」

熊谷がそっぽを向いた。その勢いで、煙草の灰が床に落ちる。火事が心配になったが、熊谷は気にする様子も見せない。永尾は携帯灰皿をバッグから取り出し、慎重に灰を落とした。

「あなたは竹藤を監視していたんですか?」

「そこまで暇じゃない」

「忙しそうには見えませんけどね」永尾は思わず皮肉を吐いた。「暴力団を辞めてから今まで、何をしていたんですか? 何か仕事を?」

「あんたに言う必要はないだろう」

熊谷が凄んだが、やはり迫力はない。煙草を持つ手は筋張っていて、筋肉などほとんどないようだった。安全だろうと判断して、さらに刺激してみる。

「組を追い出されると、やはりいろいろやりにくいんですか? 何かお触れを出されたとか?」

「俺たちの仁義については、あんたは知らないだろう」

「知る必要もありませんからね」永尾は素っ気なく言った。「この十七年間、竹藤が何をしていたか、知りたいんです。あなたが知っている限りで教えて下さい」

「だから、金をもらわないと言わねえよ」

「金は払いません」この話は平行線になるな、と永尾は判断した。こういう時は、ひたすら質問をぶつけ続けるに限る。「竹藤本人も、経済的に困窮していました。金を払えるはずがない――そんなことはすぐに分かりそうなものですが」

「そんなことは、向こうの都合だ」

「もしかしたら、また野球賭博でもやろうと思っていたんですか？」

「今は、昔に比べてずっと簡単で安全だ。ネットはいいもんだな」

この部屋にネット環境があるとは思えなかったが……そもそも十七年前も、熊谷が賭博用の環境を構築していたわけではない。理系の大学生をアルバイトで雇って、システムを作らせていたのだ――この学生は起訴猶予になったと覚えている。

「やろうとしていたんですか？」永尾は質問を繰り返した。

「いや」

「だったら竹藤に接近したのは、本当に金をせびるためだったんですか？」

「そう言っただろうが。まあ、奴も相当困ってはいたんだろうがね……ろくな仕事もしないで、ガキを二人も作るから、面倒なことになるんだ。奴には、普通の家庭生活を送る権利なんかないんだよ」

「そうなったのは、あなたの責任でもあるでしょう」

「俺が直接奴を誘ったわけじゃない」熊谷が鼻を鳴らした。「そんな細かいことは、俺の仕事じゃなかった」

「胴元ですからね」

「そういうことだ……俺と奴の間には、たくさんの人間がいたんだよ」

「同じチームの選手とか」

「野球選手は基本的に馬鹿だからな」熊谷がまた鼻を鳴らす。「しかも、金に汚いうえに、賭け事が大好きな人間ばかりだ」

「そんなものですか？」

「スポーツの興奮とギャンブルの興奮……どこか似てるのかもしれないな。俺はスポーツの興奮は知らないが」

うなずき、永尾は煙草を携帯灰皿に押しこんだ。今のところ話は上手く転がっている。いい情報が出てこないだけだ。

「竹藤は、スポーツの興奮からもギャンブルの興奮からも手を引いていたんですよ」

「そうかね」熊谷が首を捻った。「スポーツからは手を引いてなかったんじゃないか」

「野球はやってませんでしたよ」

「野球関係者とのつき合いはあった、ということだ」

「球団のスタッフとは連絡を取り合っていたようですけどね」

「スタッフだけじゃないと思うがね」

思わせぶりな言い方に、永尾は思わず身を乗り出した。

「他の人——選手とも？」

「さあね」熊谷が耳をいじった。

「とぼけないで下さい。例えば……」言葉を切った。勘が走る。「同じように逮捕されたチームメートとか」

「西村《にしむら》か？　あれは悪質だったからな」

「あなたが言うべきことじゃないでしょう」永尾は思わず釘を刺した。次第に大胆になっているのを意識する。この男は絶対に反撃できない……暴力の危険さえなければ、どれだけひどいことを言っても大丈夫だ。だったら怒らせてしまえ——頭に血が昇ると、思わず本音を吐く人間もいる。

「悪質だろうが」熊谷が唇の端を持ち上げるようにして笑った。「チームの選手たちを取りまとめた人間だぞ。あいつは、野球賭博の球界側の黒幕だ」

「黒幕はあなたじゃないんですか」

「球界側、と言っただろうが。あんた、裁判を見てなかったのか？」

「ちゃんと傍聴してましたよ」むしろこちらが追いこまれている、と意識した。「西村は十分反省してましたよね。あなたの悪質さが際立ちました」

「ああいう一軍半の選手が、一番狙いやすいんだ」

「どういうことですか?」

「暇だからな」

「プロ野球選手が暇なわけないでしょう」

「精神的に暇、ということだ。一軍に定着している選手は、それこそ毎日が本番だ。きちんと試合に出続けられるか、結果を出せるか、とにかくプレッシャーが大きい。賭けなんかやってる暇はないんだよ。二軍の若手は一軍に上がるために、これも必死になっている。一番暇で、毎日に飽き飽きしているのが、結構な歳になっても一軍と二軍を行ったり来たりしている選手なんだよ」

確かに……そういう様子をエレベーター、と揶揄《やゆ》する人もいたのを思い出す。そして西村は、典型的なエレベーターだった。

特に野球が好きでもないのに、こういうことはやけに覚えているものだ。西村は、竹藤にとっては高校、大学の大先輩にあたる。川崎青南高校がまだ甲子園出場を果たしていなかった時代にキャッチャー、それに中軸打者として活躍し、大学へ進んでから才能が開花した。竹藤よりちょうど十年前に、ドラフト五位でパイレーツに入団した。

だがプロ入り後は伸び悩み、一軍での出場は十年間で三百試合程度だった。それも主に、レギュラーのキャッチャーを休ませるための交代要員という役割。とにかくバッティングがプロレベルではなかったようで、通算打率は二割ぎりぎりに過ぎない。十年間でホームランも十三本。

ただし、チーム内での評判は悪くなかった。リードは上手かったし、とにかく人柄がいいというか、後輩の面倒見がよかったのだ。永尾も、試合前の練習で後輩たちに何かと声をかけて回る西村の姿を何度も目にしている。当時三十三歳……その年齢にしては老けた風貌のせいもあって、最初はコーチかと思ったほどだった。悩める若い選手たちにさりげなくアドバイスし、時にはプライベートな相談にも乗る――後で選手だと知って、軽く驚いたものだった。自分で練習するよりも、他の選手と話している時間の方が長かったのではないか。

あの年――十七年前に、西村は最高の輝きを見せていたと思う。同じ高校・大学の先輩後輩という関係が影響したのかどうか、竹藤の専属キャッチャーを任されていたのだ。竹藤が先発する時は必ずマスクを被り、そのピッチングを開花させた。こういうこともあるのだ、と妙に感心したのを覚えている。パイレーツの首脳陣は、当時四番を打っていたレギュラーのキャッチャーを休ませてまで、竹藤のピッチングを活かす道を選んだほどだった。

「西村を落とすのは簡単だった」ニヤニヤしながら熊谷が言った。「奴は金にも困っていたしな」

「あなたがどうやって西村さんに近づいていったかはよく知ってますよ。裁判は全部見ていましたから」

「そりゃ失礼したね」熊谷が肩をすくめる。先ほどまでは死にそうに見えたのに、喋っているうちに元気が出てきたようだった。

「西村さんは今、どうしているんですか?」裁判後の足跡について、永尾はまったく知らなかった。やはり竹藤に比べれば注目度が低かったし、球団側も謝罪会見の場を用意しなかった。執行猶予判決を受けた後で、ただ姿を消した……という感じである。もしかしたらこの十七年の間に、週刊誌辺りが「あの人は今」という感じで取り上げていたかもしれないが、永尾の記憶にはなかった。

「さあねえ」

　熊谷が、白い髭の浮いた顎を撫でる。知っているな、と永尾は直感で思った。この男は、竹藤だけでなく西村にまでつきまとっていたのではないか……盗人《ぬすっと》猛々《たけだけ》しいという感じだが、これが暴力団員の体質かもしれない。一度かかわった相手からは、徹底的に搾り取る。

「知っているなら教えて下さい。私が取材しても、あなたの損にはならないでしょう」

「損かどうかは、実際に取材してみないと分からないな。もしも俺が損するようなことがあったら、あんた、どうするつもりなんだ？」

熊谷が凄んだが、迫力はまったくなかった。永尾は新しい煙草に火を点け、ゆっくりと煙を吐き出した。それを見た熊谷の表情が険しくなる。これ以上凄んでもまったく無駄だ……少し頭を冷やしてもらおうと、永尾は無言を貫いた。

熊谷の体が揺れ始める。リズムを取っているつもりなのか、最初は小刻みに、やがて大きな横揺れに変わり——突然倒れた。敷きっ放しの布団の上に横倒しになると、胸を押さえる。呼吸が荒くなり、「ああ」と細く声が漏れた。

「熊谷さん？」永尾は思わず膝立ちになった。手を伸ばしたが、触ってはいけないような気がして、慌てて背広のポケットからスマートフォンを引き抜く。慌て過ぎて床に転がってしまい、ゴミ袋の間に埋もれてしまった。馬鹿野郎、慌てるな……自分に言い聞かせてスマートフォンを拾い上げ、一一九番通報する。放置してこのまま立ち去ってしまおうかと一瞬考えたが、熊谷がこの場で死んでしまったら、後々面倒なことになる。

通報を終えると、すぐに玄関に向かった。熊谷は倒れたまま苦しんでいるが、何をしていいか分からない。背中でも擦《さす》ってやれば少しは楽になるかもしれないが、素人が手出ししていい状況とは思えなかった。

踵《かかと》を潰したまま靴を履き、外へ飛び出す。表通りに出て、時計を睨みながら救急車の到着を待った。遅い……救急車の現場への到着時間は、平均で八分から九分ぐらいのはずだ。病院へ搬送するまでの時間でみると、通報から四十分弱。熊谷の苦しみぶりを見ると、そんなに長い間、耐えられるとは思えなかった。

救急車は七分で到着した。平均のレスポンスタイムよりは早いのだが、それでも手遅れになってしまったのではないかという恐怖は消えなかった。

飛び出して来た救急隊員のうち二人が、熊谷の部屋へ向かう。永尾は残った一人に状況を説明した。

「いきなり倒れて、胸を押さえて苦しみ出したんです」

「分かりました。すぐに搬送します。ご家族の方ですか？」

「いえ」説明しにくい――説明していいかどうかも分からなかった。

「お知り合い？」救急隊員がなおも突っこむ。

「取材中でした」

「記者さんですか?」

「ええ」正直に認める。嘘をつけばついたで、後で問題になりそうな気がした。

「どなたか、ご家族に連絡は取れますか?」

「分かりません。今日初めて会ったんです。もしかしたら家族はいないかもしれません」

「分かりました。ご協力ありがとうございます」

「あの」手帳を閉じた救急隊員に慌てて声をかける。

「何ですか?」

「救急車に同乗していいですか?　一応、心配なので」

「ああ……構いませんよ」

「お願いします」

頭を下げて、熊谷が部屋から搬出されてくるのを待つ。このまま見送ってしまってもよかったが、熊谷にはまだ利用価値があるかもしれない。明らかに、知っていて隠していることがありそうだったし……それに、このまま死なれてしまっては寝覚めが悪い。

病院へ搬送されるまで二十五分。意識を失った熊谷の容態は一応安定しているようだが、永尾は心配でならなかった。こんなことは社に報告すべきでもないし、自分の胸の中にしまっておくしかない。いや……藤川にだけは話しておこうか。どうせ今日はゲラが出てくるので、彼とはやり取りしなければならない。病院を出たら会社へ行って、簡単に報告しておこう。彼は竹藤の取材も勧めてくれたから、この状況についても叱責するようなことはないはずだ。

こんなことまで気にしなくてはいけないとは。

積極的に攻めるよりも、失敗しないための防御を考えてしまう自分の小ささが、つくづく嫌になった。

3

「死んだ?」藤川は目を細めた。

「先ほど、病院から連絡がありました」

「それはしょうがないが……この先まで、お前が面倒を見るつもりじゃないだろうな?」

「そういう権利も義務もないですよ」

永尾は、病院には詳しく事情を話しておいた。熊谷は元暴力団員だが、組から追放された後は、どん底の生活を送っていたようだ。身寄りがあるかどうかも分からないから、アパートを管理する不動産屋に確認して、保証人を調べた方がいい——身元の分からない患者が運びこまれて来ることもままあるはずで、病院側もそういう作業には慣れていると思ったが、念のためだった。

「警察沙汰にはならないだろうが、気分はよくないな」藤川が不機嫌に言った。

「ええ……」藤川に「警察沙汰」と言われると急に気になってくる。熊谷が倒れた時に一緒にいたのは自分一人。不審死ではなく病死として処分されるだろうが、警察が興味を持たない保証はない。「こちらから説明しておいた方がいいでしょうかね」

「死因に問題があればともかく、病死だったらどうしようもないだろう。死因がはっきりしてから、改めて考えればいいんじゃないか？」

「……そうしますか」

午後三時。ゲラが出てきてチェックを始めた途端に、病院から連絡が入ってこの話題になってしまったので、ゲラに集中できない。いかん……明日の朝刊に載る原稿だから、きちんと目を通しておかないと。

何とか集中してゲラの確認を終え、直しも終えて一息つく。こんな連載などどうでもいい……とは思っても、紙面に載れば何百万人もの人が読むわけだから、気は抜けない。

義務的な仕事を終えてから、改めて病院に電話を入れる。患者の個人的な事情については、病院側のガードは固いものだが、永尾は「通報して病院につき添った人」であり、かつ新聞記者の肩書が物を言った。強硬に押して、事務局長と直接話をする。こういう時は、最初からトップを狙わないと、たらい回しにされる恐れがあるのだ。

「ご家族とは連絡がつきませんでしたけど、アパートの保証人になっていた人と話ができましたよ」事務局長の声は少し緩んでいた。遺体の身元確認と引き渡しという面倒な仕事から解放される、とでも思ったのだろう。

「保証人はどんな人でした？」

「それはちょっと……昔の仕事関係の方らしいですけど、名前は勘弁して下さい」

暴力団関係者か、と一瞬思った。しかし熊谷は、十七年も前に組との関係が切れている。ここで強引に押して名前を割り出すこともできるだろうが、無理はしないことにした。ほとぼりが冷めた頃にさらりと話をした方が、答えは簡単に手に入ったりするものだ。

熊谷が中途半端に情報を漏らしたことは気になっていた……ただ、彼から聞いた話をとっかかりに取材は続けられるだろう。

次のターゲットは西村だ。

永尾はすぐに花山に電話を入れた。

「暇なジジイの相手をしてくれて嬉しいですよ」

彼の第一声が本音かどうか、判断しかねる。

「ジジイなんていう歳じゃないでしょう。お若いですよ」永尾は持ち上げにかかった。元々童顔で人に警戒心を抱かせないタイプ——実際、髪こそ白くなり始めていたが、それ以外には老いの気配はあまり見えない。

「いやいや……昨日の今日でどうしました？」

「一つ、教えて下さい。西村さんのことなんですが」

花山が沈黙した。それが少しだけ長い……永尾は思わず「花山さん？」と呼びかけた。

「ああ、失礼……あなた、十七年前の事件を全部ほじくり返すつもりですか？」

「結果的にそうなるかもしれません。西村さんが今どうしているか、ご存じないですか？」

「ここにはいませんよ」

「ここ、というのは神奈川県内、という意味ですか？」

「ええ」

「では、どこに？」

「私から話が出た、ということは誰にも言わないで下さいよ」花山が声を潜めた。

「もちろんです」

「私がパイレーツを定年で辞める頃には、山梨にいました」

「山梨？」そう言えば竹藤も、一時山梨県内に姿を隠して、コンビニエンスストアでバイトをしていた。「山梨県」が何かのキーワードになっているのだろうか。

「山梨です」花山が繰り返した。口調は硬い。

「そこで何をしていたんですか？」

「建築業……要するに建築現場の作業員です」

「正式に働いていた——建設会社の社員ということですか？」

「その辺の事情は知りませんけどね」花山が言い淀む。「とにかく山梨にいたそうです。確か、上野原ですよ」

「住所や勤務先は分かりますか？」

「それは……ちょっと資料をひっくり返してみないと分かりませんね。どこかに控えてあるはずですが」

「どこかに」ではないだろう。永尾が知る限り、花山は異常に几帳面な男である。特にデータに関しては——いわゆる「メモ魔」であり、一度見せてもらったことのある彼の手帳は、びっしりと黒く小さな文字で埋まっていたものだ。こういうタイプの人間は、大抵どこに何があるか、きちんと頭の中にインプットしている。おそらく、話すべきかどうか決断するために時間を稼いでいるのだろう。

「一度切ります。かけ直していいですか」

「お待ちしています」

しつこく念押しはせずに電話を切った。花山は信頼できる——かけ直すと言ったら必ずかけ直してくるのだ。こういうタイプに対しては、余計なことは言わない方がいい。

本社から上野原への行き方を調べた。東京駅から中央線の快速に乗り、高尾で各停に乗り換えて一時間半というところ。想像していたよりも近い。今、午後三時半……ロスなく出発できれば、五時過ぎには現地に着けるはずだ。誰かを訪ねるのに遅い時間ではないし、明日回しにはしたくなかった。明日は論告求刑があるので、裁判を見逃せない。

花山からの電話を待つ間、藤川に事情を説明した。一々許可を取る必要もないのだが、東京を出るとなると、誰かに一声かけておかねばならない。いざという時に本社から遠く離れた場所にいました、では話にならないのだ。

「そいつは、出張扱いにできないぞ」藤川が釘を刺した。

「分かってます。自腹で行きますよ」ＪＲで千百四十円。それほど懐が痛むわけではない。

「無駄足になる可能性もあるけど」

「いいんです。動かないと何も始まりませんから」

藤川が無言で永尾を見詰めた。何か言いたそうだったが、口は閉ざしたまま……しかし目に輝きがあった。

「急にやる気が出たとか、そういうことじゃありませんよ」永尾は静かに言った。

「だったら何なんだ」

「やる気は前からありました。ただ、それを目覚めさせてくれる材料を見つけられなかっただけです」

ガキみたいな言い草だが、そうでありたいと永尾は思っていた。やる気もなく、ただだらだらと長い歳月を過ごしていたわけではない……藤川と議論になるのが面倒だったが、いいタイミングでスマートフォンが鳴った。花山——やはりこの人は頼りになる。

永尾は西村の住所、そして勤務先「上野原土建」の名前を摑んだ。

上野原駅に着いた時には、既に真っ暗になっていた。ホームに降り立った瞬間、寒風が吹きつけてくる。何だか奇妙な光景……ホームに改札——駅舎があるのだ。斜面に向かって張りつくような位置にあるので、こんな造りになっているのだろう。何だか閉塞感も強い。すでに暗くなっていてよく見えないのだが、基本的にここは山の中なのだ。

神奈川県相模原市、東京都檜原《ひのはら》村、奥多摩町と接するこの市は、実際、山に囲まれた盆地にある。結構な田舎とはいえ、この辺までは東京のベッドタウンと言っていいのではないか。新宿駅まで一時間強ということは、十分通勤圏内である。高速も通っているし、交通の便に関してはそこそこ恵まれている。

予め調べておいた通りに、北口に出た。出てみると、特異な駅の構造がはっきりと分かる。北口と南口をブリッジがつなぎ、そこからホームにある駅舎に降りて行く格好だ。北口の道路は、左側ですぐ行き止まりになっていて、そこがバス停留所……バスが転回できるように、道路は大きく膨らんでいる。すぐ近くがタクシー乗り場で、二台停まっていた。とても歩いて行ける距離ではないようなので、これは助かる。

先頭に停まっていたタクシーに乗りこみ、行先を告げる。駅前なのに道路事情はよくない……急カーブを曲がり、かなりの急勾配を上がってしばらく走ると、中央道の上野原インターチェンジ近くをかすめた。そこからさらにしばらく走ると、ようやく市街地らしくなってくる。とはいえ、いかにも田舎町らしい、のんびりした雰囲気だ。三階建て以上の建物はほとんど見当たらず、人も歩いていない。見かけるのは車ばかりだった。

スマートフォンの地図を見ながら車に揺られ、ほどなく西村の住所にたどり着いた。古い二階建てのアパート……しかしノックしても返事はない。しかも郵便受けには西村ではなく「酒井《さかい》」という名前があった。引っ越してしまったのか——不安を覚えながら、待たせておいたタクシーに乗って上野原土建に向かう。

上野原土建は市役所のすぐ近く、国道二〇号線沿いにあった。一応、この辺りが街の中心地と言っていいだろう。ただし、東京では西の大動脈である国道二〇号線も、この辺までくると、片側一車線のローカルな国道でしかない。

上野原土建は平屋建てで、建物よりも駐車場の方がはるかに広かった。その広い駐車場に、ダンプカーやトラック、それに重機が停まっている。台数を見た限り、結構大きな会社ではないかと思えた。

建物の窓からは灯りが漏れている。少なくとも人はいると判断し、思い切ってドアを開けた。すぐ目の前が受付、その奥に事務スペースが広がっていて、人が何人か……恐らく勤務時間は過ぎて、残業をしている人がいるだけだ。

「すみません」

声をかけると、作業着姿の若い男が立ちあがった。かなり体が大きく、威圧感がある。しかし、「はい」という返事は素直だった。

「社長、いらっしゃいますか？」

「どなたですか？」

「東日新聞の永尾と言います」

「東日はもう取ってますけど」

永尾は思わず苦笑してしまった。よくある勘違い……社名を名乗ると、新聞の勧誘だと思われる。

「違います。記者です」

「記者さんって、取材ですか」

「ええ」

怪訝そうな表情を永尾に見せた後、若い社員が奥へ引っこんだ。入れ替わりに、六十絡みのよく日焼けした男が出て来る。小柄で、腹は作業着を破りそうなほど突き出ていたが、髪を短く刈りこんでいて精力的な雰囲気だった。やはり怪訝そうな表情を浮かべ、永尾が差し出した名刺を慎重に受け取る。

「こちらに、西村忠介《ただすけ》さんはいらっしゃいますか？」

「いや」

「以前はいましたよね？」

「辞めましたよ、二年前に」

クソ、空振りか……社長が咄嗟《とっさ》に嘘をついたとは思えない。もしも嘘をついたとしたら、前々から永尾が来ることを予想していて準備していたことになる。花山から連絡が入ったとも考えられなかった。西村の住所とされたアパートには別の人間が住んでいるわけだし、やはり嘘ではないだろう。

「今、どこにいるかはご存じですか？」

「神奈川県だと思うよ」

「神奈川県？」地元に戻ったわけか……結構な度胸だと永尾は驚いた。追われた地元へ戻るようなものではないか。いや、竹藤も家族と別居してからは川崎に住んでいた。川崎や横浜のような大都会なら、人混みに紛れてかえって目立たないという判断だったのだろう。

だがそれなら、東京に住めばいいのに。西村レベルの元選手だったら、東京にいれば気づく人などほとんどいないだろう。

「何か問題でも？」社長が疑わし気に言った。

「いや……問題はないんですが……」

「昔の話じゃないだろうね」社長の目が鋭くなる。「今さら蒸し返して、どうするつもりなんだ?」

「蒸し返すつもりはありません」永尾は慌てて言い訳した。「調べ直しているだけです」

「同じことじゃないか。あいつは真面目にやってたよ」

「だったらどうして辞めたんですか」

突っこむと、社長が黙りこんだ。永尾はそのタイミングを逃さず、畳みかけた。

「西村さんが賭博事件で逮捕されたのは、もう十七年も前のことです。私が気にしているのは西村さんではなく、西村さんと一緒に逮捕された竹藤という選手のことです」

「竹藤か……残念だったな」

「ご存じなんですか?」

「あの時代で一番いいピッチャーだろうが。西村もよく話していた」

「その竹藤が、殺人事件で逮捕されたのもご存じですよね」

「ああ……ちょっと中で話そうか」

社長の態度が急変した。「竹藤」がキーワードになったようだが、気をつけないと……どうやらこの社長も、現役時代の竹藤のファンだったようだ。

事務スペースに招き入れられる。建築会社のせいか、中は味も素っ気もなかったが、永尾は特に気にならなかった。部屋の片隅にある応接セットに腰を下ろすと、社長はすぐに煙草に火を点ける。漂い始めた煙越しに永尾を見ると、「お茶は出ないよ」と警戒するように言った。

「結構です。これがありますから」永尾も煙草を取り出し、火を点ける。

「別に、礼儀を失してるつもりじゃない。事務をやってくれてる女の子が、今日はもう引きあげたんだ」

「どうぞ、お気遣いなく」深く煙を吸いこみ、すぐに落ち着いた。

「――で？　何で俺に殺人事件の話をする？」

「社長とそういう話をしたいわけじゃないですよ。西村さんから話を聞きたいだけです。西村さんは、竹藤さんと連絡を取り合っていたみたいなんです。ご存じですか？」

「いや、そんな話は聞いたことがない」

「ちなみに、こちらではどれぐらい働いていたんですか？」

「かれこれ十年」

「結構長いですね……誰かの紹介ですか？」

「いや、求人情報を見て、一人で来たんだ」

「あの西村だって、すぐに分かったんですか」

「まさか」社長が苦笑する。「俺は、そんなに熱心なパイレーツファンじゃない。やけに体の大きな男だな、と思っただけだよ」

　永尾は頭の中でさっと計算した。西村が上野原土建を訪ねて来たのは、引退してから五年後ということになる。まだ現役時代の体の張りを保っていたのだろうか。

「あいつは、面接で自分の事情を打ち明けた。プロ野球選手で、賭博事件で逮捕されたことがあるって。その話が出るまでは、採用するかどうか迷ってたんだけど、話を聞いてるうちに雇うことにした」

「同情ですか？」

「同情で何が悪い？」社長が永尾を睨みつけた。「奴は逮捕された後、離婚した。仕事もなかった。でも、子どもの養育費は払わなくちゃいけなかったわけで、流れ流れてここまで来たんだよ。可哀想な事情だろうが」

「社長は……ずいぶん心が広いんですね」

「賭博はもちろん犯罪だろうが、そんなに重い罪か？　人を殺したわけじゃない」

「しかし、罪は罪です」

「あんたらがそういう風に厳しく責め立てるから、簡単に社会復帰できなくなるんだ。俺はあいつにちょっと手を貸してやろうとした──それだけだよ」

「ええ」永尾はうなずいた。結構強面《こわもて》に見えるこの社長は、実際は人情派なのだろう。

「十年間、よく働いてくれたよ。こんな街で、一人で暮らしながら肉体労働は辛かっただろうが……若い連中とも上手くやっていた」

それはそうだろう。プロ野球選手時代の面倒見の良さは、別の仕事をしても変わらなかったはずだ。どんなにひどい目に遭っても、性根がそんなに簡単に変わるものでもない。

「だったらどうして辞めたんですか？」

「他にやりたいことがあったから」

「それは何ですか？」永尾は身を乗り出した。

「野球」

「野球って……野球にかかわろうとしたんですか？」球界からの永久追放。当然プロ野球には関与できないし、アマチュアで教えるわけにもいかないだろう。

「何か問題でも？」社長が、大きなガラス製の灰皿に煙草を押しつける。

「問題はありませんけど、どうやって野球にかかわるんですか？　ああいう過去がある人だと分かれば――」

「じゃあ、草野球もやっちゃいけないっていうのかね」

「それぐらいは問題ないでしょうが……」社長の言う、西村の「やりたいこと」が草野球だとは思えない。ただ白球を追って汗を流したいのだったら、この街にいてもできるはずだ。日本はどこへ行っても、あらゆる年齢層、あらゆるレベルの草野球チームが存在している。

「自分でやるとか、何か表に出て活動するとか、そういうことだけが野球じゃないでしょう」

「よく分かりませんが」

「あんた、野球に詳しくないんですか？」怒ったように社長が言った。

「専門ではありません」

「じゃあ、何で西村を追いかけてるんだい」

「野球とは直接関係ありませんから。私が取材しているのは別の事件です」

社長が太い腕を組んで、目を細めた。まずい……怒っている。永尾は話題を変えて、彼の機嫌を取ることにした。

「西村さんとは仲がよかったんですか？」

「俺が？」社長が自分の鼻を指さした。「俺は社員全員と上手くやってるよ」

「何年も働いたんですから、西村さんにとってもここは居心地のいい職場だったんでしょうね」

「そうなるように気を配るのが、社長の仕事でしょうが。だいたい、そんなに大きな会社じゃないんだし、社員は全員が家族みたいなもんだよ」ようやく社長の口調が滑らかになった。「奴は真面目に働いてたし、仕事に慣れると積極的に若い連中の面倒も見ていた。よく働いてくれたよ……仕事以外にも頑張ってた」

「それが野球なんですか?」

「プロをやめても、あいつは野球から離れられなかったのさ……別に格好つけてるわけじゃなくて、それは事実だ」

「分かりますけど、西村さんがやりたかった野球というのは何なんですか?」

「高校野球」

永尾は思わず目を細めた。プロ野球とアマチュア野球の間には長い間大きな断絶があり、プロ野球の世界に身を置いた人間がアマチュア——特に高校野球の指導をするのはかなり難しかった。以前は「教員経験」がないと監督になれなかった。となると、教員免許を持っていない元選手の場合、大学へ入り直して教員免許を取得し、実際に教壇に立つ必要があったわけだ。もっとも今は、この規制は緩和されているはずだ。

「まさか、高校野球の指導者になろうとしていたんじゃないでしょうね」

「違う」

「じゃあ——」

「監督をやるだけが、高校野球にかかわる方法じゃないだろう。あんた、本当に野球のことは何も知らないんだね」社長が呆れたように言った。

「すみません」クソ、どうしてこんなに卑屈にならなければならないんだ——腹の底で怒りを嚙み殺し、永尾は頭を下げた。とにかく、ここでできるだけの情報を引き出してしまわないと。

「強い高校にはいい選手が集まる——あるいはいい選手ほど強い高校へ行きたがる。それは理解できるな？」

口頭試験を課されているような気分になったが、永尾は無言でうなずいた。この社長も相当な野球好き——野球の話になると、口調がさらに滑らかになる。

「いい選手が揃えばチームは強くなる。当たり前のことだ」

「だから、強豪校はずっと強いままなわけですよね。甲子園の常連校には、いい選手が集まる——自分も甲子園に行けるチャンスが高くなるわけですから」

「ただしそれだと、他の高校にはチャンスがなくなる。公立高校はしょうがないと思うよ？　金を使ってチームを強くするわけにもいかないだろうし。だけど、私立の場合はどうだ？　公立に比べれば、使える金額はけた違いだし、いろいろな手がある。優秀な監督を引っ張ってくることだってできるし、選手を集めるためにも金をかけられる」

確かに——甲子園に出場したチームのベンチ入り選手の多くが県外出身者、という話もよく聞く。高野連もあれこれ手を打っているはずだが、この問題は簡単には解決しそうにない。チームを強くしたい、学校の名前を宣伝したいという気持ちは、簡単には抑えられないからだ。

「チームが強くなって学校が有名になる——一番手っ取り早いのは、高校野球と箱根駅伝だね」皮肉を滲ませて社長が言った。

「それは分かります。でも、西村さんは何に絡んでいたんですか？」

「奴はブローカーをやってたんだ」

4

高校野球の「ブローカー」の実態はどのようなものなのだろう。

帰りの中央線の中で、永尾はスマートフォンで検索を試みた。様々な情報がある——中学生に声をかけるのは当たり前のようだし、陰でブローカーが暗躍しているという話もある。ただしあくまで、それらは「噂」の域を出なかった。永尾は、週刊誌の記事なども頭から否定するものではないが、その際には「当事者」が出ているかどうかに注目する。たとえ匿名であっても、当事者が登場して証言していれば、その記事は信用していい。しかし「関係者」の証言だけで記事が構成された場合は、やはりかすかな嘘臭さが漂うのだ。はっきり言えば、そんな記事は記者の想像だけでも書ける。

中学生のスカウトに関して、「ブローカー」の存在を指摘する記事もあった。有望な中学生を高校に紹介して、その見返りに報酬を貰う——というものだ。ただしどんな記事を見ても、ブローカー本人の証言はない。

実態は闇の中だ。

こういうことは、専門家に聞くに限る。永尾は電車の待ち時間を利用して、一番頼りになりそうな相手に電話を入れた。支局にいた頃の三年後輩で、今は運動部にいる脇谷《わきや》。気のいい男で、横浜時代にはずいぶん可愛がってやった。今でも年に一度は一緒に飯を食べる仲である。そう言えば、今年はまだ食事を一緒にしていなかった。これがいい機会かもしれない。

「今夜、飯でも食わないか？」

「何ですか、いきなり」電話の向こうで、脇谷が笑った。

「いや、ちょっとお前に聞きたいことがあってさ」

「高くつきますよ。俺の情報にはそれだけの価値がありますから……って、運動部に話を聞きたいなんて、いったい何事ですか」

相変わらず調子がいい。口も軽いが腰も軽い——それが脇谷の最大の武器だ。どんなことでも面倒臭がらずに突っこんでいく。

「高校野球について」

「そりゃあ俺は、担当も長いですから、話せることはいくらでもありますけど……」

「ブローカーの話なんだ」

永尾は声を潜めて言った。途端に電話の向こうで脇谷が沈黙する。それほどまずい話——タブーなのだろうか。

「何でそんなこと、知りたいんですか?」

「話が長くなる。電話で説明するのは無理だよ……八時過ぎに東京駅に着くんだけど、会えないか?」

「いいですよ」軽いノリで脇谷が言った。「本社へ来ます? それとも俺が東京駅の方まで行きましょうか」

「できるだけ早く会いたいから、東京駅まで来てくれないか? 店はお前に任せるよ。着いたら電話するから」

「了解です。脂系でもいいですか？」

「お前の食べたいものでいいよ」永尾は苦笑した。脇谷は昔から脂っこいものが好きだ。それなのにまったく太る気配がなく、新人時代と同じ体形をキープしている。世の中には謎が多い。

脇谷の体形の謎は、西村の件に比べればはるかに簡単かもしれないが。

東京駅へ着くと、中央線のホームから脇谷に電話をかけた。東京駅では、丸の内側と八重洲側が大きく離れているので、出る方向を間違えると大変なことになる。改札を出る前にはっきりさせないと。

脇谷はすぐに応答した。やはり調子がいい。何かいいことでもあったのかと思えるほどだが、基本的にはいつもこうなのだ。

「どうも。今、店の近くまで来てますよ」

「どっちに出ればいい？」

「丸の内側で。ガード下に『楽陽《らくよう》』っていう店があるの、知ってますよね？　前に一回行きましたけど」

「ああ」中華料理屋のような名前だが、トンカツ屋である。脇谷は脂系の王道を選んだわけだ。「十分ぐらいかかる。今、中央線のホームにいるんだ」

「何か頼んでおきましょうか?」

「何があるんだっけ?」

「お勧めはカツカレーです」

「ああ……じゃあ、それで」そんなヘビーな物を食べる気分ではなかったが、これも情報料のようなものだ。

東京駅の近くというのは、意外と静かである。特に丸の内側は基本的にオフィス街なので、夜になると極端に人が少なくなる。しかも駅前にぽかりと大きな空間が空いているので、とても東京の顔の駅とは思えない。

レンガ造りの駅舎を回りこみ、ガード下へ。真新しい高層ビルが建ち並ぶ駅前から一転して、急に親しみやすい下町の雰囲気になる。「楽陽」は……すぐに見つかった。いかにもガード下らしい、気安い雰囲気の店。何年か前に、脇谷と一緒に来たことも思い出した。しかし彼も、どうしてこういう店を選ぶのだろう。東日の「庭」というと銀座から新橋にかけてで、この辺までわざわざ食事に来る人間は少ないはずだ。

残業の腹ごしらえか、それとも帰宅する前に食事を済ませるつもりなのか、店内は若いサラリーマンで賑わっていた。脇谷が笑顔を浮かべ、軽く手を振る。そんなことをしなくても見えてるんだよ……と苦笑しながら、彼の前に腰を下ろした。相変わらずすっきりしたルックス――短い髪は綺麗に七三に分けられ、十二月だというのによく焼けている。

「思い出した」油っぽい空気に触れた瞬間、カツカレーの味が記憶に蘇った。味というか、強烈なビジュアルが。「ここのカツカレー、物凄かったよな?」

「何をもって物凄いというかは分かりませんが、なかなか食べ応えがありますよね」

永尾は壁に貼られた短冊のメニューを見た。トンカツ関係のメニューが様々……カツカレーは一際大きな短冊に書かれており、この店の看板メニューであることが分かる。しかし、チキンカツカレーもあったわけだ……この方が、まだ軽いはずだ。

「いったい何の取材なんですか?」脇谷が切り出した。

「ある人間が、高校野球のブローカーをやっているんじゃないかっていう情報があるんだ」

「マジですか」脇谷が身を乗り出す。「もしも本当なら、俺にも取材させて欲しいぐらいですよ。ブローカーは、いるいるって言われているのに、誰も接触に成功していないんですから」

「やっぱり問題なのか?」

「そりゃそうです」脇谷が声を潜める。客の多い店内で、大声で話していい話題ではない。「選手を紹介して金を貰う——それはビジネスでしょう。高校野球では、少なくとも建前上は金品の授受が発生するとまずいわけですから」

「お前が知ってる範囲で、ブローカーはどんな仕事をしてるんだ?」

「いろいろです。それこそ選手を見つけて学校に紹介したり、説得に当たる仕事もあるそうですよ。説得というか、『俺が○○高校に橋渡しをしてやるから』みたいな言い方で」

「何だか、親からも金を貰うようなイメージだけど」

「そういう噂も聞きます。要するに礼金ですよね……子どもをプロ野球選手にしたいと思っている親も多いですから、ブローカーにも存在意義があるわけです。ちょっとした先行投資みたいなものかもしれませんね。ただ、全部噂の域を出ません」脇谷はあくまで慎重だった。

「高校からも報酬を貰うんだろう?」

「要するに、紹介料の名目です。プロまで行けば最高ですね。契約金の五パーセントが、両親からブローカーに謝礼として渡る、という話もあります」

「マジか」永尾は目を見開いた。最近では、ドラフト上位選手の契約金一億円は珍しくもない。五パーセント——五百万円の謝礼となると、普通のサラリーマンの平均年収をも上回るぐらいだ。もちろん、そこまで話を進める機会は多くはないだろうが。「それ、問題じゃないのか？」

「違法ではないですね。高野連だって実態は摑めないし……この辺をほじくり返し始めると、きりがないんですよ。野球留学の問題にもつながってきますしね。ブローカーは、全国各地の高校とつながってると言われていますから」

「そんなに幅広く活動してるなら、どうして普通に割り出して取材できないんだ？」

「高校野球においてはトップシークレットなんです。表に出ると、いろいろまずいことになりますからね。だいたいブローカーといっても、そればかりやっているわけじゃないんですよ。基本的には自営業の人が多いみたいですね。時間の自由が利くので、自分の仕事の合間に野球関連の仕事をする、みたいな感じで」

「根が深そうだな」

「だけど、全部噂に過ぎないんです。あまり真に受けちゃ駄目ですよ」

「だったら、この話自体、意味がないじゃないか」永尾は両手を広げた。「じゃあ、ここはお前の奢りだな」

「勘弁して下さいよ」途端に脇谷が情けない表情を浮かべた。「小遣い、減らされたばかりなんです」

「天下の東日の記者の台詞とは思えないね」永尾は鼻で笑った。

「子どもが三人いたら、家計は火の車ですよ……永尾さんには分からないでしょうけど」

「分かった、分かった」この件を責められると何も言えなくなる。「ここは奢るから」

「そうこないとね」

脇谷が顔を綻ばせる。そこへちょうどカツカレーが運ばれてきた。

巨大――皿のサイズが普通のカツカレーの二倍ぐらいありそうだ。テーブルに置かれたのを見て、永尾は思わず溜息を漏らしてしまう。巨大な皿にするだけの意味は当然あり、カツが二枚載っている。トンカツ屋で出てくる普通のロースカツよりは小さ目だが、二枚は二枚だ。そしてカレーのソースは皿から溢れそうになっている。これだけの「おかず」に見合うだけの米の量と大量のキャベツ……大学生の頃、キャンパスの近くにこの店があったら涙を流して喜んでいたかもしれないが、永尾ももう四十歳である。

永尾より三歳年下の脇谷は、嬉々としてスプーンを使い始めた。仕方なく、永尾も食べ始める。美味いことは美味い……カツはからりと揚がっているし、カレーのソースにも深みがある。いわゆる専門店のカレーとは違うが、酸味が強いのがカツとよく合う。

美味いことは美味いが、全部食べ切れるかどうか、自信はなかった。脇谷は快調なペースで食べ続けている。

「だけど、何でこんなことに首を突っこんでるんですか？　まさか、高校野球ブローカーの話を、社会面で書くつもりなんですか？」

「いや……今のところそのつもりはない」

「ですよね」脇谷がうなずく。「我々も、噂だけは聞いているけど、なかなか実情が分からない問題ですから」

永尾は専門記者のプライドを見た。脇谷は横浜支局時代から高校野球の取材が大好きで、希望して運動部に配属された後も、アマチュアスポーツをずっと担当している。プロ野球やサッカーの担当者に比べれば地味な存在だが、取材範囲が広範に亘るために、顔が広い。陸上競技から大学野球、そして高校野球まで——夏と春の甲子園には、毎年のように行っているはずだ。

「お前が調べられないことは、俺には調べられないか」

「そういう意味で言ったんじゃないですけど、まあ……難しいですよ。別に犯罪行為じゃないですしね。悪しき習慣かもしれないけど、事実関係を摑んでも叩いていいことかどうか分からない。週刊誌なんかは、適当に話をでっち上げて、面白おかしく読み物に仕立てるかもしれませんけど」

「週刊誌だって馬鹿にできないぜ」

「それは分かってますけどね……あの、この件、どこにどうつながるんですか？」

永尾は簡潔に事情を説明した。途中から脇谷の目の色が変わる。

「例の件ですか……まだ終わってないんですね」

「いや、あれはあれで終わってる。これはまったく別の事件なんだ」

脇谷は昔から、永尾を特別な目で見ていた。彼が入社した時には、永尾はもう「新聞協会賞記者」になっていたのだ。自分で言うのも何だが、周りから一目置かれる存在だったと思う。新人記者から見れば、雲の上の存在。その後の自分は、ろくな実績を残せていないのだが、そういうことは脇谷には関係ないようだった。だから、彼と話していると、何だか申し訳ない――詐欺師になったような気分だった。

「やっぱり大きい事件だったんですよね。運動部に来て、先輩たちから改めて話を聞いて実感しましたよ」

「運動部は運動部で、俺とは見方が違うだろうけど……どうかな。西村に会って話を聞きたいんだ。竹藤について知るために」

「人生、捻じ曲がったんでしょうね」

何気ない脇谷の一言で、永尾は改めて自分の記事の重さを思い知った。そう、新聞協会賞を取ったあの記事は、何人もの人生を捻じ曲げてしまったのだ。有望なプロ野球選手の将来を閉ざし、家族を崩壊させた……もちろん、記事を書いたことに後悔はない。しかし今思えば、あの頃の自分は何も知らずに有頂天になっているだけだったのだ。自分の書いた記事が、どんな人にどんな影響を及ぼすか、考えもしなかった。

若かった、で済まされることではあるまい。新聞記者だから記事は書く。しかしその記事がどんな影響を及ぼすか、書かれた人はどんな立場になるか、それを考えない人間に、記者でいる資格はない。

「西村は見つかってないんですか？」

「まだろくに捜してもいないけど」

「ヒントはあるかも……」

「何だ？」永尾は食いついた。「どんな小さなヒントでもいい。教えてくれ」

「専門誌の記者、紹介しましょうか？　連中なら、俺よりずっと詳しく高校野球を取材してますから。西村が本当にブローカーをやっているとしたら、何らかの情報は摑んでいるかもしれません」

「頼む」永尾は頭を下げた。「どこにでも会いに行くよ」

5

金曜日は論告求刑の日だった。これは見逃せない。朝から法廷に駆けつけた永尾は、「懲役十五年」という求刑の重みに圧倒された。一人の人間を殺した罪……竹藤は事実関係ではまったく争っていないし、情状酌量の材料もほとんどないから、恐らくほぼ求刑通りの判決が出されるだろう。

弁護士の内野は、最終弁論で、「被告は十分反省している」と訴えるだけで、犯行内容には一切触れなかった。

そして最後の被告人意見陳述。裁判官の正面に立った竹藤の背中は、初日に見た時よりもずいぶん小さくなっているようだった。そんなことはあり得ないが、わずか数日で体が萎んでしまったような……声もかすれ、ぼそぼそと低い調子で喋るので、ひどく聞き取りにくい。

竹藤自身も特に言うことはないようで、被害者に対して「申し訳ないと思っています」と言うだけだった。

「ご家族の方にも申し訳なく、反省の言葉もありません。今後は罪の償いをしようと思っています」

ひたすら反省の弁を述べるだけで、一刻も早くこの場から立ち去りたいとでもいうように、最後の方はひどく早口になった。

後は、来週の判決言い渡しを待つばかり。結局内野も、有効な戦術を立てられなかったのだろう。過去のキャリア——プロ野球選手としての栄光の日々を持ち出さなかったのは、賭博事件がこの場に持ち出されるのを避けたからだろう。野球の話がなければ、竹藤はごく普通の男——体が大きいだけの、冴えない中年男でしかないのが分かる。

それは自分も似たようなものだが。

法廷から連れていかれる竹藤と、一瞬目が合った。永尾は、竹藤が自分を認識していると確信した。十七年前、直接取材したのは一度だけなのだが、彼は自分を覚えているのだろうか……永尾は目を逸らしそうになったが、何とか耐えて彼の目を真っ直ぐ見続けた。

俺を責めているのか？

一瞬、真っ暗な気分になった。あの時お前が記事を書かなければ、俺は今法廷になど立っていなかった……。

しかし竹藤の視線は唐突に外れ、うつむいたまま法廷を出て行った。永尾はずっと息を呑んでいたことに気づき、ゆっくり深呼吸した。

法廷を出ると、今度は刑事の金崎と目が合った。表情は険しい。何が気にくわないのだろうか。永尾に向かって顎をしゃくると、トイレの前まで歩いて行っていきなり切り出す。

「何か分かったかね」

「いや……」この事件そのものについては、新しい材料はないままだ。

「何だ、ちゃんと取材してないんですか」非難するように金崎が言った。

「取材はしてます。あなたとは狙いが違うんですよ」

「じゃあ、あんたの狙いは何なんですか」

「そんなこと、言えるわけないじゃないですか。取材の内容を警察官に漏らしたら、大問題ですよ」

「協力し合えるかもしれないと思ったんだがね」

「それはないでしょう」永尾は首を横に振った。「あなたが凶器の問題を調べ始めたら、捜査本部に逆らうことになりますよ」

金崎が黙りこみ、顔が真っ赤になった。そんなことは、永尾に言われずとも分かっているのだろう。

「とにかく、別の筋について調べていますから。何か参考になりそうなことがあったら、連絡しますよ」

「被害者について何を知ってる?」

「いえ……いや、どういう人かは分かってますよ」

都内で自営業——酒屋を営む五十九歳。あまり評判はよくなかったようだ。酒屋であることと関係があるのかどうか、酒癖が悪く、あちこちでトラブルを起こしていたらしい。

そう話すと、金崎が微妙な表情になった。

「被害者についても、俺はちょっと引っかかってることがあるんだよ」

「何ですか?」

「警察としては、被害者についてもそれなりに調べた。あまりいい話は聞かない……近所の評判もよくなかった」

「ええ」

「もちろん、酒癖が悪いからといって、殺されていいってことにはならないがね……それはそれとして、よく分からない人間なんだ」

「そんなに複雑な話なんですか?」

「実質的に店は息子に任せてしまって、昼間からふらふらしていたようなんだが、どこで何をしていたかは家族も知らないんだ」

「何かヤバい商売なんですか？」すぐに、薬物のことが頭に浮かぶ。酒屋をしながらドラッグのバイヤー……あり得ない話ではない。

「分かってりゃ、状況はもう少し変わってたかもしれないがね、結局分からなかったんだ。こんなことは常識だが、殺人事件では被害者を調べるのは不可能なんだよ。被害者のことを知りたければ、周囲に訊くしかない」

「分かります」

「今回、被害者の周辺調査が十分だったかどうか……そこが心配なんだよ。どこかで何か、見落としているんじゃないかってな」

永尾は無言でうなずいた。刑事がこんな風に言うのはよほどのこと……と経験から分かっている。

「気にかけておきます。でも金崎さんは、あまり無理しない方がいいんじゃないですか？　新しい事実が出てきたら、立場が悪くなるかもしれませんよ」

「あんたが書けばいいじゃないか」金崎が、大きな目をさらに大きく見開いて言った。

「もちろん、俺の名前は出さないで、な。新聞が勝手に書きたてても、警察は動く。慌てて、だろうがね」

　そこでようやく、金崎の狙いが読めてきた。この男は何とか真相を探り出した上で、俺を利用しようとしているのだ。新聞に書かせて、適当に捜査を終わらせてしまった同僚を焦らせる——自分で事実を探り当てて、それを周囲に広めようとは思っていない。そんなことをしても、警察内部では潰されるだけだろう。

　それならそれでもいい。書くべきことがあれば書く——金崎を利することになっても、問題はないような気がした。彼は現実的なだけなのだ。最終的に、何か新しい事実が明るみに出れば、その手段は問わないのではないか。

「判決は来週か」金崎が腕時計を見下ろした。「どう見る？」

「十五年に対して十二年ぐらいじゃないですか？　事実関係に争いはないけど、本人が十分反省してますから」

「竹藤の奥さんたちは、証言を拒否したようだな」

「そうですね……」永尾が会った印象では、決して竹藤を憎んでいる感じではない。しかし、裁判で夫に有利な証言をする気にはなれないだろう。

「奴は、絶対に何か隠している」金崎が断言した。

「何かって、何ですか」

「それが分からないから困ってるんだろうが」金崎が怒ったような表情を浮かべた。
「分かっていれば、取り調べをしている段階でとうに何とかしている」
「……ですね」要するに警察も、竹藤を落としきれなかったのではないか。本当に反省して、心から被害者に申し訳なく思えば、容疑者は洗いざらい話すものだ。そうでないということは、竹藤は何か心に秘めていることがある。動機面なのか、あるいは……その「あるいは」の部分が何なのか、想像もできない。金崎には見当がついているのだろうか。

この男もまた、本音を吐いていないのでは、と永尾は想像した。

裁判所を出てすぐに、脇谷に教えてもらった新しいネタ元の電話番号を呼び出す。雑誌と言っても種類は実に様々で、何でもやる週刊誌と専門誌の編集者では勤務状態も違うはずだ。毎日のようにネタを追いかけている週刊誌の編集者の場合、非常に摑まえにくい印象がある。専門誌の方はどうか……午後に出社して、終電まで仕事をする――普通のサラリーマンとは半日ほど時間がずれているのでは、と永尾が勝手に想像した。

もしもそうなら、今頃の時間はまだ寝起きでもおかしくない。

しかし、大崎《おおさき》という編集者は完全に目覚めていた——元気な声で反応した。

「東日の永尾と言います。うちの運動部の脇谷の紹介で——」

「ああ、はいはい」大崎は呑みこみが早いタイプのようだった。もちろん、脇谷から連絡も入っているのだろうが。

「ちょっとお会いできませんか？　高校野球関係で知りたいことがあるんです」

「私でお話しできるようなことがあるかどうか」

「大崎さんは専門家でしょう？　話を聞くには一番相応しい人だと思いますが」脇谷の話では、大崎は専門誌で十年以上も編集者をやっているのだという。

「取材歴だけは長いですけどね」大崎の口調はどこか卑屈だった。会うのが面倒臭いので、何とか逃げようとしているのでは、と永尾は想像した。

「お時間をいただくのは申し訳ないんですが……」

「構いませんよ。今はちょうど、閑散期ですから」

「ああ……選抜ももう少し先ですよね」

「そうです。一年で唯一余裕があるのが十二月なんですよ。試合も少ないですし」

「試合は頻繁に観に行くんですか？」

「強豪校の試合には、できるだけ顔を出します。公式戦だけじゃないですから、結構忙しいですね」

　練習試合までチェックするとしたら、相当大変だ。一日に何試合も梯子《はしご》することもあるのではないだろうか。

「今日は……」

「ああ、今、神奈川県に来てまして」

「取材ですか？」

「ええ。こっちの選抜出場の有力校に話を聞きに来てます」

「時間は空きますか？」我ながら強引だと思いながら永尾は話を進めた。こういう時は勢いが大事——立ち止まらずに話を進めるのがいい。

「午後なら大丈夫ですよ。その頃なら、監督への取材も終わってますから」

「そちらへ行きますが、会ってもらえますか？」そう言えば、来年神奈川県から選抜に出場するのはどのチームだろう。秋の関東大会の結果を知っていればある程度は読めるのだが、永尾はそこまでチェックしていなかった。最終決定は年明けのはずだが、当然専門の記者たちは、もう取材に走り回っているのだろう。

「横浜にいるんですが……横浜桜《さくら》高校。分かります？」

「ああ、分かります」神奈川県内の高校のデータは、未だに頭に入っている。高校野球や入試の関係などで、高校を取材する機会は少なくないのだ。しかし、永尾がいた頃には、甲子園には縁がなかったはずだが……神奈川県には野球の強豪校がいくつもあり、新興チームが割りこむ余地はあまりない。「初出場」が少ない県と言っていい。

「グラウンドは保土ケ谷なんですが」

「分かります。何時に行けばいいですか？」

「――では、四時で。グラウンドにいる人間で、ネクタイを締めているのは私一人でしょうから、すぐ分かりますよ」

「お手数おかけしてすみません」

丁寧に言って電話を切り、一息つく。これでまた一歩前進できるだろうか。

夕方までの時間をどう潰そうかと考えながら歩き出す。その瞬間、スマートフォンが鳴った。大崎がかけ直してきたのかと思ったが、見知らぬ番号が表示されている。不審に思いつつ出てみると、がらがら声が耳に飛びこんできた。

「宇沢《うざわ》です」

瞬時にその名前を思い出した。竹藤の母校、川崎青南高校の元野球部監督。十七年前に何度か取材した相手だった。

第四章　ブローカー

1

　永尾は緊張のあまり、思わずその場で固まってしまった。顔見知りと言ってもいい人間だが、話すのは実に十数年ぶり――そんな人間に、どう対応したらいいか分からない。

「もしもし？」電話の向こうで、宇沢が急《せ》かすように言った。「聞こえてますか？」

「はい。永尾です」

「どうも……」一転して声を低くする。いかにも腹に一物ありそうな感じだった。「話していて大丈夫ですか」

「ええ」

「竹藤のことを調べているそうだね」

「誰から聞いたんですか？　いや、調べているかどうかは言えませんけど」永尾は気を取り直し、とぼけた。しかし、情報は広がっているだろうと覚悟する。

記者が動くと波紋が起きる。極秘に取材しているつもりでも、いつの間にか情報が漏れ、関係者全員が動きを知ってしまったりする。それで取材がやりにくくなることもしばしばだった。

「今さら隠さなくてもいいでしょう。ちょっと話がしたいんだが、会えませんかね」宇沢はぐいぐい攻めてきた。

冗談じゃない、とまず思った。しかし次の瞬間には、これもチャンスなのだと考え直す。宇沢と竹藤が今でも接触しているとすれば……何か情報が手に入るかもしれない。

「いきなりですけど、今日、横浜でアポがあります。例えば――」永尾は腕時計を見た。昼飯を先送りにすれば何とかなる。「午後一時ならそちらへ伺えますが」

「そうしてもらえますか。野球部の監督室でお待ちしてます。場所は覚えてますよね?」

言葉遣いは丁寧に変わっていたが、声には依然として威圧感があった。

いったい何を考えているのか。

不快な思いをさせられるだけかもしれないが、それでも会いに行こう。ほんのわずかでも手がかりがあれば……もちろん、がっかりさせられる可能性の方が高いのだが。

青南高校は、JR南武線の矢向《やこう》駅近くにある。永尾は十数年ぶりに訪問したのだが、一瞬、間違えたのかと思った。校舎が建て替えられ、様相が一変していたのだ。慌てて、校門で校名を確認したほどだった。

　午後一時なので、午後の授業が始まったところ……永尾は無人のグラウンドを迂回し、野球部のクラブハウスに向かった。青南高校の運動部で実績があるのは野球部だけで、甲子園出場後には独自のクラブハウスができていた。当時はまだ真新しい感じがしたが、校舎そのものが建て替えられた今となっては、逆に少し古びた外観になっている。

　レンガ張りのクラブハウスには、更衣室、トレーニングルーム、監督室などが入っている。近づくにつれ、当時の記憶がはっきりと蘇ってきた。永尾は完全な部外者だったのに、練習中に訪れると、選手たちは動きを止めて、馬鹿でかい声で挨拶してくれたものだ。どう返していいか分からず、誰に向けてというわけでもなくひょこりと頭を下げるしかできなかった。何だか情けない記憶である。

　この時間に監督室にいるということは……宇沢は今、何をしているのだろう。もしかしたらもう、教員——当時、宇沢は世界史の教員でもあった——としては定年になり、野球部の監督だけを続けているのかもしれない。一度でもチームを甲子園に導いた監督は、学校側も簡単には手放したくないだろう。

　一度深呼吸して、コートの前を開ける。途端に寒風が吹きつけてきて、思わず肩をすくめた。風は埃っぽい。グラウンドは土が剝き出しで、しかもこのところ乾いているために、ちょっと風が吹くと土埃が舞うのだ。それでも、グラウンドが学校の敷地内にあるだけでもましだろう。東京や神奈川などでは、グラウンドは学校から離れたところにあり、移動だけでも時間を食ってしまうチームがいくらでもある。

監督室のドアをノックすると、すぐに「どうぞ」とダミ声が返ってきた。ドアを開けると、むっとするような煙草の臭いが襲ってくる。宇沢はちょうど、煙草を灰皿に押し当てたところだった。

何とも居心地の悪い部屋……こんな感じだったかな、と永尾は記憶をひっくり返したが、思い出せない。それほど広くないスペースには物が溢れていた。宇沢のデスクも、天板が見えないほどになっている。左の壁には大きなホワイトボード。右の壁にかかっている小さなホワイトボードは、一か月分の予定表だった。十二月だというのに、週末は試合で埋まっている。年末は休みかと思ったが、「休」の文字はない。おそらく休むのは正月三が日だけで、四日からは練習を再開するのだろう。

「ああ、どうも」

直《じか》に顔を合わせた宇沢は、電話で話した時よりも少しは愛想よく感じられた。それにしても歳を取ったな……十七年前の宇沢は、たしか四十代半ば。年齢なりにみっちり肉がついていたが、よく日焼けした精悍な顔つきで、眼光が鋭かった。ノックは強烈で、一年生など完全に腰が引けていたものだ。

今は、かなり萎んだ感じがした。髪は当時と同じように短く刈り上げていたが、ほぼ白くなっている。顔の肉も弛《たる》み、厳しい雰囲気は当時から五十パーセントマイナス、という感じだった。

「ご無沙汰しています」まだ緊張したまま、永尾は頭を下げた。

「まあ、座って」

言われるまま、宇沢のデスクの前にあるソファに腰を下ろす。宇沢は自分のデスクについたまま――それで永尾は少しむっとした。人を呼びつけておいて、この対応はないのではないか？　永尾の前にも一人がけのソファがある。そこに座って対応するのが、人としての礼儀ではないだろうか。

しかし永尾は、ふいにあるものに気づいた。デスクに杖が立てかけてある。かなりしっかりした、それこそ松葉杖代わりにも使えそうなものだった。

「膝でも怪我したんですか？」永尾は思わず訊ねてしまった。

「ああ、長年の酷使のせいでね」宇沢が杖を手にした。先端部分がボロボロになり、塗装もかなり剝げている。相当長く使いこんでいるのは明らかだった。「医者には人工関節の手術をしろと言われているんだが、なかなか踏み切れない」

「大変ですね」不満が一気に同情に変わる。

「自分でノックできなくなったのが一番痛いな」

「今はどうしてるんですか？」

「俺は総監督だ。監督は、若手のＯＢがやってる。だから本来は、この部屋も譲り渡すべきなんだがね」

何だか雑談に流れてきた。永尾は咳払いし、話を引き戻した。

「よく私の連絡先が分かりましたね」

「携帯の番号が残ってましたよ」

「ああ……」

「今は、東京にいるんですね？」

「そうです」

「……で、竹藤の取材をしている」

「それは言えません」

「どうして？」

「監督、竹藤と今でも連絡を取っているんですか？」

永尾が逆に聞き返すと、宇沢が黙りこんだ。顎を撫で、じっくりと永尾の顔を眺める。まるで、この選手は将来使えるかどうか値踏みしているような感じで、永尾は途端に居心地が悪くなってきた。多分、強かった頃の青南高校の選手たちも、この視線を浴びては縮み上がっていたのだろう。

「竹藤の取材はしていますよ」永尾は認めた。今の沈黙で、宇沢と竹藤は今も何らかの形で連絡を取り合っていると確信したからだ。すなわち、宇沢も「関係者」。竹藤の取材を進めるために、話を聞くべき相手になったのだ。「監督、一番最近では、いつ竹藤と話しました？」

「竹藤とは話していない」

とは？　微妙な言い方に、永尾は違和感を抱いた。今の言葉に、何か深い意味があるのだろうか。

永尾はゆっくりと座り直した。ソファはかなり年季が入ったもので、バネがへたってしまって座り心地が悪い。もしかしたら自分は十七年前にも、このソファに座って取材をしたかもしれない。宇沢は唇を引き結んだまま、両手をきつく握り合わせている。杖が倒れて甲高い音がしたが、無視していた。

「竹藤は、刑事被告人です。十七年前の賭博事件と違って、今回は殺人事件……重みが違います」

「おたくは、その事件の取材をしているんですか？」

「その事件というか、竹藤がこの十七年間何をしていたか——どうしてこんなことが起きてしまったかについて調べています」

「そんなことを取材して、何になる？」放っておいて欲しい、という本音が透けて見える。宇沢は今でも、竹藤を「保護」している感覚なのかもしれない。

宇沢は高校時代の三年間、竹藤の面倒を見て、選手として育てた。彼の元を巣立って四年後、竹藤は大きく開花した。永尾は十七年前に、宇沢に何度も話を聞いたことを思い出した。高校時代の竹藤はどんな選手だったのか？　ここまで伸びると予想していたか？　人間的にはどんなタイプだったたか？

厳しい親父が、表面上の態度と裏腹に、息子の成長を暖かく見守っているような感じだった。ひ弱だった息子が、いつの間にか自分の手が届かない存在になってしまったことに戸惑っているような……しかし渋面の背後に、嬉しそうな感情も透けて見えた。

十七年前の取材では、不安げな台詞ばかりを口にしていた。「下半身の鍛え方が足りないんじゃないか」「投げ方に無理がある。あれは肘を傷める可能性がある」というところから始まり、「パイレーツはちゃんとコーチしているのか」という批判にまでつながった。永尾には、どうして竹藤が怪我しそうなのか、さっぱり分からなかったが。だいたい宇沢の予想に反して、竹藤は一シーズン、怪我なくローテーションを守り通したではないか。

「いい加減、竹藤を追いかけて貶めるのはやめてくれないかな」

「貶めようとはしてませんよ」

「事件のこと――それに、この十七年間のことを詳しく書けば、結果的に貶めることになるでしょう」

「彼がどうしてあんなことをしたか……本当の理由が分かれば、同情が集まるかもしれませんよ」

「世間では、善意と悪意と、どちらが主流なのかね」宇沢が突然、抽象的なことを言い出した。

「それは……状況にもよるでしょう」永尾はさらに抽象的な答えを返した。

「一度悪いことをした人間は、世間からはずっと『悪い奴』と見られるんじゃないかな。たとえその後に、どんなにいいことをしても……だから竹藤は、ずっと大人しくしていたんだと思う。目立つようなことは一切せず、世間から隠れるように生きてきた。おたくはそれをまた、蒸し返そうとしているんだ」

「私がやらなくても、蒸し返されたじゃないですか」永尾は思わず言い返した。「あんな事件を起こして逮捕されて、裁判になって……裁判は基本、公開のものです。だから、全てはとっくに明るみに出ているんです」

「あなたはそれに輪をかけて、竹藤を悪者にしようとしているのでは？」

「どうしてそんなに竹藤を庇《かば》うんですか？」

宇沢が黙りこむ。しかし視線は、しっかり永尾に据えられたままだった。目力は強い……永尾を射抜こうとせんばかりだったが、永尾も負けなかった。瞬きもせずに宇沢を睨む。しばしの沈黙の後、永尾は口を開いた。

「監督が竹藤を庇うのは、当たり前ですかね……彼は十七年前、ファンを、あるいは野球界全体を裏切った。それでも監督にとっては、可愛い教え子なんでしょう？　その感覚は今でも変わっていないですよね？」

宇沢は何も言わなかったが、目力が少しだけ落ちたように思えた。離れ離れに暮らしている息子の安否を気遣い、心が揺れているように。

「私は……私も、彼がどうしてこんなことになってしまったのか、正直分かりません」永尾は打ち明けた。「彼の過去を調べると、十七年間、本当に慎ましやかに、静かに暮らしてきたことが分かりました。真面目に仕事をして家族を養い、ひたすら静かにしていたんだと思います。酒に酔ったからといって、見ず知らずの人を殺すようなことは考えられない」

「当たり前だ」宇沢が強い口調で言い切った。「野球賭博の時だって、俺は何かの間違いだと思っていた。まったくあいつらしくない。賭け事になんか、縁のない人間だったからな」

「監督が知っていたのは、高校時代の竹藤でしょう？　高校生が賭けを好きかどうかなんて、分からないと思いますが」

「そんなことはない。三年間もみっちりつき合っていれば分かる」

宇沢が屈みこみ、杖を拾った。それを頼りにデスクを離れ、足を引きずりながら永尾の前のソファに腰を下ろす。ひどく難儀そうで、腰を落ち着けた瞬間に荒い息を漏らした。しかし、ワイシャツの胸ポケットからすぐに煙草を取り出し、火を点ける。深々と吸いこむと、天井に向けて煙を吐き出した。

「煙草は体に——膝によくないですよ」

「まさか」宇沢が笑い飛ばした。「膝と煙草は関係ない。膝が言うことを聞かなくてストレスが溜まるばかりなんだから、煙草ぐらいは誰にも文句を言われずに吸いたいね」

「じゃあ、おつき合いしますよ」永尾も煙草をくわえた。煙を肺に入れると、少しだけ気持ちが落ち着く。二人の間に流れていたぎすぎすした雰囲気が薄れていくのを感じる。煙草を吸う人間がすっかり減った結果、喫煙者同士は妙な連帯感を抱くようになる。新聞記者になった頃は、煙草を吸う人間はまだまだ多かったのだが。

「竹藤からは、何度か連絡がありましたよ」唐突に宇沢が打ち明けた。

「電話ですか？」

「主に電話。葉書もきたけど」

「近況報告ですか？」

「あいつは転職も引っ越しも多かったからね。それだけ苦労していたんだよ」

「分かります……実際に会われたことはあるんですか？」

「ある」宇沢が認める。「五年前、あれは日曜日だったかな？　夏の大会の一か月ぐらい前で、グラウンドで練習試合をやっていたんだが、ふと気づいたら、あいつが外から観ていたんだ」

「見学ですか？」

「いや、差し入れだったんだ。スポーツドリンクの大箱を二つも持って。でも、グラウンドの中に入るのはまずいと思ってたんだろうな。結局、俺の方から会いに出て行った」

「それが……十二年ぶりの再会だったんですか？」

「ああ」

宇沢が静かに目を閉じる。五年前の再会を、じっくり思い出しているようだった。やがて目を開けると、ゆっくりと語り出す。

「何年も会ってなくて、その間にいろいろなことがあって……いつかこういう状況になるんじゃないかと、何度も想像していましたよ。会ったら何を話そうかとも考えていた。しかし、実際に会ってみると、何も言えないもんだね」

「ええ」永尾は軽く相槌を打った。本当は、相槌など必要ないような感じだったが。

「竹藤は『差し入れです』と言って……俺は『中に入って観ればいいじゃないか』と言って……でも竹藤は遠慮した。『遠慮しておきます』と言われたら、無理には誘えませんわな」

「分かります」

「結局、その年のチームの話をしてね。竹藤はやっぱり、ピッチャーを中心に観てたけど」

「五年前というと……」

「夏は、県大会の準決勝で負けた年だよ」宇沢の表情が少しだけ歪む。「竹藤は、ピッチャーを心配してた。その練習試合では三人に投げさせたんだけど、正直、軸になるピッチャーがいなくてね。継投継投で何とか準決勝まで行ったけど、高校野球はやっぱり、絶対的なエースがいないと駄目だね。もちろん、投げ過ぎが問題になっていることはよく分かっているけど、高校野球は一発勝負のトーナメントだ。チームの一体感を出すためにも、絶対的なエースの存在は必要なんだよ。竹藤は、あの年のチームがそうなっていないことを見抜いていた」

「もしかしたら、練習試合をいつも見学していたとか？」

「いや、あの時が初めてだと言っていた。それでも竹藤は、しっかり見抜いたんだね」

「それは、竹藤自身が絶対的なエースだったからでしょうか」

「そうかもしれない」

「十七年前も散々伺いましたけど、竹藤ほどのピッチャーはなかなかいないですよね」

「あいつには悪いことをした」

突然打ち明けられて、永尾はかすかに動揺した。どういうことですか、と訊ねると、宇沢は「あいつにはいい思いをさせてやれなかった」とつぶやいて唇を嚙んだ。

「でも、甲子園に二回も行ってるじゃないですか」

「他の選手はそれでよかったと思う。それまでなかなか甲子園に手が届かなかったのに、竹藤のお陰で行けたんだから。だけど竹藤は、その上を目指していた……本気で日本一になるつもりだったんだ」

「竹藤は、二大会とも、ベストに近いピッチングをしてましたよね？　勝てなかったのは、他の選手が打てなかったからでしょう」

「だからこそ、申し訳なかったんだ」宇沢が右手の人差し指を立てる。「竹藤は、一言も文句を言わなかったな。あくまで自分はチームの一員で、チームが自分のための存在でないことは理解していたんだ。しかし、あいつには本当に悪いことをしたよ。甲子園で負けたせいで、あいつには負け癖がついてしまったんだ」

それは間違いない。大学時代の竹藤も、いいピッチングをしながら味方の援護がなく、なかなか勝ち星を拾えなかった。プロは「勝ち運」も大事にするというが、パイレーツは、竹藤のピッチャーとしての純粋な能力を評価していたのだろう。

「だからあいつが、プロに入って勝ち続けて、俺は本当にほっとしたね。プロで初めて、勝ち運に恵まれたわけですよ」

「それで……五年前に会った後は、一度も会ってないんですか？」永尾は話を引き戻した。宇沢は思い出話に脱線しがちだ。

「会っていない」宇沢が認めた。

「五年前に会った時には、どんな印象でした?」

「遠慮しているというかね……人間が二回りぐらい小さくなった感じだった。元々、そんなに図々しいタイプでもなかったけど。普通、三十代半ばというと、どこにいても中堅、働き盛りでしょう?」

「ええ」五年前の自分は……と思い出すと胸が痛む。周囲からは働き盛りと見られながらも、何もしていなかった。今でも。

「やっぱり、表には出たくない、目立ちたくないという感じだったな。私は、『たまには練習も観に来いよ』と声をかけたんですけど、あいつは寂しそうに笑うばかりでね。『迷惑はかけたくないです』と言うだけだった。全然、迷惑じゃないのにね。あいつのやったことなんか、皆忘れてますよ」

東京では——全国的にはそうかもしれない。しかし、地元・神奈川ではどうだろう。竹藤が頻繁に青南高校の練習を観に来ることが知れたら、何かと良からぬ噂をする人もいるはずだ。

「これ以上、新聞に書かれないことが、あいつの幸せなんですよ」

「書かないかどうか、約束はできません」緊張しながら永尾は言った。

「放っておいてもらうわけには……」宇沢が目を伏せ、上目遣いに永尾を見る。

「保証はできません」永尾は繰り返した。「書くか書かないかを事前に言うのは、ルール違反です」

「賭博事件の時もそうだった？」

「もちろんです」

「そうですか……」宇沢が溜息をつく。「私が、書いて欲しくないと言ったことだけは覚えておいて下さいよ」

「胸に留めてはおきます」永尾は自分の胸を掌で押さえた。普段なら、こんな圧力をかけられても絶対に無視する。他人に言われたくない……と腹の中で罵《ののし》って、知らんぷりをするだろう。しかし今日は、そういうわけにはいかなかった。竹藤の「育ての親」が懇願しているのだから、無視はできない。

もちろん、書くつもりではいたが。書く材料が集まりさえすれば。

引きあげ時だ――そう思ったが、どうしてももう一つだけ、聞いておきたかった。

「高校野球のブローカーって、どうなんですか？」

「どう、とは？」宇沢の目が細くなる。声は低く、つい先ほどまでの懇願するような口調は完全に消えていた。

「高校野球には、ブローカーがいると聞いています。各地の有力な中学生を見つけて、高校に売りこむような——」

「そんなものは存在しない」否定する宇沢の口調は荒々しかった。

「いや、しかし——」

「選手のスカウトは、私が責任を持ってやっている。自分の目で確認しないと、絶対に分からないことだから」

「それはもちろん、最終確認は監督がされるんでしょうけど、全国各地の選手には目が回らないじゃないですか」

「選手をスカウトするのは私だ」宇沢が言葉を変えて繰り返す。「外部のブローカーなんか、存在しない」

2

釈然としない……しかし永尾は、何とか自分を納得させようとした。ブローカーは実際にいるのだろうが、証明が難しい。「違法」ではなくても、「倫理的」に問題のある存在であるが故に、自ら「そうだ」と認めることは絶対にないだろう。現役の高校野球の監督——宇沢は総監督だが——も、その存在を認めるとは思えない。迂闊な切り出し方だった、と少しだけ反省する。

永尾は川崎経由で横浜まで出て、相鉄本線に乗り換えた。横浜桜高校の所在地は保土ケ谷区——最寄り駅は相鉄本線の上星川である。そういえば、相鉄本線に乗るのも随分久しぶりだ。横浜支局時代には、散々お世話になったのだが。

横浜桜高校は、上星川駅の北口にある。南口には小さな商店街があるが、北口に出ると、目の前はいきなり国道16号線で、車の行き来が激しい。基本的には、交通量の多い国道沿いに広がる住宅地で、商店街のようなものはまったく見当たらない。結局昼を抜いたままだったので目が回りそうだったが、約束の時間も迫っていた。しょうがない、途中で甘い缶コーヒーでも買って、何とか空腹を紛らわせよう。

しかし、コンビニもないのか……この街で目立つのは、国道16号線の北側に広がる、巨大なマンションである。斜面を利用して建てられたようで、白い壁が道路の向こうにそびえ立っている感じだった。しかし、マンションを見ていても腹は膨らまない。いつの間にか、歩くスピードが上がっていた。

そのマンションの方へ向かって左折し、かなり急な坂を登って行く。約束の時間まであと十分……途中で自動販売機を見つけ、温かい缶コーヒーを飲んだ。煙草を一本灰にして、ようやく落ち着いた感じになる。これで、大崎への取材が終わるまでは何とか持つだろう。大丈夫、昔はこんなのはごく当たり前だった。二十代の頃の自分の食生活を思い出すと、ぞっとしたが……食べ過ぎ、あるいは不規則な食事のせいで、いつも胃が痛かった気がする。

そういう風にならなくなって、どれぐらいになるだろう。今はほぼ、食生活は安定している。

それだけ暇だということだ。

さて、と声を出して歩き出す。先ほどのマンションが急傾斜に建っているのを見て予想した通り、坂はかなり急だった。ふくらはぎにすぐに疲労が蓄積されていく。鈍ってるよなあ、と我ながら呆れる。

いい加減げんなりしてきた頃、横浜桜高校に辿りつく。駅から、永尾の足で徒歩十分というところか……これなら、運動部の連中にはいいトレーニングになるだろう。

グラウンドでは、ちょうど野球部がバッティング練習中だった。鋭い打球音が響く。都会の高校ではよくあるのだが、グラウンドは狭く、他の部活と共用……サッカー部も練習していたが、隅の方で遠慮がちだった。やはり、選抜出場を決定的にした野球部が、優先的にグラウンドを使えるのかもしれない。

それにしても、横浜桜の野球部はいつの間に強くなったのだろう。永尾が横浜支局にいた頃のこの高校は、何より「進学校」だった。毎年、早慶、そしていわゆる「MARCH」クラスに百人単位の卒業生を送りこみ、東大の合格者も二桁を超えていたはずである。その頃、野球部はせいぜい県大会のベストエイト止まりだったのではないか。何かのきっかけで、野球部強化に本腰を入れ始めたということか……その気になれば、運動部を強くする方法はいろいろある。

それこそブローカーの力を借りるとか。

グラウンドに足を踏み入れるのには少し勇気が必要だった。先ほど、青南高校はまだ授業中だったので、特に躊躇いはなかったのだが……練習の取材でもないのに、という気持ちが先に立つ。

道路に近い方にブルペンがある。屋根はあるが基本的に壁はなく、ネット越しにピッチング練習の様子がよく見えた。二人並んで投げているが、どちらがエースかは一目瞭然だった。左投げの投手の方が体が一回り大きく、投球フォームも大きい。ボールの勢いも明らかに上だった。打席に立てば、おそらく唸りが聞こえるだろう。しかもコントロールが抜群だ。何球か見ていたのだが、キャッチャーのミットはほとんど動かない。変化球もいい。カーブは落差が大きく、スライダーの切れも抜群。昔の青南高校のように、ピッチャーの力で勝ち上がったチームなのだろう。

「永尾さんですか？」

　声をかけられ、はっと顔を上げる。いつの間にか時間が経っていたのだと気づく。いいピッチャーは、投球練習だけでも人を惹きつける。

「大崎さんですね？」

「はい」

「すみません、こちらから声をかけないといけないのに」

「いやいや……」大崎が素早く近づいて来た。ブルペンに目をやると、「戸田《とだ》のピッチングは、見惚れますよね」と言った。

「戸田君、と言うんですか」

「彼のおかげで選抜に出られそうですよ」

「甲子園でも通用しそうですね」

「高校野球は、やっぱりピッチャーですからねえ」

　話しながら、永尾は大崎という男を観察した。自分と同年代だろうか……それにしては顔に皺が多い。外で仕事をする人に特有の焼け方だ。小柄で小太り。会う時の目印にしていたネクタイは、腹の上で曲線を描いている。

「立ち話もなんですから、ちょっとお茶でも飲みませんか？」大崎の方から誘ってきた。

「いいんですか?　取材でしょう」

「本当の取材は、練習が終わってからでないとできないんですよ」

それはそうだ。練習中の選手や監督に話しかけるのはタブーである。練習で選手の様子を見て、後で本人や監督に確認する感じだろう。永尾も、支局時代に高校野球の強豪校を取材する時には、そういう風に心がけていた。

「といっても、この辺では、お茶を飲める場所もないですよね」

「16号線沿いにファミレスがありますよ」

確かにあった……ついでに食事ができるといいのだが、と思ったが、そうすると話がだれてしまうだろう。ここは我慢だ、と思ったが、ファミレスに入って席につくなり、大崎の方で「何か食べませんか」と切り出してきた。

「いいんですか?」

「今日は、昼飯を食べている時間がなくて」

「実は私もなんです」

「記者さんはお忙しいですねえ」大崎が愛想のいい笑みを浮かべる。

「たまたまですよ」

大崎はスパゲティを、永尾はサンドウィッチを頼んだ。中年男が二人、午後遅いファミレスで黙々と食事をしている光景は、他人が見たらかなり奇妙かもしれないが……空腹には代えられない。

食事しながら、永尾は話を切り出した。事前に話をしてあるから、余計な前置きは不要だ。

「高校野球のブローカーの件なんですが」

「ええ」大崎は皿から顔を上げた。

「そういう人、実際にいるんですか?」

「いますよ」

大崎はあっさり認め、永尾は鼓動が跳ね上がるのを感じた。

「会ったことはあるんですか?」

「あります」大崎がうなずいた。

「取材したんですか?」

「取材……はしてないですね。逆に取材されたというか」

「どういうことですか?」永尾は眉を顰《ひそ》めた。

去年の夏の甲子園で取材している時だった、と大崎は説明を始めた。専門誌の記者として、当然ずっとアルプス席の記者席に陣取っていたのだが、その日の全試合が終わってそこから出た時に、突然声をかけられたのだという。

「まったく突然ですか？」

「関西は、そういう人も多いですからね」大崎が苦笑する。「人見知りしないというか、人と人との距離感が近いというか。その時も、そういう人だと思ったんですよ。ただの野球好きのオッサン――」

「オッサンだったんですか？」

「五十歳ぐらいかな？　白い開襟シャツに麦わら帽子、首にタオルっていう、クラシカルな甲子園の観戦スタイルですよ」

「夏の甲子園では、平日でもそういう人がいますよね。何なんでしょう？　仕事してないんですかね？」

「本当の野球好きは、仕事なんか簡単に放り出しますよ。特に関西には、仕事よりも野球という人はたくさんいますから。で、向こうが話しかけてきたんですけどね……関西の人じゃなくて東京の人だったんです」

「その人がブローカー？」

「最初は分からなかったんですよ」大崎が首を横に振った。「やたらと選手の情報に詳しいオッサンだったんですけど、高校野球ファンにはそういう人もいますからね。ただ、私が高校野球を取材している人間だということが分かって近づいて来たみたいで」

「多分、一目見たら分かるでしょうね」永尾は薄い笑みを浮かべた。本格的なスコアブックにメモ帳、ごつい一眼レフのカメラやビデオを持っていれば、すぐに「その筋の人だ」と分かる。もちろん、プロのスカウトも同じような装備で球場へ行くはずだが、プロ野球の内部にいる人と記者では、見た感じの雰囲気がまったく違うはずだ。

「その人は、第四試合に出て来た東京の高校のピッチャーについて、やけにしつこく聞いてきましてね。ほら、去年準優勝した東高《とうこう》学園の村井《むらい》です」

「いや……すみません、最近は高校野球はノーチェックなんです」

「去年のドラフト一位ですよ」

大崎が目を見開く。彼の中では、こんなことは誰もが知っている常識のようだが、永尾は苦笑せざるを得なかった。

「記者さんは、この手の話が大好きかと思ってました」大崎が呆れたように言う。

「基本的には、興味の対象外なんです。本当は、こういう話題はチェックしてないといけないんですけどね。人と話す時に、話題のとっかかりにはなる」

「今は、野球ファンも減りましたけどね……でも、来年は盛り上がるかもしれませんよ」

「と言いますと？」

「いい選手が多いですから。特にピッチャーに有望株が多い。いいピッチャーが揃った大会は、だいたい盛り上がるんですよ」

「今の桜高校のピッチャーもですか？」

「戸田はいいですよ」大崎が身を乗り出した。まるで自分の自慢話を滔々《とうとう》と語ろうとするようだった。

「素人の私が見ただけでも、いい感じなのは分かります——それで、甲子園で会ったブローカーのことなんですけど……」永尾は話を本筋に引き戻した。

「専門的なことまでよく知ってましたよ。それこそ練習方法まで……それで私は、ピンときたんです。はは あ、これが有名な高校野球ブローカーなのか、と」

「有名なんですか？」脇谷は「高校野球においてはトップシークレット」と言っていた。誰もが存在を知っているが、会ったことはないという不思議な人種。

「なかなか表に出てこない——当たり前ですよね？　ブローカーについて、何を知ってますか？」

「選手を発掘して、有力な高校に紹介して金を貰う」口に出すと、まるで奴隷商人の説明をしているような気分になった。

とはいえ、ブローカーの存在を全面否定するのは難しいだろう。全ての有力な選手が強豪校に進めるわけでもない。それほど強くない高校で、ろくな指導も受けられずに才能を無駄遣いして三年間を終える選手もいるはずだ。ブローカーは、優秀な選手が強い高校で思う存分力を発揮できるように環境を整える存在……と言えなくもない。それをボランティアでやっているとすれば、野球好きが高じたいい意味でのお節介と評価してもいい。ただ、そこに金が絡むと、途端にビジネスになってしまう。

「仰る通りですが、高校野球の様々な決まりごとやマナーに抵触する行為なんですよ」

「分かります」

「ただ、私はその人と呑みに行きましたけどね」

永尾は思わず目を見開いた。いかにも違法な行為をするような人種と言っておきながら、一緒に酒を呑むとは……永尾はおそらく、非難するような視線を向けてしまったに違いない。大崎が苦笑して、首を横に振った。

「他意はない……いや、ブローカーというのがどういう人間なのか知りたい、と思ったんです。ブローカーが存在していることは、甲子園関係者なら誰でも知っています。でも、マスコミ関係者で、ブローカーとの接触に成功した人間なんか、ほとんどいませんからね。だからこれはチャンス――ブローカーの実態を知るチャンスだと思ったんです」

それが本音かどうかは分からないが、大崎の説明は納得できる。永尾たちだって、取材のためなら反社会的勢力――暴力団関係者らと会うこともある。

「どんな人でした？」

「一応、異常なほどの高校野球ファンを装ってましたけどね……本当に、こちらが舌を巻くほど、選手の事情に詳しかったですよ」

「ただ、ブローカーなら、目をつけるのは中学生ですよね？　高校の選手を見ても、ブローカーの仕事の役にたつとは思えないけど」永尾は反論した。

「いや、アフターフォローというか……自分が発掘して売りこんだ選手がどれだけ活躍しているかは気になるんでしょう。その人、東京から見に来たとは言ってましたけど、話題にする選手がちょっと変わってるというか……東京出身で、地方の高校で活躍している選手の話ばかりでしたね。それもピッチャー中心で」

「東京から地方の高校へ行く選手はそんなに多いんですか？」

「純粋に甲子園出場を考えたら、地方の方が圧倒的に有利でしょう。とにかく試合数が少ないわけだから。大都市部では、有力校――ライバルも多いわけだし」

「なるほど……そういうことを話していると、ブローカーだと分かるんですね」

「隠し事をするのはあまり得意な方じゃない人だったですね」大崎が苦笑する。「あいつは中学生の頃から見てるけど、ずいぶん体が大きくなったとか、スライダーの切れが中学生時代に比べて格段によくなったとか。ただの高校野球ファンだったら、選手の中学時代のことまでは知らないはずでしょう?」

「なるほど」

二人とも料理を食べ終えた。ドリンクバーから持って来たコーヒーも飲んでしまったので、永尾は気を利かせて「お替わりを持ってきましょう」と言った。大崎がひょこりと頭を下げる。

コーヒーを取りに行く間を利用して、少し頭を冷やす。どうやら自分は金脈を掘り当てたようだが、まだ安心はできない。この取材の目的は、西村が、本当に「ブローカー」をやっていたかどうか探ることである。しかし、西村が実際にブローカーだったにしても、それがどこかにつながるかどうかは分からない。竹藤の人生とどう絡んでくるかなど、まったく予想もできなかった。

テーブルに戻ると、大崎は煙草のパッケージを弄《もてあそ》んでいた。最初に喫煙席に座ったのだから遠慮なく吸えばいいのに……大崎は律儀な男のようで、改めて永尾に「吸っていいですか」と訊ねた。

「もちろんです」永尾もワイシャツの胸ポケットから煙草を取り出した。食後の一服で気が緩むのを感じながら、永尾はコーヒーを一口飲んだ。

「その男は、自分の正体について話したんですか?」

「まさか」大崎が苦笑した。「東京で小さな学習塾をやっている、と言ってましたけどね」

「学習塾?」

「一応、名刺を貰いましたよ。もちろん、名刺なんか、いくらでも勝手に作れるでしょうけど」

「今、持ってないですよね?」

「ないですね……会社にあります」

「後で、連絡先を教えてもらえますか?」

「いいですよ。今日の夜遅くになりますけど、いいですか?」

「もちろんです」永尾はうなずいた。名刺一枚が手がかりになって、人のつながりが分かることもある。「それで、他にはブローカー的な発言や気配はなかったんですか?」

「会話の端々に、そんな感じはありましたよ。要するに、情報が欲しかったんでしょうね」

「中学校の選手について？」

「そうそう」大崎が苦笑した。「だけどこっちは、高校の取材が専門ですから。さすがに、中学校の選手のことを聞かれても分からない。話はそんなに長続きしませんでしたよ。ただ、私はちょっと突いてみたんですよね」

「ブローカーかどうか聞いた？」

「そこまでダイレクトじゃないですけど、ブローカーみたいな人がいるようですね、と遠回しに……ただ、その質問にはまったく答えないで、はぐらかされました。それでまた、怪しいと思ったんですけどね」

「なるほど……大崎さんの感触ではどうなんですか？　その男は本当に、ブローカーだと思いました？」

「間違いないでしょうね」大崎がうなずく。「向こうは、記者席にいる人間に、手当たり次第に声をかけてきたんだと思いますけどね。最初から、私が何者なのか分かってたわけじゃないと思います」

「情報が命綱、なんでしょうね」

「それは我々も一緒なんですけど……一緒にされたくはないですよね」

　大崎が冗談めかして言ったが、それが本音だということは永尾にはすぐに分かった。

同じように情報を収集するにしても、それをどう使うかが問題なのだ。

3

一度社に寄ってから帰宅した。ちょうど家に着いたタイミングで、大崎からメールが届く。名刺の記載事項を書いたのと一緒に、わざわざ写真まで添付されている。それを見た限り、学習塾を経営しているのは本当ではないかと思えた。わざわざロゴマークがついている——いやいや、ロゴマークなど、何とでも作れるものだ。自分が怪しい人間ではないと証明するためには、学習塾の経営者というのはなかなかいい隠れ蓑になるはずだ。そのために、名刺をいかにもそれっぽく見せるようなロゴマークぐらいは作るだろう。

部屋に入ってから、立ったままスマートフォンでお礼のメールを打つ。それから灯りを点け、バッグをソファに下ろして一息ついた。

素っ気ない、というか何もない部屋。１ＬＤＫで、寝室にはベッドしか置いていないし、リビングダイニングルームにもソファとローテーブル、デスクしかない。この部屋で食事を摂ることはまずないから、ダイニングテーブルさえ不要だった。

冷蔵庫を開けて缶ビールを取り出し、ごくごく呑む。缶を口から離して息を吐き、着替えるために寝室に入った。部屋着にしているトレーナーの上下に着替え、汚れたワイシャツは風呂場の洗濯カゴに突っこむ。

毎日のように繰り返すその作業をしただけで、何だか疲れてしまった。ソファに腰を下ろし、ほとんど無意識のうちにテレビのリモコンを取り上げる。夜のニュースをぼんやりと眺めながらビールを呑み、煙草を吸う……これもいつもの夜の過ごし方だ。大学を卒業して、新聞記者になって十七年。こんな夜を何千回過ごしてきただろう。取材をしている時はいい。関係者と会っている時もいい。会社の同僚と酒を呑んでいる時もいい――しかし一人の夜は、次第に耐え難いものになってきていた。

結婚しなかったのはどうしてだろう、と自分でも疑問に思う。チャンスは二回あった。最初は横浜支局にいた時。二度目は本社に上がって、社会部で最初に遊軍をやっていた三十代前半の時だ。

どちらのタイミングでも、クソ忙しかった。新聞記者は、自分の意図とは関係なく取材に巻きこまれてしまうことがままあり、私生活が消滅することも珍しくない。二度とも事件取材にかかりきりになっていた時だったが……たぶん、最初の時の方がチャンスは大きかっただろう。学生時代からつき合っていた彼女と結婚しようかという話になり、東京にある彼女の実家に挨拶に行くことまで決まっていたのだ。しかしまさにその当日、追いかけていた大型詐欺事件が「跳ねた」。県警の捜査二課が強制捜査に入るタイミングとぶつかってしまい、挨拶はキャンセルせざるを得なかった。電話で話した彼女は「次でいいよ」と笑って許してくれたのだが、それがきっかけで関係がぎくしゃくしてしまったのは間違いない。結局、その出来事から三か月ほどで、「結婚は無理だと思う」と、あっさり別れを切り出されてしまった。

その後、彼女は勤めていた会社の留学制度を利用してアメリカに行ったはずで……その後どうしたかは知らない。調べることはできたのだが、敢えてそうはしなかった。彼女の態度が急変した背後には何かあった感じで——別の男の影とか——それを知るのは怖くもあった。

二度目は……まあ、それはいい。とにかく永尾が振られたのは間違いないのだから。

それ以来、女性とはまったく縁がない。縁がないまま四十歳になってしまった。

こういう人生を送りたかったのかな、とふと思うことはある。二十三歳で、一生に一度かもしれないという特ダネを書いて、前途洋々のつもりだった。自分の前には、無限の未来が広がっていると思っていた。

自分はいつ、おかしくなってしまったのだろう。

いや……認めたくないが、おかしくなっていないのかもしれない。今の自分が本当の自分なのではないか？　元々、記者として活躍できるような力はなく、あの特ダネも「たまたま」だったのではないだろうか。それをずっと引きずって、勘違いしていただけではないだろうか。

竹藤はどうだったのか。

竹藤は、俺の手によって人生の絶頂から引きずり下ろされた。その後は……失った物は大きかったはずだ。名声。人間としての信頼。金額的な損失も、永尾には想像もつかないものだったに違いない。数十億、あるいは百億を超えた可能性もある。

しかし竹藤は、少なくとも家族を手に入れた。隠れて生きるような生活だったはずだが、それでも妻と二人の子どもに囲まれて暮らす生活は、「幸せ」と呼んでも差し障りのないものだったに違いない。

自分にはないものを、竹藤は手に入れた。

しかし結局、自分の手で全てを壊してしまった。野球賭博では、彼が滅ぼしたのは、言ってみれば自分だけである。しかし今回の殺人事件では、家族も完全に壊してしまったわけだ。どちらの事件の方が、彼にとって不幸だったのだろう。

しかし……どう考えても、二つの事件とも竹藤には関係ない——あの男が起こしそうなものとは思えない。もちろん、ひょんなことで激情に駆られて乱暴な犯行に出る人間もいるだろう。むしろそれが、人間の本質だと言っていい。しかし永尾が直接取材した竹藤は、とても犯罪にかかわるような人間とは思えなかったのだ。賭博に関してもそもそもそうである。ある人間にギャンブル癖があるかどうかは、話しているだけで何となく分かるものだ。そういう人間観察眼に、永尾はかなりの自信を持っていた。

しかし、それは外れていたのか。

考えても仕方がない。

ビールを呑み干し、手早くシャワーを浴びた。頭にタオルを巻いてデスクにつき、パソコンを立ち上げる。

名刺にあった響英《きようえい》進学塾の名前で検索をかける。

いかにも手作りらしいホームページが見つかった。ということは、少なくとも大崎が会ったという男は、実在していたわけだ。もちろん他人の名前を騙っていた可能性もあるが、それならそれで追跡しようがある。

響英進学塾は月島にあった。都心部にあって、最近ぐっと人口が増え続けている地域……子どもも多いのだろう。

永尾はすぐに、「ご挨拶」というコーナーを見つけた。「塾代表」の名前は宮長俊樹《みやながとしき》。

顔写真こそなかったものの、経歴はきちんと書かれている。大学を卒業後、大手予備校講師を経て、十五年前、響英進学塾を起こした。年齢は六十歳――永尾の目は、彼の経歴に引きつけられた。都内の高校在学中に、甲子園に出場している。そんなことは進学塾の実績には何の関係もないのだが、未だに捨てきれない過去、ということかもしれない。

何となくつながったような気がした。

パソコンの時計を確認すると、十時を少しだけ過ぎている。人に電話をかけるには遅い時間だが、大崎なら大丈夫だろう、と判断した。編集者も記者と同じで、遅くまで仕事をしているのではないか。

大崎が電話に出るまでの時間を利用して、宮長俊樹という名前で画像検索をかけてみる。どうもヒットしない……インターネットでは何でも分かると思っている人もいるだろうが、重要な情報は案外抜けているものだ。もちろん、街場の進学塾の経営者の顔写真が、それほど重要なものとも思えないが。

「大崎です」

「東日の永尾です。改めて、今日はありがとうございました」まず礼から入る。

「いやいや、大したことではないですよ」

「今、響英進学塾のホームページを見てるんですが……」

「ちょうど私も同じ物を見てました。あなたと話してから、ちょっと気になって」

「実在の人物みたいですね。ただ、顔写真は見つかりませんから、特定はできない」

「そうですね」

「ちなみに、どんな顔立ちの人でしたか？」

「かなりごつい感じ、ですね」大崎があっさり言った。「今考えれば、塾の講師――というか経営者にしては、よく日焼けしてました」

「大崎さんみたいに？」

「そう、あれは、外で長い時間過ごしている人の焼け方でしたね」

永尾はなおも、宮長の外見をしつこく聞き出した。大崎が会ったのは一年以上も前なので記憶が定かではないが、六十歳近い年齢にしては結構大柄で、迫力あるタイプだったという。いかにも野球経験者……しかし、現役を退いてからは、もう何十年も経っているはずだ。

「この男に取材するんですか？」大崎が心配そうに訊ねた。

「場合によっては」

「なかなか面倒な人かもしれませんよ。こっちの話は聞きたがるのに、自分の事情は絶対に話さない――そういう人、いるでしょう?」

「ええ」

「でも、永尾さんなら、そういう面倒臭い人の相手は慣れてるでしょう」

「どうですかね……」永尾は苦笑した。

「話せないこともあるかもしれませんけど、もしも解禁になったら教えて下さいね。高校野球に関することだったら、私も是非知りたいので」

「その時は、真っ先に電話しますよ」

電話を切り、ふと思いついた。会社の記事データベースを検索すれば、宮長という人物についてもっと分かるかもしれない。甲子園に出場していたなら、当時の活躍ぶりが書いてあるだろう。

幸い、宮長は出身校の名前まで紹介していた。都内では有名な私立の進学校だったが、そういう学校が甲子園に出場したということは、当時はかなりの話題になったはずだ。

彼の年齢からして、甲子園に出場したのは四十四年前から四十二年前のいつかだ。期間を絞り、高校名、それに「甲子園」と検索語を入れて絞りこむ。

すぐに分かった。宮長の母校が夏の甲子園に出場したのは四十二年前――つまり彼が十八歳、高校三年生の時である。四十年以上前でも、高校野球は夏のスポーツ面の主役……試合結果は、スポーツ面のほぼ一ページを費やして伝えられている。

同時に他のサイトを立ち上げ、この年の宮長の母校の活躍を確認した。甲子園では準決勝まで進んでいる。宮長自身、なかなかの好成績——三塁を守り、全試合、三番で出場していた。要するにチームの中軸打者だったわけだ。

一試合ずつ試合結果を拾っていくと、宮長の活躍ぶりがよく分かった。五試合で十九打数八安打、打率四割二分。本塁打一本を含む三本の長打を放ち、打点九を挙げていた。どちらかというと投手力のチームで、五試合での総得点は十八点に過ぎない。実に、チームの総得点のうち半分が、宮長のバットから叩き出されたことが分かる。

準決勝で敗れた後は、宮長の活躍に焦点を当てた記事も書かれていた。余計な情報も……試合後に取材したのだろうが、「進学予定」とあった。元々進学校だから、こういう質問が出るのも当然だったということか。この時点では、宮長は「部活」が終わったぐらいにしか考えていなかったのかもしれない。

ところが、なおも記事を調べていくと、宮長の名前は意外なところ——意外ではないかもしれないが——で出てきた。その年秋のドラフトの記事。夏の段階では「進学予定」を表明していた宮長が、ドラフト五位で指名されたのである。

指名したのはパイレーツ。

おいおい……ここでパイレーツの名前が出てきたのはどういうことだ？　もちろん、かなり古い話であり、竹藤に何か関係あるとは思えなかったが。

なおも検索を続けると、結局宮長はパイレーツ側の再三の説得にもかかわらず、指名を拒否したことが分かった。その後は、新聞には特に記事が出てこない。当初の予定通り、大学に進学したのだろう。進学先は、三年の夏までしっかり野球を続けたにしては、かなり難関の大学だった。分かりやすい文武両道、ということか。

十時半。さすがにこの時間になると、電話するのは躊躇われる。しかし、気になったことはその日のうちに解決するのが基本だ。思い切って、花山の携帯に電話をかける。彼が眠そうな声を出していなかったことだけが救いだった。それでもまず、必死で謝る。何度も「すみません」を繰り返しているうちに、花山が苦笑した。

「いや、私もそこまでジジイじゃないんでね。日付が変わる前に寝ることはありませんよ」

「でも、遅い時間ですから」

「夜のニュースを見てから寝るのが日課ですよ……で、どうしました？」

「宮長俊樹という人物をご存じないですか？」

「いや」花山が言葉を切る。「記憶にないですけど、私が知っていないといけない人ですか？」

永尾は頭の中で素早く計算した。花山は今、六十二歳。四十二年前というと、まだパイレーツで仕事はしていなかったのではないか。それでも念のために訊ねてみる。

「ずいぶん古い話ですね。私は確か、二年目か三年目かな」

「パイレーツにいらっしゃったんですか？」希望の火が灯る。

「ええ……ああ、あの宮長か。思い出しましたよ。あなたもずいぶん唐突に、古い人の名前を出しますね」

「当時のドラフト五位です。ただし、入団は拒否して……」

「そうでした」花山の声がクリアになった。「あの年のドラフトで、入団拒否は一人だけでした」

「どういう経緯でそうなったか、ご存じですか？」

「いや、そこまでは……私はその頃、編成部門にいたわけではなかったですからね」

「当時の事情を知っている人と、つながりませんか？」

「いったい何事ですか」花山が本当に驚いたような口調で言った。「四十年以上も前のことが、竹藤と何か関係しているんですか？」

「それは分かりません。敢えて言えば、細い糸がつながっている可能性がある、というだけです」たぐり寄せたら、途中で切れているかもしれないが。

「調べてみることはできますよ」

「お願いできますか？」

「もちろん」

「明日は土曜日ですが……」

「球団に土曜も日曜もないでしょう。シーズンオフでもそれは同じなんですよ。いや、むしろＯＢの誰かに話を聞いた方がいいでしょうね。当時の事情を知っている人なんか、現役の職員には一人もいないでしょう」

「よろしくお願いします。いつでも電話をいただいて構いませんから」

電話を切って息を吐く。何となく、取材は進んでいるような感じがする……少しだけ気持ちは前向きになったが、それでも部屋の味気なさが薄れることはなかった。

4

遊軍記者は、当番のローテーションに入っていなくて、特に取材の予定がなければ、週末は休める。永尾はそれを利用して、宮長について調べてみることにした。学習塾は土日に関係なく動いているだろうし、上手くいけば本人に会えるだろう。会う言い訳は……「昔の高校野球の選手について調べている」でもいい。いや、もっと相手を納得させるとしたら、「ドラフトを拒否した選手について知りたい」でもいい。ドラフト拒否は、宮長にすれば触れられたくない過去かもしれないが……もしも会うまでに花山から連絡が入れば、何か新しい情報を手にして接触できるかもしれない。

月島の方へ行くことはあまりない。いや、もしかしたら足を踏み入れるのは何十年ぶりかもしれなかった。銀座にある東日新聞の本社からは、その気になれば歩いて行ける場所なのだが、縁のない街へ行く機会は少ないものだ。

最近の月島は奇妙な街になっている。昔ながらの下町の雰囲気が濃厚に残って、いかにも東京らしい街として一種の観光地化していると同時に、タワーマンションがどんどん建って、新しい住民が増えているのだ。何十年という時代の差が、この街では自然に溶けこんでいるようだ。

響英進学塾はすぐに見つかった。清澄《きよすみ》通り沿いにあるビルの一階と二階部分。学校が休みの土曜の午前中なので、もう生徒たちで一杯になっているようだ。

周囲をぐるりと回って、何となく街の様子を頭に入れながら、作戦を再検討する。やはり、当初の計画通りに行くしかないだろう。結果的に嘘をついて宮長に会うことになるが、そこは何とかしよう。バレなければいい。問題は自分の良心だけだ……取材目的について嘘をついてはいけない、というのは入社して真っ先に教わることである。だが今回は、情報が確かならば、宮長にも後ろめたい部分があるはずだ。プラスマイナスで考えるべきではないが、ヤバイことをしている相手に対しては、多少の嘘は許されるだろう。

塾の前に戻り、一階の事務室を訪ねる。数人の職員がいるだけで、静かだった。宮長がいるかどうか確認すると、不在、とのことだった。

「いつお戻りになりますか？」

「今日は……戻らないかもしれませんね」若い女性職員が、ちらりと壁を見て答える。彼女の視線は、時計ではなくカレンダーに注がれたようだった。今日は何か、特別な日なのだろうか。

「お会いしたいんですが、どうしたらいいですかね」

「失礼ですが……」女性職員が不審げな視線を向けてきた。

「ああ、すみません。ご挨拶が遅れました」永尾は名刺を渡した。上手くいけば、宮長本人以外には正体を知られずに取材に入れるのではないかと思っていたが……仕方がない。「記者が取材に来た」と分かると、何かと話が大袈裟《おおげさ》になってしまうのだが。

「東日さん、ですか」女性職員が、戸惑ったような表情を浮かべる。

「実は、昔の高校野球の取材をしていまして」

「はい」

「こちらの代表の宮長さんは、元高校球児ですよね？」

「え？」

女性職員が目を見開く。嘘をついているわけではなく、本当に知らないようだった。助けを求めるように振り向くと、中年の男性職員が立ち上がってカウンターに向かって来る。

「君は若いから、そんな話は知らないんだろう」女性職員に言うと、永尾の相手を交代することを促すようにうなずいた。

「有名な話ですよね」永尾は、ターゲットを男性職員に変えた。

「有名ですけど、我々が生まれる前の話じゃないですか？」

男性職員が、値踏みするように永尾の全身をざっと眺め渡した。永尾も素早く男を観察する。どうやら同年代のようだ。

「確かに私が生まれる前です」永尾は認めた。

「私もですよ」

「でも、ご存じなんですよね？」

「酔っ払うと、よく昔の話をしますから」男性職員が苦笑する。しばしば自慢話につき合わされて、うんざりしているのだな、と永尾は推測した。よくある話……たぶん、最初に応対してくれた女性職員は、野球にまったく興味がないのだろう。どうせ自慢話をするなら、少しでも興味を持ってくれる人を相手にした方がいい。そして、摑まえた相手は絶対に離さず、毎回同じ話を繰り返す。

「そんな昔の話を取材してるんですか？」男性職員が真顔に戻って訊ねた。

「野球に関しては、古い話も受けがいいんですよ」

「ああ、なるほどね……でも代表にとっては、野球は古い話ではないですけど」

「まさか、今も現役でやってらっしゃるとか？」それも不可能ではないだろう。日本人は基本的に野球が大好きで、あらゆる年代の人間がプレーできる草野球チームが各地にある。

「いえいえ、今は観る方専門で。今日も……まあ、土曜日ですし、代表の授業はないんですけどね」

　この口調から察するに、宮長はしばしば塾の仕事を抜け出して野球を観に行っているようだ。塾の運営に差し障るものではあるまいが、職員たちは呆れているに違いない。

「今日は、どちらに行ってるんですかね」

「潮見の方だと思います」

「あの辺に球場なんかありましたっけ？」

「ありますよ」

それは調べられるだろう。永尾は礼を言って、その場を辞することにした。職員たちとはあまり話したくない。

「連絡しておきましょうか？」男性職員がスマートフォンを振った。

「いや、ご面倒をおかけするわけにはいきませんので、直接訪ねてみますよ。でも、電話番号は教えていただけると助かります」上手くいきそうだと思いながら、永尾は頼みこんだ。

スマートフォンで球場の場所を調べ、気が急《せ》いたので、タクシーを使うことにした。タクシーの中で、教えてもらった宮長の携帯の番号を自分のスマートフォンに登録する。あの男性職員も、ちょっと迂闊だな……自分だったら、新聞記者がいきなり訪ねて来ても、絶対に関係者の電話番号は教えない。そもそも、アポイントメントの電話もかけずにいきなり訪ねて来るような記者を信頼するわけがない。

男性職員から宮長には、連絡が回っていると考えた方がいいだろう。用心した宮長は、もう現場を去っているかもしれない。結局、塾で直接宮長を摑まえられなかったのが敗因だな……と永尾は早くも後ろ向きに考えた。

球場はいわゆるきちんとした球場ではなく、運動公園の中に複数のグラウンドがある造り……外野フェンスもなく、軟式野球のグラウンドとソフトボールのグラウンドが、それぞれ外野部分で向き合うようになっている。これでは公式戦はできまい。そもそも、高校野球では使えない。

しかし賑わっていた。十二月、そろそろダウンジャケットが欲しい陽気なのに、熱戦の最中である。プレーしているのは中学生。高校野球のようなスピード感はないが、それでもプレーの質はなかなか高い。どうやら中学校のチームがいくつか集まって、今日一日かけて何試合かこなすようだ。この寒さで、ピッチャーは肩を壊さないだろうかと心配になってしまう。

応援などはいない。それぞれのチームで、ベンチ入りできない下級生がダグアウト横に陣取り、声を張り上げているだけだった。ああいうのもきついだろうな……運動部経験のない永尾には想像しにくかったが、選手のモチベーションはどうなのだろう。もしかしたら、三年生になってもレギュラーになれず、ただ声を張り上げて応援するだけで選手生活が終わってしまうとしたら……。

二面を使って試合が行われており、この球場の広さが実感できる。宮長はどこにいるのだろう。歩き回って探してみたが、それらしい人間は見当たらない。やはり塾の方から連絡が入り、警戒して引きあげてしまったのだろうか。

いや――いた。ダグアウト横の金網の向こうで、折り畳み式の椅子に座った男……間違いなく宮長だ。大崎は「ごつい」と言っていたが、確かにその通りだった。六十歳にしては体が萎んでおらず、かといって太っているわけでもなく、今でも定期的にトレーニングを積んでいるようである。折り畳み椅子は釣りの時などに使うもののようで、膝の上にスコアブックを広げている。今は小型のビデオカメラを回しているようだった。足元にもビデオカメラのようなものが――スピードガンではないか、と永尾は想像した。

話しかけるタイミングをどうするか……永尾は金網に指を絡ませて顔を近づけ、今投げているピッチャーに意識を集中させた。中学生にしては大柄――百八十センチはありそうだ――な右腕投手で、素人の永尾から観てもなかなかいいフォームをしている。胸をぴんと張り、右腕のしなりも十分。ステップは広く、低い重心から伸びのあるボールをどんどん投げこんでくる。変化球は投げないことにしているのか投げられないのか分からないが、速球だけでも十分相手を抑えきっている。永尾が観ている間にも、最初のバッターをセカンドゴロ、二人目を三振、三人目をピッチャーフライに打ち取り、まったく打たれる気配がなかった。

イニングの切れ目で、宮長をちらりと見やる。ビデオカメラをおろし、スコアブックに何か書きこんでいた。背中を丸め、極めて集中している。話しかけにくい雰囲気を発していた。

スマートフォンが振動する。見ると花山……宮長に聞かれそうな場所で話すわけにはいかないと思い、永尾は慌てて外野の方へ移動した。途中で電話が切れてしまったので、かけ直す。

「すみません、電話に出られなくて」

「いやいや」花山は機嫌よさそうだった。「土曜の午前中からすみませんね」

「もう現場です」

「そうですか。熱心ですね……宮長の昔の事情について、少し分かりましたよ」

「はい」永尾は花山の言葉に集中した。

「入団拒否の件ですが、本人は元々、高校が終わった時点で完全に野球から離れるつもりでいたようです」

「確かにそういう人もいるでしょうけど、甲子園であれだけ活躍してドラフトにも引っかかったら、腕試しをする気になるんじゃないですか？　契約金だって手に入るし」四十年前の契約金はどんなものだったのだろう。今のように億単位になるはずもないが……。

「宮長は、ちょっと特殊な家の出だったそうです」

「と言いますと？」

「父親が国立大学の教授でね」

「ああ……なるほど」

「そもそも父親は、野球にまったく興味がなくて、宮長が野球をすることにも反対していたそうなんです。それを宮長が、高校までと説得して続けていたそうで……約束通りにやめただけのようです」

「そんなこと、あるんですね」

「まあねえ」花山も不思議そうだった。「学問の世界で評価されるのと、野球で評価されるのと、どっちが大変でしょうね」

「少なくとも高校生ぐらいだったら、野球で評価される方がずっと大変だし、大事でしょうね。それに、契約金は欲しくなかったんでしょうか」

「結構な金持ちだったそうです。家族の財産ですけど、株の配当だけで毎年相当の利益を得ていた――当時の契約金の額ぐらいでは、気持ちも動かなかったんでしょう」

「四十年前というと、いくらぐらいだったんですか？」

「当時のうちのドラフト一位が、三千万円でしたね」

「今でも大金じゃないですか」

「金に興味がない――というか、はした金、という感覚だったのかもしれませんね。当時のスカウトに話を聞いたんですが、父親が矢面《やおもて》に立って、宮長本人にはなかなか会えなかったそうです」

「要するに、父親が最初から断っていたんですね？」

「そういうことのようです。もちろん、最終的には宮長に会って、本人の口から断りの言葉を聞いたそうですが、最初から勝負は決まっていた感じだった」

「なるほど」もしかしたら宮長本人は、まだ野球に未練を持っているのではないだろうか。だからこそ、今もブローカーという形で野球にかかわろうとしている……単純だが、それが一番理解しやすい解釈に思えた。

「とにかく、ありがとうございました。背景が何となく分かってきましたよ」

「お役にたててよかったですよ」花山は依然として愛想がよかった。

「何かで必ずお礼します」

「いやいや……また隠居の暇潰しにつき合ってもらえたら、それで十分ですよ。今度は横浜でどうですか？」

「もちろん、おつき合いします」

永尾は電話を切り、かなり離れたところにいる宮長の様子を見た。今はビデオを撮っていない。スコアブックもつけていない様子だった。どうやらこの試合の狙いは、先ほど投げていたピッチャーだけのようである。

永尾はゆっくりと宮長に近づいた。電話で話しているうちに攻守交代になり、またあのピッチャーがマウンドに上がる。

前の回——スコアボードを見て、今が四回だと分かった——よりもずっといい。先頭打者、次打者と連続で三振、三人目の打者もキャッチャーフライに打ち取った。完全に打者を圧倒しており、「格が違う」と自慢するように、三人目がアウトを宣されると、胸を張ってゆっくりとマウンドを降りて来る。

「いいピッチャーだ」永尾はつぶやいた。実際には「つぶやく」よりも少し大きな声。宮長を見ると、向こうもこちらを見ており、一瞬目が合った。永尾は二歩だけ彼に近づき、「いいピッチャーですね」と話しかけた。

「今日は特にいいね」宮長がさらりと答える。

「そんなによく観てるんですか?」

「注目の選手だからね」

今の短いやり取りだけでも、彼がブローカーである傍証が摑めた、と思った。頻繁に試合を観て、高い評価を与えているのだから。趣味ではこれほど熱心にならないだろう。宮長にとって、このピッチャーはどこかの高校に送りこむための「素材」になっているに違いない。

「ずいぶんきちんと記録しているんですね」永尾は、宮長の装備を見ながら言った。

「ああ、まあ……今はいい機材も多いから」

質問に対する直接の答えにはなっていないと思いながら永尾は続けた。

「中学校の試合はよく観るんですか?」

「そうですよ」

「高校野球じゃないんですか?　中学校の試合は、なかなか観ませんよね」

「別におかしくはないでしょう」宮長が急に素っ気なくなった。

宮長がふいに、永尾の顔を真っ直ぐ見た。やはりごつい顔——長時間を外で過ごしている人間に特有の日焼けと皺がよく分かる。

「あなた、東日の記者さんですね?」宮長が急に訊ねた。

「ええ」ここは否定もできない。

「塾の方から連絡がありましてね。取材ですって？」

「そうなんです――いきなり塾の方へ行って申し訳なかったんですが」

「それはいいけど、ちょっと待ってもらえますか？　この試合が終わるまで」

永尾はスコアボードを確認した。四回の表を終わって、後攻のチーム――宮長が注目するピッチャーが所属するチーム――が九点をリードしている。相手は無得点。このままだと、コールドゲームになるのではないだろうか。中学校の軟式野球は七回までのはずだ。高校野球だったら、少なくとも五回まではやって、そこでの点差でコールドゲームになるかどうかが決まるはずだが、中学校でも同じだろうか。

大量リードのチームは手を緩めることなく、四回裏の攻撃にかかった。先頭打者が四球を選ぶと、次打者がヒットエンドランをかける。これが見事に当たり、打球は一、二塁間を綺麗に抜けて、一塁走者が一気に三塁まで進んだ。ここで打席に入ったのは、ここまで相手を零封してきた問題のピッチャー。右ではなく左打席に入る前に、二、三度素振りをする。体格に見合ったバットスピードで、マウンド上のピッチャーは明らかに萎縮していた。

初球をいきなり叩く。打球は鋭いライナーになって右中間を抜け、臨時に設置されたフェンスまでワンバウンドで達した。三塁走者が悠々とホームインし、アンパイアが前に出て「試合終了」を宣言する。

圧勝。しかもあのピッチャーは、ピッチングだけではなくバッティングも中学生離れしていた。軟式のボールをあそこまで飛ばすのは、なかなか大変だろう。

宮長は、さっさと道具を片づけ始めていた。永尾をちらりと見て、素早くうなずく。

「お待たせしました」目当ての選手が大活躍したのに、さほど嬉しそうな様子ではなかった。野球ファンというより、選手を観察するのを職業にしているような感じ。

「少し時間をいただいていいですか？」この辺で話すような場所があっただろうかと考えながら、永尾は提案した。

「構いませんけど、どうします？　取材といっても、ちゃんと座って話せるような場所もないですよ」

「ここまでは何で来られたんですか？」都心部へ戻った方がいいかもしれない、と思いながら訊ねる。

「車です」

「だったら……車の中でも構いませんけど、よろしいですか？」

「そんなところでいいんですか？」

「もっと悪い条件で取材したことも、いくらでもありますよ」永尾は薄く笑みを浮かべた。

「じゃあ……どうぞ」

宮長が、永尾を先導して歩き出し、球場の駐車場に向かった。ひときわ目立つ大きな車――ランドクルーザーの後部座席に荷物を置くと、自分はさっさと運転席に座る。永尾は助手席についた。車の中も冷え冷えしていて、ボールペンを握る感触が薄い。このままメモを取り始めても、書いた字は自分でも判読不可能なものになってしまうだろう。宮長がエンジンをかけ、暖房を強めてくれた。温風の吹き出し口に指を持って行って温める。

「今日は野球日和じゃないですね」つい、愚痴のように言ってしまった。

「まあ、でも、試合をやっている限りは観に来ますよ」

「今回は、ドラフトを拒否した高校球児、というテーマで取材しています」長くなるぞ、と覚悟しながら永尾はメモ帳を広げた。「最近は、入団拒否なんか、ほとんどありませんよね。というより、高校野球をプロ入りのステップとして捉えている選手も多いと思います。そんな中で、拒否した選手にはどんな事情があって、何を考えていたのか……そんなことを書きたいんです。高校球児の目標の変化、のようなものも書けるんじゃないかと思っているんですが」

「私は……あなたはどこまで知ってますか？」

「甲子園で打率四割二分、本塁打一本、打点九の活躍で、その年の秋のドラフトでパイレーツから五位指名されたけど断った――という事実だけです」本当は断った理由も分かっているのだが、そこまでこちらが喋ってしまっては取材にならない。

「私の場合、理由は簡単ですよ」

「話していただけますか？」

「私が弱かっただけです」

「弱かった？」少し抽象的な表現だ……しかし、この先に来る説明は分かっている。話を促すために、永尾は言葉を添えた。「プロでやっていく自信がなかったんですか？」

「正直、高校三年になるまでは、プロ入りなんてまったく考えていなかった。でも、高校生というのは、何かのきっかけで急に力が伸びるものです。私はそれで、甲子園で想像以上に打てた。でもやっぱり、プロ入りはないと思ってました」

「何か事情があったんですか？」

　そこから先の説明は、花山に聞いた通りだった。話の細部も合致しており、永尾は宮長の記憶力の確かさに驚いていた。四十年も昔の出来事を、これほどしっかり覚えているものだろうか。

宮長は、非常に分かりやすく話す男だった。長年塾で教えてきたので、論理的かつスムーズな喋りが身についているのだろう。時折相槌を打つだけで、三十分ほどで彼の事情はすっかり分かってしまった。

それを知っても何にもならないのだが、言い訳はできる。別れ際に「実際に記事になるかどうかは分からない」「記事になる時は連絡する」と言っておけば、仁義は尽くしたことになるだろう。

永尾が知りたいことは別にある。

「中学校の野球まで熱心に観ているのは、やっぱり野球が好きだからですか？」

「もちろんですよ。プロも、高校野球も、大リーグも、全部観ます」

「それじゃあ、仕事の時間以外は全部野球、という感じじゃないですか？」

「そうですね」宮長が苦笑した。

「それにしても、中学校の練習試合まで、ですか。しかもスコアをつけたりビデオを撮ったり……あれじゃ、試合を楽しんでいる感じにならないですよね。まるでスカウトみたいだ」

「まあ、スカウトのようなこともしていますけどね」

いきなり認めたので、永尾は緊張してしまった。宮長にすれば、バリアを張ったことになるのではないか？　最初に認めてしまうと、こちらの追及は鈍くなりがちだ。ある程度事実を認められると、厳しく突っこめなくなる。政治家や年配の警察官に、よくこういうタイプがいる。老練。

「中学生をスカウトですか？　そういうのは初耳です」永尾は真剣な口調で言った。

「スカウトと言っても、別にビジネスではないですよ。プロ野球のスカウトのようなことを想像しておられるなら、全然違う」

「あ、そうなんですね」永尾は軽い感じで調子を合わせた。向こうがすらすら喋ってくれている間は、あまり突っこむ必要はない。そして宮長は、決してバリアを張った訳ではないと悟った。自分は悪いことをしていない――むしろいいことをしていると確信している感じではないか。

「スカウトなら、ちゃんと報酬を貰ってやるわけでしょう？　私は無償ですから」

「ボランティアみたいなものですか」

「そうそう」

ちらりと横を見ると、宮長は嬉しそうにうなずいていた。どうも、この件を話したくて仕方がない様子だった。

「どんな感じなんですか？　お仕事もあるでしょう？　選手を観て回るには、相当時間が必要だと思いますが……」

「進学塾の経営者というのは、普通の会社の社長とは全然違うんですよ。授業は先生方がやるわけですから——たまには私も教壇に立ちますが、昔に比べればそういう機会は少なくなりました。まあ……半引退みたいな状態だと考えてもらえれば」

「引退するには早過ぎませんか？」

「学校の先生だって、六十歳で定年でしょう？　私は半分だけ、仕事に足を突っこんでいる感じです」

　それから宮長は、彼なりのスカウトの方法をとくとくと喋った。中学生に注目するためには、過去の大会の結果を分析する。それまで特に強くもなかった中学校のチームが、急にトーナメント戦で勝ち上がり始めた時には、図抜けた選手が出現した可能性が高い。これはと目をつけた選手がいたら、試合は全部観戦するし、練習にもできるだけ足を運ぶようにする。普段の練習を観ていれば、本人がどれだけ本気か、分かるものだ。中学生ぐらいだと、選手によって体力的にもかなり差があり、「地力」だけで他の選手よりはるかに速いボールを投げたり、高校生並みの飛距離を出す選手もいる。しかし、本気で上手くなりたい——高校で甲子園、その後のプロ入りも狙っているような選手は練習の段階から手を抜かないし、監督やコーチも本気で教える。

「中学でも、当然野球の強豪校はありますよね？　あるいはリトルリーグとか？」

「もちろん」宮長がうなずく。「でも、そういうところは、高校の監督なんかがすぐに目をつけますからね。そうじゃないところ——あまり目立たないけど実力のある選手を発掘することこそ、スカウトの楽しみですよ」

「選手を高校へ紹介する時は、どうするんですか？　いきなり話を持ちかけても、向こうも困るでしょう」

「伝手《つて》しか使いません」宮長がさらりと言った。

「伝手？」

「私は高校までしか野球をやっていませんでしたけど、甲子園に出ると、自然に仲間が増えるものでね。しかも全国各地に……当時の高校球児には、今でも監督やコーチをしている奴もいる。そういう人間——要するに友だちに選手を紹介するだけですよ」

「なるほど……本当にボランティアなんですか？」

「もちろん」

「それじゃ、金が出ていく一方じゃないですか」

「道楽っていうのはそういうものですよ。世の中には、こういう楽しみもあるんです。

自分が発掘した選手が、高校でレギュラーになって活躍する——それを甲子園で生で観るのが、最高の楽しみなんです」

無言でうなずきながら、永尾は次の展開を考えた。宮長が「ボランティアだ」と言うのを疑う理由はない。もちろん、もっと厳しく調べれば怪しい状況は出てくるかもしれないが、永尾の目的は宮長を追いこむことではない。

遠慮していては何も始まらない。

「ブローカーのようなことをしている人もいる、と聞いたんですが」

「ああ」宮長が呆《ほう》けたような声を出した。

「選手を斡旋《あっせん》してチームから金を受け取る——あるいは有力校に子どもを入れたい親から金を受け取るケースもあると聞いています。そんなこと、本当にあるんですか？」

「らしいですね」

当たり、だ。あやふやな回答ではあるが、宮長はブローカーの存在を認めた。

「そういう人、ご存じですか？」

「さあ、どうかな」宮長が首を傾げる。「私はつき合いがないから分からないが」

「中学校の試合の現場で一緒になることもあると思いますが」

「どうかなあ。そういう人とつき合うと、何だかこっちも悪いことをしているように思われそうだから」

「ブローカーは、悪いことなんですか？」

「費用が発生するんだから、高校野球には相応しくない話でしょう」

事態はそんなに簡単に割り切れるものではないだろう。強い選手を欲しいチーム、強いチームでプレーしたい選手——両者の思惑をつなぐために、ブローカーは存在する。何かと批判を浴びる野球特待生の問題がそこに絡み、状況は非常に複雑なのだ。

「違法ではないですよね」

「倫理的には問題があるかもしれませんが……」宮長の口調は歯切れが悪かった。

「そういう人、どれぐらいいるんですか？」

「さあ……ただ、大都市部にはそれなりにいるでしょうね。特待生の出身地は、大阪や兵庫、神奈川が多いんです。何しろ選手が多いし、そういうところの高校では甲子園に出場するのも一苦労だ。そういう大都市部から、四国や東北の高校へ選手を紹介するのがブローカーの仕事です」

「仕事、ですか……」金銭が絡むから仕事とは言えるのだが、何となく釈然としない。

「人買い」などという言葉が脳裏に浮かぶ。永尾は思い切って打ち明けた。「実は私は、普段は野球の取材をしていないんです」

「そうなんですか」宮長が疑わしげに言った。

「社会部ですから、スポーツ取材とは縁がなくて……でも、今回、野球関係者に話を聞いていく中で、ブローカーの存在を何度も聞きました。そういう人にも取材してみたいですね」

「それは……どうかな」横を見ると、宮長が苦しげな表情を浮かべていた。自分のボランティア活動まで否定されると思っているのか、あるいは実際には宮長もブローカーなので、突っこまれると困るのか。

「もちろん、宮長さんのように、厚意でやっている人とは区別して考えないといけないでしょうね……西村さんという人を知っていますか?」

沈黙。横を見ると、宮長は唇を嚙んで黙りこんでいた。当たりだ、と確信した永尾は畳みかけた。

「西村さんという人物が、高校野球のブローカーをやっている、という情報があるんですが、本当でしょうか」

「さあ……」微妙な否定。

「ご存じないですか」

「まあ……人のことはあまり言いたくないんですがね」

認めたも同然だ。永尾はさらに質問をぶつけた。

「西村さんは、元パイレーツの選手です。十七年前の野球賭博事件で逮捕され、チームを解雇された。それ以来、プロ野球からは離れていますけど、今はブローカーをやっているという話です。これ、倫理的に問題があるんじゃないですかね」

「野球賭博のことは知ってますが、その罪はもう、償われたんじゃないですか？」

もちろんだ。裁判は終わり、執行猶予期間もとうに終わっている。公式には、西村の罪は過去の物になったわけだ。

「もちろん、過去の事件を蒸し返すつもりはありません。ただ、この事件は現在にもつながっているんですよ」

「意味が分かりませんね」

「あまり詳しくは話せませんが……」

「まさか、竹藤の関係じゃないでしょうね」

今度は永尾が黙りこむ番だった。何を取材しているかは言えないが、否定もしない——それで何とか宮長に納得してもらいたかった。

「竹藤の事件はショックでしたよ。まさか、あんなに優秀な男が……野球賭博の時もそうだったけど、今回の事件ははるかにショックが大きいです。まさか、人殺しなんて……」

「もしかしたら、宮長さんの後輩になっていたかもしれない人ですよね」

「あの時代では最高のピッチャーだったな。投げ続けていたら、どこまですごい成績を残していたか。それを考えると、本当に惜しいことをしたと思いますよ」

「西村さんは、パイレーツで竹藤とバッテリーを組んでいました。竹藤専門のキャッチャーのようなものでしたよね。その二人が同時に野球賭博事件に巻きこまれた」

「ずいぶん詳しいですね」

「あの事件が起きた時、私は横浜支局にいたんです」

「取材していたんですか？」

「ああ……まあ」永尾は言葉を濁した。この辺の事情は、それほど詳しく話す必要もないだろう。「とにかく、十七年も経ってから、また西村さんの名前を聞いたんで、驚きましたよ。引退させられてからは、あちこちを転々としていたようですが」

「そうせざるを得なかったんでしょうね」

「でも今また、ブローカーという形で野球とかかわっているかもしれません。どうも釈然としないんですが……」

「彼は、東京にはいないはずですよ」

「そうなんですか？」

「おそらく、大阪だね」

「大阪の選手をスカウトしている？」

「まあ……そんな話を聞いたことはあります」

「会ったことはないんですか？」

永尾がさらに突っこむと、宮長が黙りこむ。もう一歩だ、と永尾は言葉をぶつけ続けた。

「宮長さんにご迷惑をかけるつもりはありませんが、どうしても西村さんと会いたいんです」

「あなた、指名拒否した選手の取材をしているんじゃないんですか？」宮長がいきなり、話を引き戻す。声には疑念が滲んでいた。

「もちろん、その取材もしています。でも、西村さんも追いかけています。新聞記者は、同時にいくつもの取材をすることもよくあるんですよ」

「そうですか……」

宮長が顎に拳を当てる。考えている——揺れている。永尾は言葉を切り、待った。既に、揺さぶりの段階は過ぎたと判断する。

「ブローカーと言われる人たちも、金儲けのためにやっているわけじゃないと思いますよ」

「でも、金銭は発生するんですよね？」

「どれだけ貰えると思います？　真っ当に働いた方が、当然儲かりますよ。それなのに、自分で車を運転してあちこちに出かけて、試合を観て分析データをまとめる——何でそんなことができるかというと、結局野球が好きだからでしょう」

「それはそうかもしれませんが……」

「純粋な気持ちで野球と接していても、そのうち金に流れることはあるかもしれません」

「宮長さんには流れていない？」

「私は本当に、趣味ですよ」

「分かってます」

「時間をもらえませんか？」

　永尾は無言でうなずいた。それを見て宮長がうなずき返す。

「西村さんの連絡先は分かると思います。分かったら私の方から連絡します。それでいいですか？」

「もちろん、待ちます」
永尾としては、そう言うしかなかった。

5

当たるべき人間がいなくなり、やることもなくなり、永尾は本社に上がった。これだから、いつまで経っても独身なのかもしれないな……本社に籠もっていても、出会いのチャンスは皆無に近い。

遊軍部屋の自席についたが、何となく落ち着かない。部屋には特に、話し相手になる記者もいない。誰かと話したいわけではなかったが……沈黙にも耐えられず、永尾は資料室に向かった。

資料室は、過去の新聞の他、写真や雑誌、様々な専門書、住宅地図などを集めたセクションである。何か分からないことがあればまずここに来るのが、東日の記者の常識だ。デジタル化されていないデータも多数あるし、書籍も意外にいいネタ元になる。特にスポーツ関係に関してはいい資料が多い。様々な競技に関する本が出版されており、データも充実しているのだ。そして当然と言うべきか、野球関係の資料が一番多い。野球というのは、文章に馴染むスポーツなのだろう。反射神経が要求されるサッカーの場合、試合そのものよりも、裏事情や人間ドラマに焦点を当てた本が多い。

しかし永尾はそういう本に見向きもせず、過去の新聞を引っ張り出した。十七年前の紙面……何度も見直しているし、自宅にはスクラップブックもあるのだが、紙面の形で見直すとまた不思議な気持ちになる。こんな大きな記事を、本当に自分が書いたのだろうか——と。

初報は、社会面トップ、五段見出しだった。永尾はそれまで、社会面に大きな記事を書いたことがなく、「いつかは……」とは思っていたぐらいだったのだが、思いもかけず早い好機の訪れだった。原稿を出した十一月三十日の夜、本社からファクスで届いたゲラを見て、しばらく言葉を失ったほどだった。新聞記者なら誰でも、特ダネで紙面を飾りたいと願うものだが、入社一年目で社会面トップが書けるとは考えてもいなかった。

プロ野球を舞台に大規模な野球賭博が行われていることが発覚し、神奈川県警は今日にも現役選手5人を含む関係者に対する事情聴取を開始し、容疑が固まり次第、逮捕する方針を固めた。プロ野球を舞台にした野球賭博事件はこれまでに何度も世間を騒がせてきたが、今回の事件は最大規模になる可能性がある。

本当は、改めて読まなくとも、記事の内容はほぼ完全に覚えている。いったい何十回、あるいは何百回読んだだろう。パイレーツ内部のネタ元からこの情報提供を受け、運動部などの協力を得て完全に裏が取れたのは、午後七時過ぎ。そこから慌てて原稿を書き始め――いつでも出せるように予定稿を用意しておくものだとデスクには雷を落とされた――午後九時に早版に間に合うように何とか提稿。その後も最終版まで原稿を直し続け、何とか格好がついたと思ったのだが、改めて読み返すとどうにもひどい原稿だ。先輩たちからも、だいぶやっつけられたのをよく覚えている。こんな下手くそな原稿じゃ、記事の価値が三割は落ちる。

しかし事態はその後も転がり続けた。翌日、警察が関係者の事情聴取に乗り出し、捜査は本格化した。さらにその翌日の朝刊に、永尾は名前を伏せたものの竹藤の単独インタビュー記事を掲載している。竹藤は曖昧な証言を繰り返していたが、それでも十分だった。何しろ竹藤はその後姿をくらましてしまい、他紙はまったく摑まえることができなかったからだ。各紙が初めて竹藤の肉声を伝えたのは、謝罪会見の時である。

永尾の独走は、この後も続いた。

あの頃は、自分が何をしているのかさえ分からなくなっていた。いや、もちろん誰に会ってどんな取材をしていたかは分かっていたのだが、毎日が夢のようだった。取材とはこんなに簡単に上手くいくものなのか。

高揚感。そう、足が地面につかず、ふわふわと浮いたような感じだった。

馬鹿馬鹿しい。分厚い縮刷版を閉じる。最近は縮刷版を見る記者も少なくなったのか、長い間開く人間もいなかったようで、かすかに埃が舞い上がる。

何やってるのかね……休みの土曜日に本社で時間潰しなんて、まったく意味がない。今日はもう帰ろう。たまには部屋の掃除でもして、少しは人間らしい雰囲気にしてやろうか。少し奢って豪華な夕飯を食べてもいい。ただしそれも一人きり。夕食に誘う相手もいないのかと思うと、本当に情けなくなる。

資料室を出た途端、藤川にばったり出くわした。あまり会いたくない相手……しかし藤川は気にする様子もなく、「よう」と軽い調子で右手を上げた。

「お疲れ様です」

「ああ……何だい、お前、今日は仕事なのか？」

「仕事みたいなもの、ですかね」永尾は巧みに目を逸らした。「ちょっと、資料室で調べ物があったので」

「終わったのか？」

「ええ」

「遅いけど、昼飯でも行くか？」藤川が左腕を持ち上げて腕時計を見た。確かに遅い時間……もう午後二時を過ぎている。

「藤川さん、今日は当番なんですか？」

「ああ。夕刊でクソ忙しくて、結局まだ飯を食ってない」

「何かありましたっけ？」

　藤川が目をすがめた。まずい……かなり大きな事件か事故があったに違いない。今日は朝から動き回っていてニュースをチェックしていなかったのだが、藤川はそういうのを嫌う。新聞記者たるもの、常にニュースに貪欲であるべし、というポリシーなのだ。取材中だったら、ネットを見るわけにもいかないのだが。

　さて、食事か。藤川と食事をするのは面倒なのだが、断る理由が浮かばない。「もう食べた」と言えばよかったのだが……しょうがない。先輩と飯を食べるのも仕事のうちだろう。

　エレベーターの方へ向かい始めた時にスマートフォンが鳴った。ジャケットのポケットから取り出すと、登録したばかりの宮長の名前が画面に浮かんでいた。これはチャンス――。

見せた。

「すみません、ちょっとややこしい電話ですから……」永尾はスマートフォンを振って

「お、そうか。じゃあ、また今度な」藤川が永尾にうなずきかけ、さっさとエレベーターに乗りこんだ。

ほっとしてスマートフォンを耳に押し当てる。「ややこしい」電話ではなかった。明日につながる手がかりが転がりこんできた。

第五章　名将

1

宮長がどうして永尾にこの情報を流してくれる気になったのかは分からなかった。本当は永尾の名刺など破り捨て、存在を忘れてしまってもよかったはずである。永尾が想像していたよりも、こちらの言葉が胸に染みこんでいたのだろうか。

廊下に佇んだまま、しばらく考える。

西村は、大阪を本拠地にしているわけではなく、東京と大阪を行ったり来たりしているようだった。そういう生活が可能なぐらい、ブローカーとして金を稼いでいるようだ。

永尾は、西村の携帯電話の番号も入手した。これは極めて重要な手がかりだが、簡単に使うわけにはいかない。迂闊《うかつ》に電話をかけて怪しまれたら、着信拒否されて終わりだ。

この電話番号は、しばらく使わないようにしよう。もっとぎりぎりまで情報を入手した後、西村に接触する最終手段にするのだ。

社員食堂で簡単に昼食を取った。土曜日なので人は少なく、それでなくても侘しい食堂の雰囲気のせいで、食欲はあまり湧かない。ランチのA――白身魚のフライと具沢山のサラダの盛り合わせだった――を機械的に食べながら、今後の方針を考えた。

締め切りのように自分の前に立ちはだかっているのが、来週木曜に行われる竹藤の判決公判である。裁判員制度が始まり、公判前整理が導入されてから、たとえ殺人事件であっても裁判の期間は随分短くなった。今回は特に、事実関係の争いがない単純な事件だから、こんなものだろう。昔は、極めて単純で争点の少ない裁判でも、初公判から判決まで半年ぐらいかかっていたもので、複雑な裁判だったらそれこそ数年がかりだったのだが。

竹藤に対する求刑は、懲役十五年。これだと、だいたい判決は懲役十二年の見通しだ。ずいぶん厳しい感じはするが、人一人が殺された事実はやはり重い。

食事を終え、スマートフォンを取り出す。念のために、西村の電話番号を登録した。かけてみるか――やはり駄目だ。

ふいに、やり残していたことに気づく。週末だから動きにくいのだが、この取材に関しては、土曜日でも問題ないだろう。

永尾は遊軍部屋に戻って、裁判関係の資料をひっくり返した。金崎が気にしていたこと——被害者の周辺調査をやってみるべきではないだろうか。事件発生当時、地元の警《サ》察《ツ》回りや警視庁クラブの事件記者たちも、被害者についてはきちんと取材していなかったはずだ。事件は偶発的で、しかも主役は「被害者」ではなく「加害者」である。竹藤という名前の前では、被害者の存在など霞んでしまったはずだ。取材の軸が竹藤に傾くのは当然……そもそも、大した取材はしなかっただろう。永尾が入社した頃に比べても、事件・事故の記事の扱いは小さくなっている。昔は警察回りといえばいかにも新聞記者の代表のようなものだったのだが、今は誰もやりたがらない面倒な仕事でしかない。

とにかくこの事件で、被害者の田野倉康夫についてろくな取材がなかったのは間違いないだろう。警察の捜査でさえ十分ではなかったと、金崎も疑っているぐらいだ。

家業の酒屋は息子が継いでいる、という話だった。父親が殺された後、おそらく一人で商売を支えている息子は、自分が訪ねて行ったらどんな反応を示すだろう。被害者家族への取材はいつでも難しい……事件発生から相当の時間が経っても、ショックはさほど薄れていないはずだ。むしろ判決が近づくにつれ、嫌な記憶が蘇ってくる。

面倒な取材になるのは分かっていたが、話を聞いてみる価値はある。永尾は資料をまとめて片づけ、立ち上がった。締め切りまで、動ける限りは動け——新人の頃に先輩に叩きこまれた教訓が脳裏に蘇る。

田野倉康夫が経営していた酒屋は、麻布十番にあった。都心部ながら、下町らしい気さくさも残る街。歩いているだけでもなかなか楽しいのだが、当然永尾にはそれを楽しむ余裕はない。

「たのくら酒店」は、ビルの一階に入っていた。見上げると、二階から上はマンションのようである。おそらく、相続税対策で古い一戸建てを建て替えたのだろう。店自体も、株式会社化しているかもしれない。東京の商売人は、税金の網にできるだけ引っかからずに済むよう、あれこれ工夫を凝らすものだ。地方出身のサラリーマンである永尾には、想像もできない苦労もあるのだろう。

酒屋に入る前に、店の横にある自販機で缶コーヒーを買い、煙草を吸いながら、しばらく店の様子を観察した。土曜午後の酒屋が、それほど賑わう訳もない——と思っていたら、午後四時を過ぎると急に人の出入りが多くなった。ちらりと覗いてみると、店の一角で酒が呑める角打《かくう》ちスタイルになっているのだった。さて、どうするか……永尾の目的は、この店の現在の店主、田野倉の息子である田野倉俊哉《としや》に話を聞くことである。閉店まで待っていると——看板を見て営業時間は午後八時までだと分かっていた——時間の無駄になってしまう。一度会社か自宅へ戻って出直そうか。だが、何とかこの場で今、話を聞いてしまいたかった。一度アクセルに足を乗せたら、外すのは難しい。

思い切って店に入ってみることにした。まずは客を装って……いや、それはやめよう。今までも何度か、「まず客」として店に潜入し、様子を見てから店員に話を聞く、という取材はやってきたが、上手くいった試しがない。取材の意図を隠したまま店に入っても、何となく胡散《うさん》臭く感じられてしまうようなのだ。それに途中から「実は」と切り出すと、最初から身分を明かして行くより態度が硬化したりする。

店内は予想外に賑わっていた。三つある小さな丸テーブルは、いずれも「満席」。角打ちなので座るわけではないが、そういう決まりがあるかのようにそれぞれのテーブルに三人ずつがつき、思い思いに酒を呑んでいる。土曜日のせいか、仕事帰りのサラリーマンらしき姿は見当たらず、全員が近所の常連ではないかと思えた。場所柄か、女性も二人。静かな雰囲気で、自分一人の殻に閉じこもって酒を呑んでいるのは、いかにも大人のスタイルという感じがした。

レジのところに、三十代に見える男が一人。体は大きく、筋肉質でがっしりしているが、顔には疲れが張りついている。一日中立ちづめで、もううんざりしているのかもしれない。

永尾は肩を二度上下させて、レジへ向かった。気づいた男が、怪訝そうな表情を浮かべる。商品を持たずにレジへ来る人間の存在は、異様に思えたのかもしれない。

「田野倉俊哉さんですか？」

「はい？」

男が右目だけを細くする。永尾は彼に聞こえるか聞こえないかぐらいの小声で、「東日新聞の永尾と言います」と名乗り、素早く名刺を差し出した。男が渋々名刺を受け取り、視線を落とす。新聞社の名前を見て、さらに表情が険しくなったようだった。

「田野倉俊哉さんですね？」永尾は再度確認した。

「父のことなら、話すことはないですよ」

「確認させていただきたいことがあるんです」永尾は熱をこめて言った。

「話すことはないですけどね……」俊哉が視線を床に落として繰り返す。

「ちょっとだけ、お時間をいただけませんか？　できたら、店の外で」永尾は自動ドアの方に視線を向けた。

「いや、でも……」

俊哉が躊躇う。顔をしっかり見られない。もしかしたら、公判にも顔を出していたかもしれず、もしもそうなら、その事実をきっかけに話を進められるのだが。

「来週、判決じゃないですか」

「そうですね」

「その前に、ちょっと補足取材をしているんです。ご協力いただけませんか?」

「父の……悪口じゃないんですか」

「まさか」永尾は大袈裟に目を見開いてみせた。「亡くなった人の悪口なんか、書けるわけないじゃないですか」嘘になるかもしれないと考えると胸が痛む。

「じゃあ、五分だけ」

俊哉がうなずき、店の奥に向かって「おい!」と声をかけた。どこにいたのか、同年代の女性が出て来てレジにつく。彼の妻だろうか……。

「ちょっと頼むわ」

「大丈夫?」陰で話を聞いていたのか、女性が心配そうに訊ねる。

「大丈夫かどうかはこの人に聞いてくれ」不機嫌に言って、俊哉が店を出て行く。すぐ後に続くと、俊哉は煙草の自動販売機の脇に立ち、自分の煙草に火を点けていた。そこにはちょうど灰皿が――先ほど永尾も使ったものだ――あるのだ。

永尾は煙草に火を点けず、少し早口で話し始めた。

「裁判は傍聴されてますか?」

「毎回行けたわけじゃないけど。判決は見ますよ」

「有罪は間違いないでしょうね」

「当たり前でしょう」俊哉が吐き捨てる。「まったく、冗談じゃないですよ。見ず知らずの人にいきなり殺されるなんて」

「田野倉さんは、現場の店によく行っていたんですか?」

「どうかな……酒は好きでしたけど、呑みに行く場所までは把握してません。私は全然呑まないので」

「呑まない酒屋さん? 珍しくないですか?」

「別に、呑まなくても商売はできますから」俊哉が素っ気なく言い、灰皿に煙草の灰を落とした。

「なるほど……それにしても今回は、災難でしたね。見ず知らずの人に刺されるなんて、普通はあり得ませんよね」

「まったくです。でも……まあ、しょうがないところもありますかね。親父、相当酔っ払ってたみたいなので」

「それは確かに……そういう話は裁判でも出てましたね」

遺体を解剖した結果、血中のアルコール濃度は「泥酔」に近かったようだ。泥酔して他の客に因縁をつけ、トラブルになって刺された――はっきりそういう話が出たわけではないが、アルコールの件を聞いた裁判員は、そのような印象を持ったのではないだろうか。竹藤に有利に働く、数少ない証拠と言っていいだろう。

「親父にも非があるんじゃないか……そう考えないと、やっていけないですよ。本当に通り魔みたいな事件だったら、犯人をいくら恨んでも何にもならないし」

「犯人が、あの竹藤だっていうことは、いつ知ったんですか？」

「警察の人からすぐに聞きました……びっくりしましたよ」

「竹藤のことは知ってたんですか？」

「もちろん」俊哉がちらりと永尾の顔を見る。「野球は好きですからね。親父の影響ですが」

「田野倉さんも野球好きだったんですか？」小さな手がかりが、永尾の胸をちくりと刺した。

「ええ――いや、親父の場合は、野球好きなんていうレベルじゃなかったですけどね。何しろシーズン中は、東京近郊でプロ野球の試合があれば、店を早めに閉めて必ず観に行ってましたから。それに夏の甲子園には、毎年夏休みを取って行ってました。俺もつき合ったことがあるけど、あれは度を越してましたよ。一日四試合、朝から晩までずっと甲子園に張りついて、それを二日、三日と続けるんだから」

「それは確かに熱心ですね」この事件のポイントは、やはり「野球」なのだろうか。

「二年前に仕事を辞めたんですよ。本人は『リタイヤだ』なんて格好つけてましたけど、要するに酒屋の仕事に飽きちゃったんでしょうね。それで、とにかく野球にどっぷり浸かりたかったんだと思います。まあ、とにかくすごかったですよ。エスカレートして、高校野球の都予選や練習試合にも足を運ぶぐらいになりましたからねえ」

「そんなに熱心だったんですか？」練習試合まで観に行くような男が、永尾の知り合いにも何人かいる。専門誌の編集者・大崎、それに宮長だ。大崎の場合はまさに「仕事」なのだが……。

「そんなに金がかかる趣味でもないから、文句も言えませんけどね。危ない目に遭うわけでもないし……酒の方が、よほど危ない趣味ですよ」

「酒は、トラブルの原因にもなりますからね」永尾はうなずいた。「それにしても、野球はあくまで趣味だったんでしょうか」

「どういう意味ですか？」俊哉が煙草を灰皿に投げ捨て、新しい一本に火を点けた。チェーンスモーカーなのか、店番をしている時には吸えないから、ここで吸い貯めしておくつもりかもしれない。

「夏場だったら、昼は高校野球、夜はプロ野球の梯子観戦なんてこともあるでしょう？

体力的にも心配ですし……野球なら何でもよかったんでしょうか?」

「でしょうね。中学生の試合まで観てたぐらいですから」

「中学生?」そこでまたピンときた。これは、宮長と同じパターンではないか。「中学生の試合って……観てて面白いんですかね」

「先物買いが通の見方だ、なんて言ってましたけど、どうなんでしょう」俊哉が首を傾げる。「私には理解できないけど、趣味なんてそんなものじゃないですか。本人は、スカウトの真似でもしてたつもりかもしれませんね。中学、高校の試合なんか、ビデオやスピードガンまで持って行ったぐらいですから」

「スピードガンなんか、普通に売ってるんですか?」

「親父は、『ネット通販で五万円で買った』って言ってました」

これはまさに、宮長と同じやり方だ。気にかかる選手のデータを、プロのスカウト並みに徹底的に収集する……もちろん、まったくの趣味でそういうデータを集めて悦に入るような人もいるかもしれないが、そうではない、と永尾は判断していた。

「本当にスカウトだった、ということはないですか?」

「スカウトって、選手を売りこむっていうことですか? どこに?」

「中学生を高校に、とか」

「いやあ、どうかな」俊哉が頭を掻いた。「そういうの、やってもいいんですかね？　金を受け取ったりしたら、問題になるんじゃないですか？」

「よく分かりません。少なくとも、法律には違反してないと思いますが……」倫理の問題だろうか。

「でも、やってたかもしれないな」俊哉がぽつりと言った。

「スカウトを？」

「知り合いに高校野球の監督がいましてね。あの、壮徳《そうとく》高校、ご存じでしょう？」

「もちろんです」東《ひがし》東京の名門。夏の甲子園出場回数は、十回を数えるはずだ。

「あそこの鳥井《とりい》監督は、親父の高校の後輩なんですよ」

「そうなんですか？」

「ええ。地元の公立です」

「なるほど……もしかしたら、お父さんも野球部だったんですか？」

「三年間、ずっと補欠だったそうですけどね。三年生の時に入ってきたのが鳥井監督で、まあ凄かったそうです。もっとも、四十年以上前の『凄い』ですから、どれぐらいのレベルだったかは分かりませんけど」

「鳥井さんと言えば、名監督ですよね」

「それはそうでしょう」

話しているうちに、永尾は鳥井に取材したことがあるのを思い出した。あれは社会部へ来て一年目、警察回りをやりながら、夏に高校野球都予選の取材に駆り出された時だった。あの年も壮徳高校は甲子園に出場し、永尾は勝ち上がる度に監督からコメント取材をした……何だか偉そうな人だな、というのが当時の印象である。その時既に、五回ほど甲子園に出場していたはずだ。しかも前年の夏には準優勝。その時投げていた二年生ピッチャーが健在だったから、都予選は楽々勝ち抜いた感じだった。

青南高校の宇沢監督も、よく人を馬鹿にしたような態度を見せる人だったが、あれは、記者が野球に対する無知をさらけ出した時だけだったと思う。しかし鳥井は、そもそも人を見下していたというか、新聞記者などに話をする義務はないとでも思っているようだった。高校野球の地方大会では、野球が専門の運動部記者はまず取材に行かない。全国紙の場合、地方支局か社会部の若手に任されているから、トンチンカンな質問をする記者が多いのも確かだが……自分はそんなことはないとむっとしたのを永尾は覚えている。横浜支局で竹藤をマークしていたから、野球を観る目はそれなりに養われた自信があった。

「田野倉さんの野球好きのルーツは、高校時代だったんですね」

「高校野球の経験者が、必ず野球好きになるとは限らないでしょうけどね。私も高校では野球をやってましたけど、親父ほどでは……」

「お父さんは、鳥井監督とは頻繁に会っていたんですか？」

「どうかな」俊哉が首を傾げる。「何度か『会って来た』って言ってましたけど、頻度は分からないな。よく覚えてません」

「知り合いではなく友人という感じですか？」

「その辺もよく分かりませんけど……親父にすれば、数少ない有名人の知り合いだから、自慢したかったのかもしれませんね」

「なるほど……」何となく、線がつながったようなつながらないような感じだ。点線を実線にすべく、永尾は質問を継いだ。「田野倉さんの知り合いで、宮長さんという人を知りませんか？」

「さあ……」

「もう四十年も前ですけど、甲子園に出場して、ドラフトでは五位指名されたんだけど拒否して――」

「ああ、言われてみれば、そんな人、いましたね」

「あなたが生まれる前の話だと思いますが」

「親父に散々話を聞かされていたし、一時は俺も、かなり熱を入れて高校野球のことを調べていたんで――そういうエピソードって、調べだすとハマるんですよね。結局飽きちゃいましたけど」

永尾はうなずいた。いわゆるトリビアというやつか。確かにスポーツには、埋《うず》もれた面白い事実がたくさんある。宮長のドラフト拒否など、比較的有名な話ではないだろうか。

「西村という人を知りませんか？」

「西村さん？　いやあ……記憶にないですね」

「宮長さんも西村さんも、熱心な野球ファンです。野球ファンというか、スカウトみたいなものですね」

「スカウト？」

俊哉が目を細める。火を点けた煙草は吸わないまま、灰だけが長くなっていく。永尾も、何となく煙草に火を点けた。俊哉は本当に何も知らないのだろうか……野球好きの親子ならば、夕飯の席で話題にしそうな感じもするが。

「有望な中学生を高校の強豪チームに紹介する――プロ野球のスカウトと同じようなものですけど、立場はフリーです。どこかのチームに所属しているわけではないので」

「そういうの、いかにもありそうですけど……親父は関係ないんじゃないかな」自信なげに俊哉が言った。

「関係ないと言われる根拠は、何かあるんですか？」永尾は畳みかけた。

「すみませんけど、これ、裁判と何か関係あるんですか？」俊哉が反論する。

「……失礼しました。興味があったもので、つい」

一度疑われてしまった以上、同じ質問を続けるわけにはいかない。それに俊哉は、腕時計を続けて二回見た。出て来る時に言った「十分」という時間制限をきっちり守るつもりかもしれない。

「お仕事中、失礼しました。でも、残念でしたね」

「まあ、親父も酒癖は悪かったですからね……注意はしてたんですよ。酒屋が酒で失敗したら洒落《しゃれ》にならないでしょう」

「確かにそうですね」軽いジョークとして笑うべきところかもしれないと思ったが、顔が引き攣ってしまった。

「実際、今までも何度も喧嘩沙汰とかがありましてね……いや、こんなこと言うと、裁判に影響するかもしれないけど」

「それはご心配なく。判決前に記事を書く予定はありませんから」

「まったく、冗談じゃないですよ」俊哉が溜息をついた。「相手は竹藤ですよ？　まさか、あんな選手とこんなことでかかわり合いになるなんて、考えてもいなかった」

「……ですよね」

「竹藤もいろいろ苦労したんでしょう？　あんな事件がなければ殿堂入り確実だっただろうし、大リーグで活躍していたかもしれない。それがあんな風に――たぶん、実刑判決が出るでしょう？」

「そうですね……事実関係は争っていませんしね」

「刑務所を出てきたら、もう五十過ぎとかでしょう？　きついなあ。何か……考えちゃいますよね」

「五十過ぎから人生をやり直すのは、相当厳しいでしょうね」永尾は相槌を打った。

「賭博事件さえなければねえ」俊哉がゆっくりと首を横に振った。「野球賭博はよくないだろうけど、別に誰かが死んだわけじゃないんだから。たぶん、ああいう事件は表に出ないだけで、他にもあるんでしょう？」

「その可能性はありますね」

「運が悪かったとしか言いようがないな。ひどい話ですよ」

確かにひどい話だ。竹藤の奪われた時間を見守りたかった野球ファンはたくさんいるだろう。だからと言って、野球賭博の事実を消せるわけもない——永尾は自分にそう言い聞かせた。

言い聞かせても、心に澱《おり》のようなものが残った。

2

「何か情報は出てきたかい?」

いきなり話しかけられ、永尾はびくりと身を震わせた。刑事の金崎……今日はくたくたのコートを着ている。寒さを防ぐ役には立っていないようで、背中を丸めていた。

「いや……大した話はないですね」かなり話した感じはするのだが、すぐに使える情報は皆無といっていい。「何でこんなところにいるんですか?」

「実は、あんたに先を越されてね」金崎がにやりと笑った。「俺が店に入ろうとしたら、あんたが一足先に入っちまったんだ。いくら何でも、立て続けに話を聞くのはまずいと思ってね」

「向こうは嫌がってましたよ。ただ、竹藤に対しては同情的でしたけど」永尾は打ち明けた。

「人を殺した人間に同情する必要はないだろう」金崎が切り捨てる。

「どうするんですか？　これから話を聞くんですか？」

「いや」金崎が顎を撫でた。「今日はやめておこう。動揺させたくない。あんたが話した内容を聞けば、それで十分じゃないかな……只とは言わない。コーヒーでも奢るよ」

それぐらいじゃ割に合わないんだけどな、と永尾は苦笑した。しかしこの話には乗ることにする。近くの喫茶店に入った瞬間に、「気をつけろ」と自分に言い聞かせた。新聞記者と警察官の関係は、あくまで「取材する人」と「ネタ元」であるべきだ。この立場が逆転すると、ろくなことにならない。

二人ともコーヒーを頼む。金崎はミルクと砂糖をたっぷりと加えた。金崎が煙草を取り出したのを見て、永尾も素早く煙草に火を点ける。二人の周囲を紫煙が覆い、沈黙が深くなっていく。

先に切り出したのは金崎だった。

「で？　何かいい情報は？」

「いい情報かどうかは分かりませんが、被害者は度を越した野球好きだったようですね」

「何だと？」金崎が目を細める。

「まさか、そういう基本的な情報も入ってなかったんですか？」永尾は逆に目を見開いた。

「ない」金崎が認め、舌打ちした。「愚痴になるが、被害者の身辺調査をした人間が

……あまりよろしくない刑事でね」

「問題のある人、ということですか？」

「そうじゃなくて、トロいんだ」金崎がコーヒーを一口啜《すす》り、さらに砂糖を加えた。

「元々、刑事部の捜査員になるような人間は、それなりに優秀なはずなんだ。ところが実際に配属されてみると、使い物にならないこともある。それでも仕事は待ってくれないからな……いる人員で何とかするしかない」

「金崎さんは優秀なんでしょうね」

「俺ぐらいの歳になると、優秀もクソもない」金崎が鼻を鳴らす。「しかし、野球好きというのはちょっと引っかかるな。どの程度の『好き』なんだ？」

「入れこんでいた……いや、もっと激しいかな。空いてる時間は全て、野球観戦に回していたようです」ここから先を話すべきかどうか、迷う。事件に関係あるかどうかは分からない……ということは、話すだけ無駄ではないか？　それに、自分がこれまで摑んだ事実をコーヒー一杯で全部話すのは、やはりもったいない気がしていた。

「実質的に店を息子に譲り渡して、自分は野球三昧か。いいご身分だな……しかし、そこまで野球好きだとしたら、どこかで竹藤との接点が出てこないか？」

「いや、さすがにそれはないみたいですよ。息子さんは、竹藤が『あの竹藤』だったことは知ってましたけど、被害者と竹藤の話をしたことはなかったようですし」

「もしも顔見知りだったりすると、状況がまったく変わってくる可能性もあるけどな」

金崎がまた顎を撫でる。今日は本来休みなのだろう、顎には無精髭が浮いていた。

「それでも変わらないと思いますよ。赤の他人による偶発的な犯行だと思われていたのが、顔見知りによる犯行に変わるだけです。大枠は変化しません」

「そうか……」金崎が勢いよく煙草をふかした。何だか煙草に恨みを持っていて、一刻も早く灰にしようとでも思っているようだった。

　このままだと早晩会話は行き詰まり、この会合は時間の無駄になるだろう。永尾は思い切って、ブローカーの話を持ち出すことにした。

「もしかしたら被害者は、高校野球のスカウト――ブローカーだったかもしれません」

「そんな商売があるのか？」

「あると言われてますけど、実態はなかなか摑めないみたいですね」西村や宮長の話は隠しておくことにした。あの二人が事件に関係しているとは思えないので、名前を刑事に教えるだけでも気が引ける。

「被害者が、そのブローカーだったのか？」

「中学生の試合まで観に行っていたそうです。ビデオやスピードガンまで用意して」

「それは趣味の範疇を超えてる感じがするな……調べてみる価値があると思うか？」

「分かりません」永尾は正直に認めた。「そこまでは比較的簡単に聞き出せたんですけど、どんな意味があるかは分かりませんからね」

「そうか。確かに、事件に直接つながる感じじゃないな」

「すみません、余計な話でした。私も人から話を聞き出すテクニックが衰えたかもしれませんね」

「そういうのは、記者さんの基本じゃないのか」

「さっきの、仕事ができない刑事さんの話と同じですよ」永尾は皮肉な笑みを浮かべた。

二人の会話はすぐに行き詰まりになった。金崎の方も何か情報を摑んでいるのかどうか……摑んでいて話さないつもりかもしれない。やはり、新聞記者に全ての情報を開示するつもりはないのだろう、と永尾は判断した。

結局会話は実りのないまま終わり、金崎と別れて、軽い徒労感を抱えたまま歩き出す。既に日が暮れ、土曜日はほぼ過ぎ去ってしまった。竹藤の判決までは間がない……もちろん、永尾が何か新しい情報を探り出しても、それで裁判の行方が決まるわけではないが、何となく、判決公判が開かれる来週の木曜日が一つのタイムリミットになるような気がしてならなかった。

会うべき相手の名前が脳裏に浮かぶ。もしかしたらこれは、突破口になるかもしれない。突破口になると考えても、それがすぐに塞がってしまう——取材というのは、そういうことの繰り返しだ。


日曜日。果たして出かける意味があるのかないのか分からなかった。

取材相手としてまず考えたのは、壮徳高校野球部監督の鳥井だった。グラウンドは、学校がある小岩ではなく、江戸川の向こう、千葉県市川市にある。名門の私立校であっても、東京の高校はなかなか敷地内に広いグラウンドを確保できないものだ。どうやらグラウンドの近くには寮もあるようで、野球部員たちはこの街を活動拠点にしているらしい。

今日は何をしているのだろう。こんな寒い季節でも、土日となれば試合なのだろうか。野球部がホームページでも持っていれば把握できる情報だが、残念ながらホームページもフェイスブックも見つからなかった。

迷うぐらいなら現地へ行ってしまった方が早い。行けば何か分かるだろう。永尾は朝食も摂らずに家を飛び出した。今日もきちんとネクタイを締めている。奇妙な話だが、ネクタイというのは、ある程度は人間の「身元」を保証する材料になるのだ。

今日も寒い……真冬の陽気で、ダウンジャケットを羽織らざるを得なかった。動きにくくなるのでダウンジャケットは嫌いなのだが、冬の野球グラウンドは基本的に吹きさらしで、身を切るような寒さに襲われる。手袋を持ってこなかったことを後悔するかもしれない。

十時過ぎ、少し迷った末に、総武本線の下総《しもうさ》中山駅近くにある壮徳高校のグラウンドに辿り着き、永尾は思わず安堵の息を漏らした。どうやら今日は試合はなく、練習だけのようだ。都内有数の強豪校ということで、広いグラウンド一杯に選手が散っている。もしかしたら、部員は百人近くいるかもしれない。甲子園へ行くより、レギュラーを獲得する方が壁が高いのではないだろうか。三年間、ずっとスタンドで声援を送るだけで終わってしまう選手の方が多いだろう。

これだけ部員がいるのだから裾野は広い――放っておいてもレベルの高い選手は集まってくるはずだ。東京にはもちろん、日本で一番多くの高校があり、夏の大会は東西二つに分かれる。そのため夏の予選の参加校は、実は埼玉、千葉、神奈川、大阪などの方が多い。そういうところに比べれば、東西の東京の方が甲子園への道のりは多少楽と言っていいだろう。もちろん、山梨や鳥取の高校へ行った方が、勝ち進まなくてはならない試合は少なくて済むのだが。

金網に指を絡めるようにして顔を近づけ、グラウンド全体の様子を見渡す。監督の姿を探したが、すぐには見つからなかった。ネットで、現在の鳥井の顔写真を見つけて頭に叩きこんでいたのだが……どこかで練習を観ているのだろう。

この分だと、練習は一日中続くだろう。こういう強豪校の場合、休日の午前中は全体練習、午後は紅白戦、その後は筋トレなどの個人練習というパターンがほとんどのはずだ。休憩時間はあるだろうが、監督にじっくり話を聞くには、昼食時を狙うしかあるまい。あるいはここで軽く調整をして、午後からどこかへ試合に出かける可能性もあるが……心配になって、永尾はグラウンドの入り口まで行き、ボールの入った籠を抱えてよろよろ歩いている女子マネージャーを見つけて声をかけた——永尾にとってはマックスの笑顔を浮かべて。

「今日はずっとここで練習？」

「はい」突然質問をぶつけられたにもかかわらず、元気で明るい返事だった。

「ああ、ありがとう」笑みを浮かべたままうなずき、すぐにその場を立ち去る。強豪校にはやはり一定のファンがついていて、練習を見学している人も少なくないのだが、午前中ずっとここで金網に張りついていると、さすがに不審に思われるかもしれない。今のうちに、遅い朝食を済ませておくことにした。京葉道路に近いこの辺りには、食事ができる店は見当たらないのだが、駅まで戻れば何かあるだろう。

十分ほど歩き、古い喫茶店を見つける。まあ……こんな店でもトーストぐらいは食べられるはずだ。日曜日の午前中とあって、客は永尾一人だけ。喫煙席に腰を落ちつけ、コーヒーとミックスサンドを頼んで煙草に火を点ける。思いついて、新聞ラックから今日の朝刊を全部持ってきた。

最近は怠慢になるばかりだな、とつい苦笑してしまう。昔は自宅でも新聞全紙を取っていて、朝起きると真っ先に社会面に目を通したものだ。「抜かれ」はなかったと安心した途端、社会面ではなくよりによって一面で抜かれていたのに気づいて心臓が止まるような思いをしたり……支局時代に始まった習慣は、社会部に来てからもずっと続いている。しかし年齢を重ねるにつれ、そういうことが面倒になってきて……最近、他紙は日本新報にざっと目を通すぐらいだ。大規模なリストラと紙面の簡略化で読むところが少なくなってはいるが、まだあの新聞は侮れない。記者人生で一番抜かれたのも日本新報のはずだ。

全紙に目を通すのは久しぶりだ。読み方は決まっていて、最初は必ず社会面。永尾の中には「抜かれセンサー」のようなものが備わっており、ざっと流し読みしているだけで、どんなに小さな見出しでもすぐに気づく。

社会面は異常なし。それを確認してから一面に移る。ここでも目を引くような記事が載っていないことを確認すると、「今日の主要記事」のリストに目を走らせる。そこに何もなければようやく気を抜き、読みたい記事をピックアップして目を通していくのだ。

ミックスサンドもコーヒーもまったく普通の味だった。ただ腹を満たし、渇きを癒やすためだけの食事。このところ、食事なんていつもこんなものだな、と苦笑する。誰かと一緒に料理を楽しむようなことはほとんどなくなった。まあ、有名店を回ってグルメの蘊蓄《うんちく》を傾けるのも馬鹿馬鹿しい感じだが。

食後の煙草に火を点け、ゆっくり吸いながら、最終的に東日に目を通していく。日曜日の紙面なので、何となくのんびりした雰囲気だ。そう言えば、別冊になっている日曜版を廃刊にする、という話がしばらく前に出ていたが、あれはどうなったのだろう。文化部が中心になって作る日曜版は、基本的にはゆっくり楽しめる読み物が中心だが、新聞という媒体に必要かどうかは微妙なところだ。新聞はやはり生ニュースだけで勝負すべきではないか、という議論は昔からあったらしい。一気にやめるのは強引過ぎるので、まずは二ページぐらい減らして通常の紙面に落としこみ——という提案もされていたようだが、今のところ実現するところまで進んでいない。新聞社に限らず、どんな組織でも、一度始めたことをやめるのは大変だというが……日曜版は文化部に余計な負担をかけるだけで、実際にはあまり読まれていないはずだが、それでも「やめる勇気」はなかなか出ないものだろう。

だらだらと三十分。それでもまだ十一時前で、昼食休憩時間までにはまだ間があるはずだ。かといって、この喫茶店で時間潰しを続けるのも馬鹿馬鹿しい。二本目の煙草をフィルターのところまで吸い尽くして灰皿に押しつけたところで、席を立った。日曜日に、わざわざ千葉までコーヒーを飲みに来たわけじゃない……。

グラウンドに戻ると、いつの間にかギャラリーが増えていた。高校野球に固定ファンがいるのは分かっているのだが、日曜の午前中からわざわざ練習を観に行こうという感覚は、永尾には理解できない。

練習を観ている人は老若男女様々だった。もしかしたら選手の家族かもしれないが、双眼鏡を使ってまで熱心に選手を追っている人もいる。今は守備練習の最中で、永尾は内野手——特にショートの一人に目を奪われた。非常に俊敏な上に、大リーグのラテン系の選手のように体の使い方が柔らかく、一人だけ別次元の動きを見せている。日本にもこんな選手がいるのかと目を凝らしてみると、実際にラテン系の顔つきに見えた。ああ、最近は両親のどちらかが海外出身の若いアスリートも増えているんだ、と納得する。試合では、想像力に溢れたアクロバティックなプレーを見せてくれるかもしれない。

ノックしているのは若い男――もしかしたらコーチ役のＯＢかもしれない。鳥井はとうに五十歳を超えているから、自分ではもうノックバットを握らないのではないだろうか。突然、「やめ、やめ！」と怒声が響く。前傾姿勢を保っていた内野手たちが、ホームプレート付近にダッシュで集まって来た。どこから出て来たのか、そこに鳥井……選手たちは鳥井を中心に輪を作り、指示を受け始めた。かなり離れているので鳥井が何を言っているのかまでは聞こえないが、相当真剣なアドバイスのようだ。選手たちの顔は引き攣っているようで、背筋はぴしりと伸びている。そのうち、「はい！」と返事が揃った。直後にもう一度、「はい！」。それで指示と説教は終わったようで、選手たちがそれぞれのポジションに散って行く。内野の連携にでも問題があったのだろう。それにしても、選手たちの様子を見ると、鳥井はかなり恐れられているようだ。最近は「褒めて伸ばす」タイプの監督が多いはずだが、昔ながらの独裁者タイプもまだ健在ということか。

鳥井が、永尾のいる方――一塁側ダグアウトのちょうど裏だ――に向かって歩いて来る。かなり長身でがっしりした体格。ホームプレートとダグアウトの中間地点で立ち止まると、うつむいて小型のタブレットをいじり始めた。あれがメモ代わりということか……選手たちが胆を冷やすような情報が満載なのだろう、と永尾は想像した。

さて、監督の所在は確認できた。第一段階クリアという感じだが、どうやって話を聞くかが難しい。昼食時間まで待つか……いや、その必要はないのだと思い直す。自分は新聞記者。そして監督は、自分でノックバットを振るうわけではなく、選手たちの動きを見守っているだけ――つまり、取材に応じる時間は今でもあるはずだ。

思い切ってグラウンドに足を踏み入れる。一瞬、まずいなと思った。神聖なるグラウンドでは革靴禁止――と厳しい条件を課す監督もいるのだ。きちんとした格好にしようとスーツを着てきたので、今日の足元は当然革靴である。

下を向いたまま、一塁側ダグアウトへ向かう。ベンチの真ん中には鳥井が陣取り、右側には女子マネージャー、左にユニフォーム姿の男子が座っている。この二人は監督の「お世話係」だろうか、と永尾は想像した。しかし見ると、女子マネージャーはタブレット端末に何か情報を打ちこみ、男子選手はノートにペンを走らせている。お世話係ではなくスコアラーかもしれない。最近の高校野球は情報戦――裏方の役目が増大している。

鳥井が永尾に気づき、顔を上げた。スーツ姿の男がグラウンドに闖入《ちんにゅう》してきたせいか、怪訝そうな表情を浮かべている。よく日に焼け、ごつごつした表情は迫力満点だったが、それほど怖い感じはない――昔はかなりの暴君という印象があったが、歳月を経て少しは柔らかくなったのかもしれない。

永尾は一礼して、鳥井の前に立った。真正面ではなく、少し横。グラウンドに視線を注ぐのを邪魔したくなかった。きちんと話をするためには、できるだけ相手の機嫌を損ねないようにしないと。

「お忙しいところ、すみません。東日新聞の永尾と言います」以前取材したことは明かさずにおいた。あまりにも古い話だ。

「東日さん？　取材ですか？」

「はい」

鳥井がちらりと女子マネージャーに視線を向けた。女子マネージャーが少しだけ戸惑った表情で、素早く首を横に振る。

「すみません、アポはしていただけました？」

「いえ」

「あー、そうですか……」鳥井の表情が少しだけ歪む。

「お忙しいですよね」永尾は下手に出た。

「そう——今日も一日、予定が詰まってましてね」

「失礼は承知の上です。緊急で聞きたいことがあるので、お伺いしました」

「緊急？」鳥井が訝しげに目を細める。「うちのチームに、緊急に取材されるようなことはないけどね」

不祥事を心配しているのだろう、と永尾は想像した。部員同士の暴行騒ぎ、飲酒や喫煙などのトラブル……こういう不良行為は、高校野球にとっては致命傷だ。監督が神経質になるのも理解できる。

「監督さんに、個人的に伺いたいことなんです」

「私に？」鳥井の顔つきがさらに厳しくなる。「個人的にと言われても、思い当たる節はないな」

「とにかく、ちょっとお時間をいただけますか？　できるだけ手短に済ませます」

一瞬、視線が絡み合った。拒否できるかどうか、と考えているのだろう。もちろん、強引に拒絶することも可能だ。ただ……高校野球の監督というのは、どんなに意固地で傲慢な性格でも、記者の取材には応じるものだと永尾は知っている。メディアと高校野球は特別な関係にあるのだ。テレビ、新聞とも、高校生のスポーツをここまで大きく取り上げることはない。それによって、お互いにメリットがある——高校側は名前を売り、メディア側は部数や視聴率を稼ぐ。それが分かっているが故に、取材拒否したり、記者を邪険に扱ったりする監督はまずいないのだ。もちろん、取材そのものは別だ。記者が阿呆な質問を飛ばせば、素っ気ない対応をされることも珍しくはない。

鳥井が、自分の両脇を固める二人に目配せした。状況を察したのか、二人が素早く立ち上がってダグアウトから出て行く。永尾は一礼して、一メートルほどの間隔を置いて鳥井の左脇に座った。名刺を差し出すと、鳥井が左腕を伸ばして受け取る。眼鏡を外して名刺を確認すると、怪訝そうな表情を浮かべた。

「社会部さんですか」

「ええ」

「夏の都大会の時はお世話になりますけど、今の時期は珍しいですね」東日の場合、都大会の担当は運動部ではなく社会部なのだ。鳥井も、社会部の若手には知り合いがいるかもしれない。

「昔——十年以上前の夏の予選で、何回か取材させていただいたことがあります」永尾はここにきて初めて明かした。「甲子園に出た年でした」

「そうですか」鳥井がうなずいたが、特に感銘を受けた感じではない。当然、覚えてもいないだろう。

「監督、ずいぶん丸くなりましたね」

「昔は尖っていたような言い方ですな」鳥井が馬鹿にしたように言った。

「十年前の私は、まだ若造でした。そういう人間から見たら、監督は相当怖かったですよ……実は今日は、野球には直接関係ない話なんです」

「と言うと？」鳥井が疑わしげに目を細める。

「田野倉さん——田野倉康夫さんをご存じですよね」

「ああ……田野倉さんは高校の先輩ですが、何ですか、いきなり」

「裁判の取材を担当しています」

「嫌な話だね。殺された人のことですか」

「すみません」永尾はさっと頭を下げた。申し訳ないという態度を最初に表明しておけば、相手はスムーズに話してくれるかもしれない。「今度の木曜日が判決なので、関係者を取材しています」

「私は関係者じゃないよ」

「事件に関しては——そうですね、関係者ではないですね。でも、田野倉さんの知り合いではありますよね？　高校の後輩で」

「ああ」

「最近もおつき合いがあったとか」

「それは、田野倉さんは先輩ですからね。高校の先輩後輩の関係は、一生続きますよ」

鳥井がさらりと言った。何を当たり前のことを、とでも言いたげだった。

「でも、同じ高校にいたのは、もう何十年も前じゃないですか。それに、監督が一年生の時に、田野倉さんは三年生だった。普通、一年生にとって三年生は神様ですよね？」

鳥井が鼻を鳴らす。傲慢な一面が出てきたな、と永尾は警戒した。上手く話を進めないと、途中で追い返されてしまうかもしれない。

「うちは、それほど強くもない普通の都立高校だったんですよ。甲子園に出たこともないし、和気藹々《わきあいあい》の部活動という感じだった」

「こちらは——壮徳高校はかなり厳しそうですが」

「うちは、そういう前近代的な習慣とは縁がない」鳥井がぴしりと言った。「昔は、私立の強豪校ではそういう話もありましたけど、今はないですよ。そんな感じだと、選手は集まってこない」

「精神的に弱くなったんですかね」

「変わっただけだ。今の選手が、昔の選手よりも弱いということはない」鳥井が言い切った。本人はかなり強圧的、かつ独裁的な監督だと思うが、選手同士の関係には気を遣っているのかもしれない——自分だけが王として君臨できるように。基本的に、高校野球の強豪チームで、選手が主体になって民主的に運営されているところはまだまだ少ない。監督の強烈なリーダーシップで、目標に向かって一丸となるのだ。

「高校時代から田野倉さんとは仲が良かったんですか」

「田野倉さんは面倒見がよくてね。野球の腕は……まあ、それほどでもなかったけど、入学したばかりで右も左も分からない私の面倒をよく見てくれた。変な話だけど、飲み物なんかの差し入れもずいぶんしてくれたしな」

「実家が酒屋さんですからね」永尾はうなずいたが、疑問は残った。店の売り物を高校に持っていって、何か問題はなかったのだろうか。

「練習の後に飲むジュースが美味くてね。あの頃はまだスポーツドリンクもなかったから」

鳥井が遠い目をした。これは悪くない——少なくとも俺は、鳥井の機嫌を損ねていないようだと判断し、永尾は話を進めた。

「田野倉さんとは、ずっとつき合いがあったんですか？」

「その後は……つき合いが復活したのは、私がここの監督を引き受けてからだね。練習や試合をよく観に来てくれて、差し入れもしてもらって。一緒に酒を呑むようにもなった」

「田野倉さんは、実家の商売はもう息子さんに任せてしまったようですが」

「その分暇ができて、最近はよく会ってましたよ……それが、あんなことになるなんてね」鳥井が溜息をついた。「しかも殺したのはあの竹藤……耳を疑いましたよ」

「ですよね。まさか、あの竹藤が人を殺すなんて」

「まったく残念なことです。田野倉さんのお葬式には参列しましたけど、あれは辛かったな」

「田野倉さんとは、どういう関係だったんですか？」

「どういう意味ですか？」鳥井が目を細める。

「高校の先輩で、その後は壮徳高校の一種のタニマチ的な存在——それだけですか？」

「田野倉さんはタニマチじゃない」むっとした口調で鳥井が言った。

「失礼しました——では、ブローカーですか？」

「どういう意味ですか」

「文字通りです」

永尾は体を斜めにして、鳥井の顔をしっかりと見た。むっとしている。本格的な怒りに転じるまで、もう時間的余裕はないだろう。怒りが噴き出す前にと、永尾は話を続けた。

「文字通りの意味でのブローカーです。中学生の有望選手を発掘して、チームに売りこみ、それで報酬をもらう」

「高校野球ではそんなことはない」

「私が取材した話と違いますね。誰かに嘘を聞かされたんでしょうか」

「そうでしょうな」馬鹿にしたように鳥井が言った。「存在しないものの話をされてもね」

「そうですか……しかし、有望な選手を集めてくるのは大変でしょう？　いい選手は、リトルやシニアでもう目をつけられているでしょうし」

「もちろん、選手の方でうちを選んでくれることもあるわけだけど」

「それでも、有望な選手は確実に欲しいですよね。そういう場合はどうしているんですか？」

「説得ですよ。親御さんにもきっちり頭を下げてね。うちはOB会がしっかりしているから、情報網も広い。そういうところから情報をもらって、これはという選手は私が直接観に行くんです」

「OB会の推薦は確実ですか？」

「選手を観る目がある人たちばかりだから」

一瞬、鳥井の目が泳ぐ。何か嘘がある——そう、ブローカーは絶対に存在しているのだ。OBの善意だけでは、いい選手は集められないだろう。結局金——金が絡めば、人は積極的に動く。

「田野倉さんは、かなり熱心に中学生の試合も観ていたはずですよ。たぶん、西村さんとも知り合いだったんじゃないかな……パイレーツでキャッチャーをやっていた西村さん」

鳥井が黙りこむ。それまでは普通に——かなり上から目線だったが——話していたのに、急に態度が変わった。たった今自分が発した言葉のどこに、彼を変える要素があったのだろう……「西村」だ。

この言葉は一時引っこめることにした。

「中学の試合を観て、注目の選手の記録も取る——スピードガンまで持って観に行っていたそうですから、趣味の域を超えてますよね。いい選手を壮徳高校に斡旋して、謝礼を貰う——田野倉さんがやっていたのは、まさにそういうスカウト行為だったんじゃないですか」

「証拠があって言ってるのか?」

「ありません」永尾は即座に言った。「むしろ証拠がある方が変でしょう。例えば、金のやり取りで言えば……こういうことで学校側が領収書を発行するとは思えません。違法ではないですが、倫理的には問題がある行為ですからね。税務署が疑問を持ったら、厄介なことになりますから、証拠は残らないようにするでしょう。特に田野倉さんは自営業ですから、税務署に調べられるようなことは絶対に避けたいはずです。高校野球でもブローカーが活躍していて、金のやりとりが行われていることがバレるかもしれませんし」

一気に喋って鳥井の様子を見る――うつむいて唇を噛み締め、耳が赤くなっている。怒りのゲージが、限界に向かって一直線に上がっている感じだった。

下を向いたまま、鳥井が訊ねる。

「その件――ブローカーの件を記事にしようとしているんですか」

「事件の本筋に関係ある話だったら、書くかもしれません。ただ、ブローカーの実態を取材するのは面倒でしょうね。それこそ、西村さんにも話を聞かないと」

「書かないという前提なら、話してもいい」

突然の展開に、永尾は口をつぐんだ。よくある「オフレコ」条件での話。思わず飛びつきたくなったが、ここは慎重にいかないと。向こうが望んでいるのは取り引きである。情報はきちんと教えるが、その代わりに書かないで欲しい——取材現場ではよくあることだ。こういうのは、取材慣れした政治家や役人が持ち出す話である。こんなことを鳥井の口から聞くとは。

「私は、竹藤の取材をしているんです。彼がどうしてあんなことをしたのか——どうしてこんな人生を送るようになってしまったかを知りたい。それを記事にします。ですから、田野倉さんの話も、ブローカーの件も、主役の材料ではありません。付随して出てきたことが気になっているから調べているだけで」

「記者さんの仕事は、無駄が多いですな」

「九割は無駄ですね」うなずいて永尾は認めた。「でも、残り一割が記事になるなら、それで十分です」

「そうですか……」

「私が気にしているのは、西村のことです。西村といえば、パイレーツ時代には竹藤専属のキャッチャー——そして竹藤を野球賭博に引きずりこんだ張本人でもあります。本人も逮捕されて、裁判では有罪判決を受けました」

「その後は野球から離れている」

「プロ野球からは――そうですね。それ以外でも、正式に野球とコミットするのは不可能だったでしょう。高校野球の指導者になることもできない。でも彼は、あくまで野球との接点を持っていたかった。そのためにブローカーを始めたんじゃないかと、私は想像しています。高校野球のブローカーは正式な仕事ではなく、表に出ることもないでしょう。でも彼にとっては、それで十分だった……のかもしれませんね」

「西村に会ったのか？」

「いえ」

「会うつもりか？」

「可能ならば」

「やめておいた方がいい」

「どうしてですか」

理由は言わずに、鳥井が首を横に振った。何か知っている――西村と面識があるのでは、と永尾は疑った。この辺の人間関係は危うい。田野倉は殺人事件の被害者、西村は元々野球賭博事件で有罪判決を受けた人物。そういう人間たちとつき合うことを、鳥井は何とも思っていなかったのだろうか。

「私の方から話すことはないな」

「オフレコでもですか？」

「オフレコを受け入れるのか？」

「話を聞いてからです。内容を知らないうちに、そういう約束はできません」

「それは、そちらばかりが有利過ぎる条件だと思うが」

「新聞記者も、相手の言うことばかり受け入れているわけではないんです。とにかく、素材がない限り何も判断できません——話す気になったら連絡していただけますか？」

　永尾は名刺をもう一枚取り出し、携帯電話の番号を書きつけた。立ち上がり、彼の正面から差し出す。鳥井はしばし躊躇っていたが、結局名刺を受け取った。謎の多い態度だ——鳥井本人が事件にかかわっているとは思えないが、どうにも歯切れが悪い。

「もしも何か心配なことがあったら、相談に乗りますよ」

「人の助けは受けない」

「もちろん、野球に関してはそうでしょう。むしろ、相談を受ける立場でしょうね。でも世の中には、野球以外の問題の方がはるかに多いんですよ。そういうことに関しては、私の方が慣れていると思います。対処方法も提示できるかもしれません……もう一度言っておきますが、竹藤の判決は、今度の木曜日です」

「それが私に何か関係あるのか？」

「分かりません。ただ、私にとっては、それが締め切りのような感じがしているんです」

3

時間を無駄にしたくない――しかし今すぐ取材できる相手もいない。日曜日にはよくこういうことがある。基本的に、社会の動きはストップしているのだ。

やれることと言えば、西村に電話をかけるぐらいだ。しかしそれは、まだ最終手段として取っておきたかった。こちらの電話番号を知られて着信拒否されたら、今後連絡を取る手段が狭まる。

携帯や自宅の電話からかけるからそうなるんだ――永尾は、最近すっかり存在感が薄くなっている公衆電話を使う手を考えついた。公衆電話からかけると、携帯の画面にはどう表示されるのか……相手は出るかもしれないし、出ないかもしれない。出たらラッキーということで、やってみる手はある。

ところが、使おうと思うと公衆電話は見つからないものだ。最悪、駅にはあるのではないかと思って歩調を速めたが、結局途中のコンビニエンスストアで見つかった。テレフォンカードは……当然ない。西村の携帯の電話番号をプッシュしたが、もしかしたら公衆電話から携帯電話にかけると、異常に金がかかるのではないだろうか。慌てて財布の中を引っ掻き回し、ありったけの十円玉と百円玉を電話機の上に積み上げた。

かかった――当たり前だが、鼓動が高鳴る。しかし西村は電話に出ることなく、留守番電話のメッセージが流れ始めた。名乗って伝言を残そうかとも思ったが、瞬時躊躇った後でやめにする。自分が追われていることを、この段階ではまだ知って欲しくはなかった。

一応、携帯が「生きている」ことが分かっただけでもよしとしよう。息を吐き、財布に小銭を戻している時に、額に汗が浮かんでいるのが分かった。こんなことで緊張するようになったとは、俺も情けない……。

少し考えを整理したかった。これまで集めた情報はまだばらばらで、一本の線につながらない。誰かと話がしたい、と切に願った。様々な人の顔が脳裏を過《よぎ》る。金崎……刑事を全面的に信用したら駄目だ。遊軍の先輩、藤川……詳しく事情を話せば「さっさと書け」と急《せ》かされるかもしれない。誰かに尻を叩かれたくなかった。運動部の脇谷……一番話が通じやすい男だが、これも気が進まない。

ふと、花山の顔が浮かんだ。先日会ったばかりだが、「今度横浜で食事しよう」と約束したではないか……あまりにも急過ぎる感じにはなるが、約束は約束である。それに、花山は退職して暇なはずだ。

よし、思い切って誘ってみよう。

「長いことご無沙汰していたのに、今度はずいぶん頻繁に電話してくるんですね」

「すみません」永尾は苦笑しながら謝った。「失礼ついでに、今日、ご飯でも食べませんか？　横浜まで伺いますよ」

「ああ、いいですよ。ちょうど女房が旅行中でしてね。一人で夕飯をどうしようかと思っていたんです」

「またタイ料理にしますか？」ほっとして永尾は提案した。

「いや、せっかく横浜まで来るなら、中華にしましょう。六時でどうですか？」

「大丈夫です」やはり中華街だろうか……あそこならありがたい。中には「超」がつく高級店もあるのだが、東京の中華料理店に比べれば、だいたい安くて美味い。

「どこか店を探しておきましょう。待ち合わせは……」花山はすぐに、ホテルの名前を挙げた。そう、中華街にもホテルはあるのだ。「そこで取り敢えず、六時集合でどうですか？」

「大丈夫です。あの、一つ言っておいていいですか？」

くれたのだ。

「何ですか？」

「今回は私に奢らせて下さい」前回、タイ料理店で食事をした時は、結局花山が払って
「いやいや、それはどうかな……ここは私の地元だし、記者さんが奢るという時は怖いですからねえ」情報と引き換えは勘弁して欲しいな」

「情報はいりません。「アドバイスが欲しいだけです」

「その方が怖いな……まあ、とにかく会いましょうか」

電話を切り、ほっと一息ついた。これで話が前進するかどうか……会ってみなければ分からない。記者の仕事は、基本的にそんなことばかりだが。


夕方六時、永尾は久しぶりに横浜中華街に足を踏み入れた。横浜支局時代はここが永尾の「台所」で、平均すると一日に一回はどこかの店で食事をしていたような気がする。安くて美味い中華料理店は、まだ給料が安かった永尾の懐にも優しかった。

　このホテルに来たことはあっただろうか。基本的に中華街には中華料理を食べに来るだけで、ホテルになど縁はなかった。独特の活気がある中華街の中では異質の存在感を放つ、ごく普通のホテル。ロビーに入ると、先に来ていた花山が永尾に気づき、人懐っ

こい笑みを浮かべた。ああ、この笑顔は現役時代のままだな、と少しだけほっとする。

変わらないことも大事だ、と思う。

「宮長の取材はどうでしたか」花山が切り出した。

「何だか微妙な感じになっています」

「微妙、ねえ」花山が首を傾げる。「まあ、おいおい聞きましょう。今日は、ちょっと気楽な店を紹介しますよ」

花山の案内で、ホテルのすぐ近くにある店に足を運ぶ。「気楽」というかごく小さな店……中華街といえば、派手さを競い合うような造りと装飾の店が多いのだが、ビルの一階に入っているこの店は、まるで小さな定食屋のようだった。もちろん、壁一杯に貼られた短冊メニューは、全て中華料理なのだが。

「ここは、来たことありますか?」花山が訊ねる。

「ない……ないと思います」記憶をひっくり返してみたが、この内装に覚えはなかった。散々通った中華街なのだが、個別の店の記憶は既に薄れ、「中華街」という全体像だけが残っているような気がする。

「ここは安いけど、何を食べても美味いですよ。ビールにしましょうか」

「いや……今日は烏龍茶にします」

「体調でも悪いんですか？」花山が心配そうに言った。

「そういうわけじゃないんですが、気分の問題です」

「じゃあ、私もつき合いましょう。だいたい、中華料理を食べる時にはビールは邪魔なんですよ。すぐに腹が膨れてしまう」

花山が、お勧めの料理を一気に注文する。中華料理屋の常で料理が出て来るのは早く――しかも確かに全部が美味かった。こういう状況だと複雑な話をする気にもなれず、永尾は食事に集中することにした。締めの焼きそばを食べ終えた時でもまだ七時過ぎ。たっぷり食べたつもりでも、一時間もかかっていなかった。

「これは確かにお勧めですね」二人で五千円か六千円ぐらいだろう、と永尾は頭の中で計算した。

「でしょう？　中華街では、大きい店だけじゃなくて、こういう小さい店を狙うのも手ですよ」

「しかし、早かったですね」永尾が腕時計を見た。「一時間ちょっとしか経っていない」

「さっきのホテルに戻ってお茶でもしましょうか。何か話したいことがあるんでしょう？」

永尾は無言でうなずいた。おそらく最初に電話した時から、花山は気づいていたのだろう。

払う、払わないの争いにはならず、永尾が財布を開いた。予想通り、六千円に届かなかった。

「なるほど。人に奢ってもらうと美味さも倍増ですな」店を出た途端、花山が満足そうに胃の辺りをさすった。

「そんなものですかね」

「ある年齢——そう、四十歳ぐらいからかな？　その頃に、先輩よりも後輩と食事をする機会の方が増えるんですよね。定年で辞めるまでの二十年ぐらいは、自分で払うことが圧倒的に多かった」

「なるほど……そうかもしれませんね」そう言えば自分は、先輩後輩・同僚と食事をしたり呑みに行ったりする機会が減っている。昔は一人で食事をすることなどほとんどなかったのだが、最近は一人飯が当たり前だ。理由は分からない。何となく、人と食事をするのが面倒臭くなった、としか言いようがなかった。

ホテルの喫茶室は、なかなか本格的だった。中華街の派手な原色に慣らされた目が安心するような、ダークな内装。メニューにはアルコール類もある……美味い料理でいい具合に体が緩んでいたのだが、真面目な話をしなければならないのでコーヒーにする。

元々そんなに酒を呑まない花山はアイスコーヒー。喫茶室でも禁煙になっていたので、そこは何とか我慢する。

「どこもかしこも禁煙ですね」

つい愚痴をこぼすと、花山が声を上げて笑う。

「禁煙すれば、そもそも気にならなくなりますよ。あなた、やめるチャンスを一回失いましたね」

「そうですか？」

「どういうわけか、喫煙者は十年に一度、やめようという気になるんですね。それも三十歳、四十歳、五十歳――切りのいい十年ごとです」

「全然考えていませんでした」

「私は四十歳でやめました。あなたの次のチャンスは五十歳の時でしょうね」

「五十歳ですか……」あと十年。その時に自分が何をしているかは想像もできない。新聞記者でいるかどうかさえも。

「さてさて、何だか悩み多き青年という顔をしてますな」花山がからかうように言った。

「仕事が上手くいっていない？」

「宮長は……高校野球のブローカーのようです」

花山が、器用に右の眉だけを上げて見せた。本人には関係ないとしても、触れて欲しくないような話——しかし永尾は、思い切って話を進めることにした。

「高校野球のブローカーは、本当に存在しているんですか？」

「それは高校野球の話で、私たちの方には関係ないですね」

「中学生に目をつけて、最終的にはプロにまで押しこむような実力者もいるそうですが」

「いるかもしれませんが、パイレーツには関係ないですよ」

知っていてあくまで否定するつもりなのか……しかしここは、パイレーツとブローカーの関係を詮索する場ではない。一般論——いや、西村について調べる場だ。

「西村のことなんですが……」

「西村？」即座に認めたが、花山の顔には影が射していた。「どうしてここで西村の名前が出るんですか？」

「西村も今、高校野球のブローカーをやっている、という話なんです」

「まさか」花山が目を見開いた。「そんな形で野球に絡んでいると？」

「この情報には、あくまで一本の線しかありません。本人に話を聞いたわけでも、裏が取れたわけでもない。新聞的には、とても書けない話ですよ」

「でしょうね」

「今でも西村が野球にかかわっている——かかわろうとしているとしたら、何だか変な感じがします」

「それが竹藤にどう結びつくかが問題なんでしょう？」

「竹藤と西村は、十七年前のパイレーツのバッテリーでした。竹藤の勝ち星の何割かは西村の力ですよね？」

「あの二人はいいコンビでした。暴れる竹藤を、西村が上手く乗りこなしていた感じですね」

「だからこそ、竹藤は西村が絡んでいた野球賭博に巻きこまれた……先輩の誘いは断れませんよね」

「そういうことでしょう」花山が真剣な表情でうなずいた。

「実は、竹藤に殺された被害者も、高校野球のブローカーだったんじゃないかと……まだはっきりしませんけど」

「そんな話は初耳ですね」花山が再び目を見開く。

「警察も、被害者の周辺捜査にはそれほど力を入れなかったようなんです」

「殺人事件なのに？」花山がさらに大きく目を見開く。

「警察的に言えば簡単な事件……被害者と加害者は顔見知りではなく、一種の通り魔や事故のような事件で、しかも犯人はすぐに逮捕されましたからね。これが、顔見知り同士の事件だったら、人間関係を解き明かすために、被害者についても徹底的に調べたと思いますが」

「そんなものですか」花山がそっと息を吐いた。

「警察は、基本的に無駄なことをしないんですよ。何しろ事件・事故は多いでしょう？立件する際も、裁判で必要最低限の証拠しか集めません」

「なるほどね」

「そうしないと、キリがないわけです。警察の弁護をするわけじゃないですけど……とにかく今回の事件では、被害者の周辺捜査は通り一遍だったらしい」

「とはいえ、それが今回の事件に関係するかどうか……」

「細い糸でつながっているような感じがするんですよ」永尾は身を乗り出したが、ちょうどそのタイミングで飲み物が運ばれて来たので口をつぐんだ。店員には聞かれたくない。

花山がミルクとガムシロップを加えてアイスコーヒーを啜った。永尾はブラックのまま。そう言えば、今日はあまりコーヒーを飲んでいない。何となくしゃきっとしないのは、そのせいかもしれなかった。

「まだ推理がまとまらない状態なんですけどね。ただ、被害者は高校野球ブローカー、西村も同じことをしていたらしい……何だか気になるんです」

「二人が顔見知りだったとか？」

「どうなんでしょう。それこそ、私には分からない世界ですけど、それほど広い業界とは思えないんですよね。現場で顔を合わせることもあるでしょうし」

「ちょっと待ってもらえますか？　このままで……何だったら外で煙草を吸ってきてもいいですよ」

「何ですか？」

「電話を一本かけさせて下さい」花山が人差し指を立てて見せた。

「構いませんけど……」

「私が外へ出ますよ」花山が立ち上がり、スマートフォンを振って見せた。「あなたの前では話がしにくい」

「外しましょうか？」永尾としては外で煙草も吸いたかった。

「いや、ここでは話せません。ちょっと待ってて下さい。話が長くなるかもしれないので、ごゆっくり」

さっと頭を下げて、花山が喫茶室を出て行った。一人取り残された永尾は、密かに期待を高めた。あの様子は……何か思いついたことがあるに違いない。それを誰かに確認しに行ったのだろう。ここでいい手がかりが摑めるかもしれない。

待つだけの時間は長い。「記者の仕事の八割は人を待つことだ」とよく言われるが、そういうことにはいつまで経っても慣れるものではない。永尾はスマートフォンを取り出し、ニュースをチェックし始めた。日曜日のせいか、目を引くようなニュースはない。政財界の動きはほぼストップしているから、こんなものかもしれないが。

スマートフォンが鳴った。まったく予想もしていなかったので、びくりとする……画面には、記憶にない電話番号が浮かんでいる。誰だ？　訝りながら電話に出ると、考えてもいなかった相手の声が耳に飛びこんできた。

「永尾さんですか？」

「永尾です」

「鳥井です」

「監督……」まさか電話がかかってくるとは。鳥井は明らかに何かを知っている様子だったが、向こうから連絡してくるとは考えてもいなかった。

「昼間、あなたと話したことで……私ももう少し、話しておいた方がいいかなと思いまして」

「はい」

「会えますか？　それとも今日は、もう遅いですか？」

「そんなことはありませんが、今ちょっと東京を離れているので……かなり遅くなりますよ」

「構いません。学校の方へ来ていただけると助かるんだが」

小岩か……横浜の中華街からだとかなり遠い。少なくとも一時間以上はかかるだろう。取り敢えず秋葉原まで出て総武本線、と頭の中で路線図を思い浮かべる。現在、午後七時半。まだ花山からも話を聞きたいし……困った。

「九時半でも大丈夫ですか？」

「構いません」

「学校のどちらへ？」

「正門まで来て下さい。そちらで待っています」

「市川まで行った方がいいんじゃないですか？」

「学校の方でお願いします」

鳥井はいきなり電話を切ってしまった。ずいぶん急で乱暴……焦った。花山が帰って来る気配はないし、このままだと出遅れてしまう。しかし、花山の話もぜひ聞いておきたいし。

結局花山が席に戻ったのは、出て行ってからたっぷり十五分も経ってからだった。表情が一変している。真剣というか深刻……難しい話があるのだな、と分かった。今すぐにでも話を聞きたいが、こちらにも時間がない。永尾は正直に事情を話した。

「鳥井監督が？　壮徳高校の？」

「昼間、会っていたんです」

「そうですか……あまり時間がないですね」花山が一瞬口をつぐんだが、すぐに顔を上げて、「車で行きましょう。それなら途中で話せる」と切り出した。

「タクシーにしますか？」横浜中華街から小岩まで、どれぐらいかかるだろう……それに、タクシー代を会社に請求するのは気が引ける。

「私が車を出しますよ。どうせ家はこの近くなんだし」

「いや、それじゃ申し訳ないです」永尾は慌てて首を横に振った。

「まあ……暇なんですよ」花山がにやりと笑った。「仕事を辞めると、こんなに暇になるとは思わなかった。こんなことなら、定年後再雇用のオファーを受けておけばよかったですよ。特に今日は、女房もいませんしね。オッサンの暇潰しだと思ってもらえれば……それに、どうしてもあなたに話しておきたいことがある。このタイミングしかないでしょう」

「分かりました。でも、帰りは遅くなりますよ」

「今から行って九時過ぎに到着ですか？」花山が腕時計のはまった左腕を持ち上げた。

「そんなに遅い時刻じゃないでしょう。そこまでジイさん扱いされると困りますね」


　車中、花山の口から出た情報が永尾を凍りつかせた。

「スターズですか？」

「スターズだけじゃないと思いますよ」ハンドルを握る花山がぼそりと言った。非常に機嫌が悪い。

　花山が聞き出した話――スターズは東京に本拠地を置く名門チームだが、近年は経営母体が変わったことなどが原因で低迷が続いている。そこのスカウトに、西村が接触してきたというのだ。

「選手の売り込みですか？」

「詳しいことは教えてもらえませんでしたけどね。そういうのは、チームにとっては機密事項なんです」

「しかしスターズは断った、と」

「選手についてはともかく、西村と接触するのは、プロ野球チームにとっては何のメリットもありませんからね」

「追放された人間とはかかわるな、ということですね？」

「まさに」花山がうなずく。「しかし西村は、今でも野球に絡んでいた——ブローカーとして活動していたのは間違いないようですね」

花山はカリカリしていた。かつて自分と同じ職場で働いていた人間が、よく分からない動きをしている——あまりいい気分ではないだろう。不安になるのも当然だ。

「パイレーツには接触はないんですね」

「ないと思います。ただ、私が辞めてからのことは分かりませんけどね……もう一度、確認しておいた方がいいかもしれません」

「そうですね」

窓の外を、首都高の夜景が流れる。日曜の夜なので車も少なく、いつもと比べてどこか侘しい雰囲気だ。交通量が少ないので、このままだと約束の九時半よりもだいぶ早く小岩に着いてしまうだろう。

「それより、あなたの方も変な話じゃないですか？　鳥井監督に呼び出されるなんて」

「確かに……これは予想してませんでした」

「向こうが何か話す気になった、と思いますか？」

「分かりません。昼間は、監督をだいぶ怒らせてしまったと思います」

「こういうこと、よくあるんですか？　怒らせた相手から呼び出されるようなことは」

「ほとんどないですね。取材相手は……記者が気に食わなければ、普通、その後は無視です」

「でしょうね。記者さんにとって一番辛いのは、無視されることでしょう」

無言でうなずく。頰杖をつき、外の光景をぼんやり眺めながら、あれこれ想像を巡らせる……鳥井が何を考え、何を訴えようとしているのかは分からなかった。全てを告白する気になった？　しかしその「全て」とは何なんだ？　高校野球ブローカーの存在を永尾に打ち明けて、自分たちも利用していたことを懺悔する？

記事にできるかどうか、まだよく分からない。

花山は迷いなく車を走らせていた。横浜のチームで長年仕事をしてきた割には、東京の首都高にも慣れているようだ。少し手伝おうと思い、永尾はスマートフォンを取り出して、小岩付近の地図を確認してみた。車ではなかなかアプローチしにくい場所だ。首都高の最寄りのインターチェンジは7号線の一之江で、そこから環七を北上していくしかない。

午後八時四十五分、花山の運転する車は、一之江インターチェンジを降りて環七に入った。地図を見る限り、壮徳高校までは五キロほど。十分ぐらいで着くだろう。

永尾は、にわかに不安になってきた。

「俺を降ろしたら、すぐに帰って下さいね」

「私としても、ちょっと気になるところではあるんですが……」

「向こうは、俺が一人で来ると思っているはずです。花山さんがいたら警戒して、姿を見せないかもしれない」

「そんなにびくびくしますかねえ」花山が首を傾げる。「向こうは天下の壮徳高校の鳥井監督ですよ」

「そうなんですけど、それは野球のことに関してだけでしょう？　今回は、そういうわけじゃない……」

「用心深いですね」

「あまり経験のない取材ですから。昔は、高校野球の監督にはよく取材してましたけど、それはあくまで野球に関する取材でしたからね」

「今回は野球の話ではない……」

「ある意味、野球の話ですけどね」

「そろそろ着きますよ。どうしますか？」

スマートフォンの地図を確認すると、確かに間もなく壮徳高校に着いてしまう。

「正門のところで待ち合わせしているんです。向こうに気づかれないように、少し離れたところで降ろしてもらえますか？」

「じゃあ、まずその辺を一回りしてみましょう。まだだいぶ早いから、鳥井監督には見つからずに済みますよ」

「すみません、すっかりご迷惑をおかけしてしまって。何かの機会に必ず返します」

「いやいや、この件がどういうことだったか教えてもらえれば……辞めたとはいえ、私にも関係ある話でもありますからね」

「分かりました」記事にするより前には言えない――しかし今回は特別だ。花山にはずいぶん良くしてもらったのだから。時には記事より義理を優先しなければならない時もある。

高校というのは結構広いものだ。野球部は専用グラウンドを持っているものの、学校にもサッカー部や陸上部が共用で使うグラウンドがある。車で周囲を一周してみると、広さを強く意識した。

周囲は住宅地。日曜の夜とあって、出歩いている人はほとんどいない。そうなんだよな……日曜の夜といえば、普通は家族団欒《だんらん》の時間だ。自分にはまったく縁のない世界。これからも無縁のまま生きていくのかもしれない。

正門前を通り過ぎる時、花山が一瞬車のスピードを落とした。高校というのは、だいたいどこでも同じようなもの……しかし公立高校と違うのは、校舎が渋い緑色と茶色に塗り分けられていて、少しだけ洒落ていることだ。公立高校だと、校舎はだいたい地味なクリーム色で仕上げられている。

「ここで降りますか?」

「いや、見えないところまで出して下さい」

花山が車のスピードを上げた。そのまま敷地の角まで進んで右折し、車を路肩に寄せて停める。永尾はすぐにドアハンドルに手をかけた。

「本当に、どうもすみませんでした」

「とんでもない」

「またすぐ連絡します」

「どうぞ。何しろこっちは暇でねえ」

冗談とも本気ともつかない口調で言って、花山がにこりと笑った。ああ、自分の人生にはこういう素敵な人もかかわっていたんだと、何だかほっこりする。

ダウンジャケットの前を閉め、ゆっくりと歩き出す。そう言えば、中華料理の夕食を終えてから、煙草を一本も吸っていなかった。こんなことは珍しいというか、前代未聞かもしれない。角を曲がって花山の車が見えなくなると、すぐに煙草をくわえて火を点けた。深々と吸いこむと、意識が鮮明になる気がする。いろいろ悪口を言われている煙草にだって、こういう効果もあるんだ……。

正門の前に行くまでに、煙草を一本灰にしてしまう。立ち止まり、コンクリートの塀に背中を預けて、新しい一本に火を点ける。喉の奥がいがいがしたが、頭は冴えてきた。寒いせいもあるのだろう。自分が吐き出しているのが白い息なのか、煙草の煙なのか、分からなくなってきた。

スマートフォンを取り出して時刻を確認する。九時五分……まだまだ先は長い。それにしても、鳥井はどこに住んでいるのだろう。グラウンドと寮が市川市にあるから、近くで監視の目を光らせているのではないかと思ったのだが……それならば、面会場所にわざわざ学校を指定してきた理由が分からない。グラウンドの近くまで呼び出せばいいだけの話ではないか。あるいは、あの辺で会うと都合の悪いことがあるのか。

二本の煙草を一気に吸い尽くしたせいか、少し気持ちが悪くなってきた。しばらく控えておこう……と思った瞬間、急に背後に人の気配を感じる。腕時計を見下ろすと、まだ九時十五分で、鳥井との約束までにはまだ時間があった。振り返って確認しようとすると、いきなり背後から首を絞められた。いや、絞められたかどうかは分からないが、身動きが取れなくなった。柔道の裸絞めのような格好で動きを封じられたのか……呼吸ができないわけではないが、どうにもならなかった。暴れれば脱出できるかもしれないが、その後が怖い。

「この件からは手を引け」

耳元で低い声が響く。冗談じゃない……恐怖を感じるよりも先に、永尾は驚いていた。日本で、こんな風に直接的な暴力で記者を脅す人間がいるとは。中南米じゃないんだからと思ったが、どうしようもない。

「分かったら何とか言え」

話そうにも声が出せない。脅迫者は——間違いなく鳥井の関係者——頭が悪いのではないか、と永尾は呆れた。こんなことをしてただで済むはずがない。

次の瞬間、後ろから激しい力——何かが衝突したような力が襲いかかってくる。永尾はバランスを崩して転び、同時に背後からの縛《いまし》めも解けた。

慌てて体の向きを変えると、自分の前で尻餅をついている男の姿が目に入った。その向こうに花山——。

4

花山は「ハッ！」と気合いの入った声を発した。股割りのように腰を低く落とし、右手を前に突き出して——空手の基本的な型だ。花山は一気に間合いを詰め、前蹴りを繰り出した。それはまずい——しかし実際には寸止めで、男の顔の目前で動きを停める。男の体が震え始め、後ろに両手をついてしまった。

「いかんですね、そういうことをしたら」

花山が眉をひそめる。それから、道路に落ちていた財布を拾い上げた。男が「あ」と短く言って手を伸ばしたが、尻餅をついたままでは花山に届くはずもない。花山が財布を検《あらた》め、運転免許証を取り出した。交通違反をチェックする警察官のように免許証と男の顔を見比べ、「田丸《たまる》さんね」とぽつりと言った。

永尾もようやく反応し、男——田丸の腕を摑んで引っ張り上げる。背後に立ってみると、実際には永尾よりも背が低いと分かった。こんな男に脅かされたのかと思うと、つくづく情けなくなる。

ますよ」

「田丸秀夫《ひでお》さん、昭和六十一年五月八日生まれ……なるほど。これは預からせてもらい

花山が財布をコートのポケットに落としこんだ。

「ちょっと、それは……」

田丸が抗議すると、花山が「黙りなさい！」と一喝した。永尾は唖然として口をぽかりと開けた。花山はこんな人だったのだろうか。

「花山さん、実戦は……」

「そういう機会はなかなかないんですけどね」花山が真顔でうなずいた。「さて」

田丸に向かって間合いを詰めた。田丸が後ずさろうとしたが、すぐに永尾にぶつかってしまう。永尾は田丸の腕をきつく摑み、動きを停めた。

「まったく、嫌な予感は当たるものです」花山が首を横に振った。「永尾さんも用心が足りないですよ」

「警戒してくれていたんですか？」

「念のためにね」花山がうなずく。「怪我はないですか？」

「無事です」

「それでは」花山が田丸に冷たい視線を向けた。「どういうことなのか、説明してもら

いましょうか」

花山は、市川市——壮徳高校野球部の合宿所まで車を走らせた。後部座席に田丸と並んで座った永尾は、花山が妙に上機嫌なことに気づいていた。ラジオから低い音量でクラシック音楽が流れているのだが、それに合わせて鼻歌を歌っている。

花山の一撃で意図を挫かれた田丸は、事情をペラペラと喋った。自分が何者なのか、どうしてこんなことをしたのか——まずいやり方だ、と永尾は唖然とした。こんな風に暴力的な脅しをかけられて、黙って引き下がる新聞記者はいない。書かせない——取材させないためなら、他にいくらでも方法はあるのに。上に働きかけ、現場の記者にじわじわと圧力をかけるのが一番効果的だが、そういうことはある程度の権力を持った人間でないとできない。いかに高校野球の名門チームの監督といっても、その影響力はごく狭い範囲にしか及ばないのだ。そもそも、東日社内にこんなことを相談できる人間もいないだろう。

まったく馬鹿馬鹿しい……しかし怒りが消えた後には、これは最大のチャンスだという期待感が押し寄せてきた。これで一気に、事態が動く可能性がある。しかし、鳥井との対決に花山を巻きこんでしまうのは気が進まなかった。申し訳ないという気持ちもあるし、取材の現場を——これが取材かどうかは分からないが——第三者に見せたくないという気持ちも強い。

しかし、しょうがない。花山には、命を助けてもらったようなものだから。

もちろん、田丸が本当に永尾を殺そうとしていたとは思えない。暴力的な脅しで何とかなると思っていたなら、あまりにも想像力が足りない。

指示した鳥井も同じだ。

田丸が、野球部寮の裏にある鳥井の自宅を教えてくれた。寮はアパートをそのまま借り上げたもので、午後十時近いこの時間でもまだ窓は明るい。それだけならまだしも、アパートの前の駐車場で、Tシャツ姿で素振りをしている選手が三人……寒さを吹き飛ばすような熱気が感じられた。もう少し寒かったら、三人の姿は汗の霧で覆われているだろう。

鳥井の自宅は、ごく普通の一軒家だった。玄関は暗く、誰かが起きている気配は感じられない。朝も早いはずだから、もう寝ているのだろうか……構うものか。叩き起こして、事情をはっきり聞いてやる。

車を降りると、運転席の窓ガラスがすっと下がった。

「花山さんは、ここで待機していてもらえますか」永尾は頼んだ。

「その方がいいでしょうね。私がいると、説明が面倒になりそうだ」

「すみません」永尾は頭を下げた。「後で説明しますよ」

「一応、気をつけて下さいよ」そう言って、花山が後部座席に目をやった。「痛い目に遭っても学習しない人もいますから」

　永尾は後部座席のドアを開け、田丸の腕を摑んだ。そのまま、玄関へ連れて行く。念のためにと、耳元で脅しの言葉を囁く。

「大人しくしてれば解放するけど、少しでも暴れたりしたら、警察に突き出す。警察が出てきたら、鳥井監督にも迷惑がかかるからな」

　田丸が無言でうなずく。情けない男だ……本人の供述によると、この男も壮徳高校野球部のOBだという。地元で働きながら、今でも野球部の練習を手伝っている——鳥井に心酔しているのだ。鳥井にすれば、使い勝手のいい雑用係、という感じなのかもしれない。傲慢な男、という永尾の中の印象がさらに悪化した。自分の立場を守るためなら、違法行為も厭《いと》わない人間——これでは暴力団と同じだ。

　田丸の背中を押して、玄関に立たせる。永尾は一歩下がって、彼の逃げ場を塞《ふさ》いだ。田丸が情けない表情で振り返ったので、うなずきかけて打ち合わせ通りに進めるようにと無言で指示した。

田丸がインタフォンのボタンを押す。すぐに「はい」と低い声で返事があり、直後に玄関の灯りが点いた。

「田丸です」緊張のせいか、田丸の声は震えていた。

「ご苦労様。ちょっと待て」

すぐに玄関のドアが開き、上下ジャージ姿の鳥井が姿を現した。そのタイミングで、永尾は田丸の肩に手をかけ、ぐっと力を入れて後ろに下がらせる。鳥井が呆然と口を開け、永尾の顔を見た。

「どうも」鳥井が何も言わないので、永尾は軽い調子で挨拶した。それから田丸に「帰っていいよ」と声をかけた。

田丸は一瞬、鳥井と視線を交わし合ったが、目を伏せるとすぐにダッシュで逃げ去ってしまう。

「あんたは……」鳥井が絞り出すような声で言った。

「監督、これはまずいですね。何を心配しているかは分かりませんけど、暴力に訴えるのは絶対に駄目でしょう」

「何の話ですか」鳥井がとぼけたが、顔は紅潮し、唇は震えていた。

「教え子を使って人を脅そうとした——立派に恐喝として成立します」

「そんな話は知らない」

「これがばれたら、大変なことになるでしょうね」俺がやっていることの方がよほど脅しだ、と思いながら永尾は続けた。「監督は逮捕されるかもしれません。そうなったら、チームはどうなりますかね。指導者の不祥事の場合、どの程度の出場停止処分になるか……最近の高野連は、不祥事に対しては厳しいですよ」

「冗談じゃない」一転して、鳥井が強気に反論した。「あんた、何を言ってるんだ?」

「言い訳しても構いませんが、私が襲われている現場を見た人がいるんです。その人は、いざとなったら証言してくれます。それに学校の正門前ですから、一部始終が防犯カメラに映っているかもしれない。私立高校は、そういうセキュリティもしっかりしている印象がありますが、どうでしょうね。明日、早速学校へ行って確かめてみてもいいですよ」

「君は……私を脅すのか」

「脅されたのはこっちです。でも、それは拒否しましたから。つまり、あなたの脅しは失敗したんです」

「だったらどうするつもりだ?」

「警察へ駆けこむか、学校へ怒鳴りこむか……いずれにせよ、記事にはします。私は新聞記者ですから、警察に泣きついてそれで終わりにはしませんよ。名門チームの監督が人を使って、東日記者を脅した——どうでしょうね。社会面で三段抜きぐらいの見出しにはなるんじゃないですか」

鳥井の顔が蒼褪《あおざ》めた。ようやく、逃げ場がないことを実感した様子である。握り締めた拳は震え、永尾を睨む目に力はない。

「何を……本当に警察に行くつもりなのか?」

「当たり前じゃないですか。暴力で口封じをした——これは、報道の自由への重大な挑戦ですよ。力で言論を封殺するようなことをしたら、世の中はおかしくなってしまいます。そんなことが通用すると思っているなら、あなたはあまりにも世間知らずだ。高校野球の指導ばかりで、世の中のことを学ばないままその歳になってしまったんですか?」

暗い喜びが心に忍び寄る。一方的に相手をやりこめる快感は、何とも言えないものだった。しかし永尾の目的は、鳥井を凹《へこ》ませることではない。気を取り直し、できるだけの真顔を作った。

「私は何も、事を大きくしたいわけじゃないんですよ。警察が絡んで来た時の面倒臭さはよく知っています。普通の生活もできなくなりますからね……そうしないで済ませる手もあります」

鳥井が無言で永尾を見た。その目にあるのは——プライドを捨ててすがるような気持ちだ。鳥井のような人間は、誰かにすがったようなことはないはずだが……命令を下すことに慣れている立場だろう。

「今回の件は、私が高校野球ブローカーについて調べていることに端を発していますよね。しかしあなたは、そもそもブローカーの存在——ブローカーが壮徳高校に絡んでいるとは認めなかった。私も、そこまでの情報は摑んでいません。それでもこの取材をやめさせたかったのは、別の理由があるからじゃないですか？　接触して欲しくない人間の名前を私が挙げたから……西村、田野倉……特に西村」

「何が言いたい？」

「言いたいことはありません。教えてもらいたいだけです」永尾は鳥井の顔を真っ直ぐ見た。「西村という人について、何を知っているんですか？　田野倉さんについてはどうですか？」

鳥井の喉仏がゆっくりと上下する。ほどなく彼の口から出てきた言葉は、永尾を打ちのめした。これが本当なら、竹藤の事件はまったく違う様相を見せることになる。間に合うのか——少しでも彼の罪を軽くすることはできるかもしれないが、判決は今度の木曜日だ。時間がない。

花山は、永尾が戻って来るまで待っていて、顔を見ると、露骨にほっとした表情を浮かべた。

「無事でしたか」

「肉体的には」

「どういう意味ですか？」

「精神的にはダメージを受けました」

助手席に座り、頭の中を整理しながら話し出す。鳥井も全てを知っているわけではなく、彼から聞いたのはあくまで間接的な情報なのだが、事実関係から大きく外れているとは思えない。特に田野倉と鳥井の関係については——高校の先輩後輩の絆は、今も野球を通じてつながっていた。田野倉が発掘した選手が壮徳高校には何人もいて、鳥井も田野倉とのパイプを重視していた。この事実だけなら、批判するのは難しいだろう。二人の間に金の流れがあったことが証明できれば、「高校野球ブローカーの闇」として記事にできるかもしれないが、仮にそうだとしても、金の受け渡しは証拠が残らない形で行われていたはずだ。

だがそこに、別の要素が入りこんだ。

それが不幸の始まりだった。

「西村に会わなければなりません」

「どうやって？」

「考えます。ただ、どうしても会わないと……竹藤の事件は、まったく違う話なのかもしれません」

第六章　その男

1

花山にこれ以上迷惑をかけるわけにはいかない。しかし花山自身は、「ここで降りるつもりはない」と強硬に言い張った。

「まずいことになる可能性が高いですよ」永尾は指摘した。

「既にまずいことになっているじゃないですか」花山が真剣な口調で言った。

日付が変わる直前、二人は花山の車に乗っていた。外は静か……じっくり考えるのにいい環境だったが、いくら考えても答えは出てこない。そこへ、花山がいきなり、「自分に任せろ」と言い出した。

「あなたが接触しようとしても無理でしょう。でも私ならできる」

「確かに、球団OB同士ということになりますよね……でも、花山さんが出て来ても、西村が素直に話をするかどうかは分かりませんよ」

「そこは賭けですね」うなずき、花山がハンドルを軽く両手で叩いた。「私は西村に対しては、マイナスの感情しかない。あの賭博事件を先導したのは、チームの中では西村でしたからね」

「だったら、話したくないでしょう？　十七年経っていても、人の気持ちは時効にはならないはずです」

「ただねえ……何だか、私にも責任があるような気がしているんです」

「そんなこと、ないでしょう。花山さんたちも被害者みたいなものじゃないですか」

「いや、チームの連帯責任ということもあるでしょう。当時も、そういう批判はずいぶんあったんですよ」

「分かりますけど、やったのはごく一部の人間だけです。いずれにせよ西村は、花山さんに対してもプラスの感情は持っていないんじゃないですか？　退団してから、まったく会っていないんでしょう？」

「そうですね……一度も」花山が渋い表情を浮かべる。

「だったら、西村が花山さんのことをどう考えているかも分かりませんよね？　電話してもらって、それで拒絶されたらアウトですよ。もう手がありません」

「いや」花山がスマートフォンを取り出した。「それはもちろん、私も考えました。西村は、私が名乗った途端に電話を叩き切るかもしれない」

「そうですよ。無理はしない方が……」

「しかし、何もしないと状況は変わらない。時間もないんでしょう？　木曜日に竹藤の判決がある」

「ええ」

「だったら、より安全な方法でやってみるしかない。西村を罠にかけることになるかもしれませんが、しょうがないでしょう。人生、やるべき時にはやるしかないんです」

こんなに大胆な男だっただろうか、と永尾は驚いた。あくまで穏便、慎重にも慎重を期すタイプだと思っていたのだが。花山がスマートフォンを操作し、すぐに電話をかけ始めた。気さくな口調……しかし、内容は重い。向こうも簡単には納得しない様子で、電話は十分ほども続いた。ようやく話し終えた時に、花山は盛大に溜息を漏らした。

「第一関門突破、ですね」

「今のは誰ですか？」

「トレーナーの大口《おおぐち》です」

記憶を引っ掻き回したが、覚えていない。

「パイレーツのゴッドハンドと呼ばれた男ですよ。記者さんたちの間でも有名でしょう」

「まだ現役なんですか？」

「間もなく六十歳です。チームを辞めたら、自分の治療院を始めるそうですけど、正直、その方がはるかに儲かるでしょうね。大口の腕は、他のチームの選手もよく知っているし、何か月も先まで予約が取れない治療院になるんじゃないかな」

「その人が……」

「パイレーツ一筋三十五年の人でね。この三十五年間に在籍していた、あらゆる選手のメインテナンスを請け負っていた。もちろん、西村も竹藤も世話になっていたわけです」

「西村との関係は……」

「西村は、選手としての実績はそれほどではなかったんですが、人望は厚くてね。それはあなたもよく知っているでしょう？」

「ええ」

「大口の実家が、二十年ほど前に金銭トラブルに遭ったんですよ。詳しいことは私も知らないんですが、その時に西村が密かに援助していたそうです」

「そんなこと、あるんですか？」永尾は目を見開いた。選手が球団スタッフの金銭トラブルに手を貸すなんて、ちょっと想像もできない。

「実際にあったんですよ。だからあの二人は、かなり強い関係で結ばれていた。賭博事件で西村が逮捕された時も、大口は最後まで西村を信じると意地を張ってましたからね」

「その大口さんが、西村と我々をつないでくれるんですか？」

「上手くいくかどうかは分かりません」花山が首を横に振った。「正直、自信はないですね。大口も、西村には長いこと会っていないですし、連絡先も知らなかった。それに、必ずしも乗り気ではなかったですね。騙すことになるわけですから」

「騙す？」

「まあ……上手くいけば、ですけど」花山の口調は歯切れが悪かった。

「今日は解散しましょう」永尾は掠れた声で言った。さすがにげっそり疲れている。

「花山さんにも、長い時間おつき合いいただいて、申し訳ありませんでした」

永尾がドアに手をかけると、花山が腕を伸ばして永尾の肩を摑んだ。

「もうちょっと待ちましょう。今夜中にも――今すぐにも、結果が分かるかもしれない。私も、どうなるか知りたいんですよ」

「それじゃ申し訳ないです」永尾は抵抗した。「遅くなりますし……俺はタクシーでも帰れますから」

「送りますよ。とにかくもう少し待って――」

その時、花山のスマートフォンが鳴った。永尾は、一瞬心臓が高鳴るのを感じた。花山が肩を上下させ、スマートフォンに出た。

「はい――ああ、ありがとう。え？　会える？」

花山が驚いた表情を浮かべ、永尾の顔を見た。永尾は声を上げたくなるのを何とか我慢した。

「明日……昼ね？　ああ、午後一時。場所は……スタジアム？」

花山がまた永尾を見た。永尾は思わず、口を開けてしまった。まさか、パイレーツの本拠地で会うとは……西村は何を考えているのだろう。いや彼にすれば、横浜市内で「会いやすい場所」となるとそこになるのかもしれない。どちらが言い出したのかは分からないが、西村にはまだ情報が伝わっていないようだとほっとする。

「なるほど、飯を食う約束で……分かった。申し訳ないね。あんたとは、一時間前に会いましょうか。その時にもう少し詳しく事情を説明するから。そう、だったら十二時ちょうどにスタジアムだ。ああ、改めてちゃんと飯は奢りますよ」

電話を切り、花山が大きく頬を膨らませた。緊張を解《ほぐ》すように、ゆっくりと息を吐く。

改めて、明日の予定を説明した。うなずきながら話を聞き、永尾は自分も十二時にスタジアムに行くことにした。大口にどう思われるかは分からないが、状況は自分で説明しておかねばならない。

「明日は、私一人で西村と会います」

「大口がいなくなったら、逃げ出すかもしれないよ」

「逃がしません。今なら、走って競争になっても負けないと思いますよ」

「そこは任せますが……」

「迷惑をかけついでに、もう一つ、お願いしていいですか?」永尾は人差し指を立てた。

「何ですか?」

「明日、もしも私に何かあったら、連絡して欲しい人がいるんです」

「東日の人ですか? 構いませんけど、そもそもあなた、ずっと一人で動いていて大丈夫なんですか?」花山が心配そうに言った。「記者さんも、大きな事件になるとチームで動くものでしょう」

「そういうこともありますが、まだ一人で大丈夫ですよ……連絡を取って欲しいのは、警察官なんです」

「警察官」花山の喉仏が上下した。パイレーツ広報として海千山千の経験を積んできた花山にしても、警察は苦手なのだろう。そもそも、例の賭博事件がきっかけで、一般人より苦手意識を持っていてもおかしくない。

「私と同じように、竹藤の事件に疑問を抱いている人です。本当はその人を連れて西村に会うべきかもしれないんですけど、いきなり警察官がいたら、西村は絶対に逃げるでしょう」

「何かあったら、というのは、どういう状況を想定しているんですか？」

「分かりません」永尾は首を横に振った。「西村と会っている時に、警察のヘルプが必要だと思ったら、サインを送りますよ。ブロックサインにしますか？　何かキーを決めておいて……」

「そんな余裕はないでしょう」花山がぴしりと言った。「話をややこしくしないで下さい」

「失礼しました」それを言えば、そもそも金崎に連絡しても何にもならないのだが。パイレーツの本拠地は横浜、そして金崎は警視庁の刑事である。横浜で何かトラブルがあっても管轄外だし、駆けつけてくるだけでも時間がかかるだろう。本来なら、スタジアムの所轄――確か横浜中署だ――に連絡を取ってもらうべきなのだが。

まあ、いい。その辺は後で考えよう。まずは西村と会うことだ。会ってから全てが動き出す。

2

ベイサイド・スタジアムに来るのは、実に久しぶりだった。横浜支局を離れてからは、初めてではないだろうか……記憶にあるより綺麗だった。昔はコンクリートむき出し、味も素っ気もない球場だったのだが、今はチームカラーの白と青があちこちにあしらわれ、爽やかなイメージになっている。冷たい海風が吹き抜け、永尾は思わず首をすくめた。この海風は、選手には不評だったな……気まぐれな風は、外野手泣かせだった。

球場前は小さな広場になっており、シーズン中はここによくファンが集まる。しかし今は人気《ひとけ》もなく、静かだった。西村は午後一時——一時間後にここに来る。

「ここは久しぶりですか？」いつの間にか花山が横に立っていた。

「十年……十二年ぶりですかね。ずいぶん綺麗になりました」

「そろそろ建て替えの時期なんですが、先送り先送りで……外の化粧だけ、二年前にやり直したんです」

「昔は灰色の世界でしたよね」

「せめて、色ぐらいつけないとね」花山がうなずく。「ああ、大口を紹介しますよ」

振り向くと、チームのロゴが入った青いベンチコートを着た男が立っている。コートの前は開けて、Tシャツの下に見事に発達した大胸筋を見せつけていた。六十歳近い割には若い……不機嫌そうな表情を隠そうともせず、永尾に向かって軽くうなずきかけるだけだった。これは扱いに注意しないと、と永尾は気を引き締めた。縁は切れているかもしれないが、大口は西村を騙したと後悔している可能性もある。

「お手数おかけしてすみません」永尾は思い切り頭を下げた。

「いや。花山さんから頼まれたから仕方ないんだけど……」大口の口調は渋かった。

「どういうことなんですか？」

「まだ全部分かったわけではないので、今は言えません。一つだけ……現在のパイレーツには関係ないですから」あくまで「たぶん」だが。

「そう」大口が大きな目をさらに大きく見開いて言った。そして突然、「あんた、肩凝りがひどくないですか？」と言った。

「ええ、まあ……」ひどいというか、職業柄しょうがないと諦めている。「何で分かるんですか？」

「体の左右のバランスが崩れている。機会があったら施術してあげよう。肩凝りぐらい一発で治るから」

「それは私も保証しますよ」花山が言った。「ただし、施術を受けてる最中は拷問に近いけど」

そんなことで意趣返しされても……永尾は苦笑するしかなかった。スポーツ選手のマッサージと肩凝りのマッサージでは、やり方が全然違うのではないだろうか。

永尾は花山に促され、球場に入った。花山は既に球団ＯＢではあるが、ＩＤカードを示してすんなり中に入る。永尾は大口から、ビジター用のＩＤカードを受け取った。シーズンオフの球場に入ったことはあるが、こんなに寂しいものかと改めて驚く。グラウンドには当然人っ子一人おらず、通路を歩く人もほとんどいない。

花山は、永尾を食堂に誘った。シーズン中なら選手が食事を摂る場所なのだが、今は半分だけ営業中だった。広い食堂内の椅子は半分ほど片づけられ、残り半分もガラガラ……当たり前か。この辺は、昼食を摂る場所には困らない。五分も歩けば、和洋中からファストフード、何でも食べられる。カウンターの中の厨房では、スタッフが手持ち無沙汰にしていた。

「軽く食べながら話をしましょう。奢りますよ」

「いや、そういうつもりは――」

「昨日のお返しです。昨日の額には及びませんけどね」

「何だ、花山さん、奢って貰ったんですか？」大口が呆れたように言った。

「なかなか美味い中華でしたよ。いろいろあって今日は寝不足ですけどね」

三人ともうどんを頼んだ。これがいかにも選手向けというか、器が巨大で、麺の量も街場の店で頼むうどんの一・五倍ぐらいありそうだった。関西風の薄味で、全部食べるのは難しくなさそうだったが。

永尾は簡単に事情を説明し、どうしても西村に会わなければならない、と言った。大口はずっと、渋い表情で聞いている。

「本当に来ますかね」

「たぶんな」

「何と言って誘いをかけたんですか？」

「久しぶりに飯でも食おう、と」

「今までも会っていたんですか？」

大口が一瞬口ごもる。ちらりと花山の顔を見ると、目を伏せた。

「ここだけの話にしましょう」花山が先を促す。

大口がうつむいたまま話し出す。言い訳するような口調だった。

「何回か……そんなに頻繁なわけじゃないですよ」

「連絡は向こうからですか？」永尾は訊ねた。

「最初は俺の方から……単純に心配したからですよ。別に、賭博事件がどうのこうのってわけじゃない」

「分かってます」永尾はうなずいた。「あれは昔の話です。あなたは、西村とは特別な関係にあったそうですね。友人、と言ってもいいんじゃないですか？」

「ああ」

「友人の心配をするのは当然です」永尾は言い切った。罪を償えば、その後は……綺麗事かもしれないが、いつまでも過去にこだわるのは正しいことではない。「何年ぶりですか？」

「三年、かな」

「西村さんが何をしていたかはご存じですね？」

「……ブローカーだ」

「仕事は上手く回っていたんですか？」

「そう聞いてる」

「生活できるほどに？」

「一人だけだから……何とでもなるだろう」

「必要経費だけでも大変だと思いますが」

　ブローカーの実態は未だに分からないが、有望選手を求めて東西南北、どこへでも飛んでいくような生活は、経費がかかって仕方がないだろう。東京なら東京で固定していればともかく……しかし、大都市部にはライバルも多そうだ。

「その辺の事情は俺には分からん。ただ、金に困っている様子ではなかった」

「そうですか」

　大口からは、これ以上の情報は引き出せないだろう。それに現段階では、ブローカーの話は本筋ではない。西村があの事件で何をしたかを知るのが先決だ。想像はついている――しかし、根拠が十分とは言えない。直接ぶつけて、西村がどんな反応を示すか読めなかった。そもそも西村がどんな人間なのかも分からない。そのヒントを大口からももらいたいと思った。

「西村さんは――現在の西村さんはどんな感じなんですか？」

「元気はないね」

「交友関係は？」

「それは知らない」

「普通に話ができますか？」

「何とも言えない。俺と会っても、話が弾むわけじゃないし」

「そうですか……」永尾は腕時計を見た。十二時半。あと三十分で、西村はスタジアムに姿を現すはずだ。「では、本番の打ち合わせをします。一時十分前から、スタジアム前広場で待っていて下さい。私は西村さんから見えない場所で待機しています。西村さんが現れたら、普通に話して下さい。私は適当なタイミングで姿を現して、話を引き継ぎます」

「騙すみたいだな……」

「そうです。騙しです。でも、こうしないと西村さんは表に出て来ないでしょう。どうしても彼と会いたいんです」

「いったい、あいつが何をしたって言うんですか？」

大口が、助けを求めるように花山を見た。花山は昨夜、事情を知った。永尾が何を狙っているかも当然分かっているはずで、花山も今回の「騙し」の仕かけ人の一人である。

「それは、現段階では何も言えません」

「一方的だな」大口は舌打ちした。

「すみません」永尾は頭を下げた。「推測で言いたくないんです。それほど重要な事案だと考えていただければ」

「事案ね」大口が呆れたように手を広げた。「何だか警察沙汰みたいだな」

そうなる可能性はある——高い。そしてその先にあるのは、一人の人間の自由だ。

打ち合わせと言っても、これ以上細かくはできない。後は実際に西村が現れてから、アドリブでやるしかないのだ。花山がその場を和《なご》ませようと、最近の現役選手の話を始めた。プロ野球の話題をまったく追っていない永尾にはさっぱりだったが、大口の怒りや懸念はひとまず引いた。

二人の話を聞き流しながら、壁の時計と睨めっこする。十二時四十五分……そろそろ出ないと。何となくだが、西村は早く到着しそうな気がする。

「行きませんか？」永尾は声をかけた。大口が花山と顔を見合わせ、嫌そうに立ち上がる。おだてるぐらいはいくらでもできるが、永尾は何も言わなかった。あまりしつこくすると、大口はますます永尾に不信感を抱くだろう。

外へ出ると、風がいっそう強くなっており、永尾は思わず首をすくめた。今年の冬は、久しぶりに暖冬と呼べそうにない。

大口が、恨めしそうな目つきで永尾を見てから歩き出した。スタジアム前広場には、コンクリート製のベンチがいくつか置いてある。その一つに浅く腰をおろし、心配そうに周囲を見回した。永尾は建物の陰に入り、顔だけ突き出して大口を見守ることにした。あのベンチコート一枚で寒くないのだろうか。何しろ下はTシャツ一枚……と寒さのことが心配になる。

「来ますかね」顔を見もしないで花山に訊ねる。

「来ると思いますよ」

「根拠は？」

「今さらこんなことを言っても説得力がないかもしれませんが、西村は義理堅い男です。特に裏方の人に対しては……自分も一軍と二軍を行ったり来たりで、苦しい生活を送ってきましたから、陽の当たらない裏方の人間の苦労はよく分かってるんですよ」

大口もその一人ということか。その彼をこんなところへ引っ張り出してしまったことを申し訳なく思う。彼には真相を知って欲しくないが——おそらく最悪の結末になる——何も言わない訳にもいかないだろう。

「彼には、私の方から話しておきますよ」

永尾の心を読んだかのように花山が言った。

「いや、それでは申し訳ありません」

「彼も仲間なのでね……広い意味で言えば、西村もそうです。我々は、責任を放棄していたのかもしれない」

「どういうことですか？」永尾は目を細めた。

「十七年前の事件では、我々は西村や竹藤を放り出した。放り出さざるを得なかった——世間の目もありましたしね」

「当然の措置だったと思いますよ」

「それでよかったのかねえ」花山が首を捻る。「もっと上手いやり方があったんじゃないかなと、今でも思います。表立ってはともかく、裏からフォローするとかですね……二人とも、チームにとっては功労者なんだから」

「そうかもしれませんが、今さら何を言っても手遅れです」

言ってしまってから、あまりにも残酷な台詞だったと永尾は反省した。見ると花山は、薄い唇を嚙み締めている。

永尾自身は、賭博に関係した人間を放逐した球団とプロ野球機構の判断は、正しかったと思う。野球選手は人の模範であるべき……と固いことを言うつもりはないが、間違ったことをしたら、社会的にも制裁を受けるのは当然だろう。普通のサラリーマンでも、逮捕されるようなことになったら、会社側は何か処分を下す。

「来た」花山がつぶやいた。

慌てて顔を上げると、大口が立ち上がったところだった。道路の方から、一人の男がゆっくりと歩いて来る。西村だ、とすぐに分かった。面と向かって取材したことは一度もないが、写真は何回も見ているし、賭博事件の裁判ではすぐ近くで顔も拝んだ。あれから十七年、今年五十歳になるはずだが、実際にはもう少し若く見えた。少なくとも体は萎んでいないし、よく日焼けした顔は精悍だった。十七年前、グラウンドで見た時には「老けた選手だな」と思ったものだが、ある意味、あの頃から年齢を重ねていない感じである。

意外だった。十七年前に打ちのめされ、その後もいばらの道を歩んできたはずなのに、そういう苦労の跡があまり見えない。もしかしたら、今でも好きなこと——野球にかかわっているからかもしれない。しかし、大口と話している姿を見ているうちに、それは第一印象だけかもしれないと思った。表情に影がある。何かを隠しているような、あるいは球団の先輩に嘘をついているのを苦しんでいるような……。

大口の姿は背中しか見えていないが、彼も緊張で硬くなっているのが分かった。西村の肩を二度、三度叩いたが、その動作もどことなくぎこちない。

「行きます」永尾は花山に声をかけた。

「サインは……」

「右手を上げます」

「単純過ぎて忘れそうだな」

「サイン見逃しは罰金ですよ」

まだ軽口が出る余裕があるのか、と自分でも驚いた。永尾は花山の元を離れ、スタジアムの中を早足で移動し始めた。今自分がいるのは外廊下とも言える部分——巨大な柱がスタジアムをぐるりと取り巻いており、永尾はその柱に姿を隠しながら、西村たちから離れた。大回りして、背後から近づくつもりである。急がなければ……積もる話があるとは言え、今日二人が会う名目は「昼食」である。いつまでもスタジアムの前で立ち話をしている訳にもいくまい。

十分離れたと判断して、一度道路まで出る。そこから西村の背後まで移動し、少し歩調を速めて近づいた。西村も緊張している——肩が盛り上がり、大口の言葉にうなずく動きもぎくしゃくしている。大口が永尾に気づき、目を見開いた。西村もその変化に気づいたのか、ゆっくりと後ろを振り返る。永尾の姿を捉えた瞬間、ぎょっとしたように一歩下がった。向こうは俺を知っている？　そうかもしれない。竹藤の取材で何度もグラウンドを訪れたし、記憶に残っていないだけで西村と立ち話ぐらいはした可能性もある。それにしても、十七年前に少し会っただけの人間を覚えているとしたら、西村の記憶力も脅威的である。もしかしたら、「あの特ダネを書いた記者」として、自分は特別な存在になっているのかもしれないが。

しかし、目に恨みの色はない。

見えるのは絶望だ。

永尾は西村まで二メートルの距離まで近づいた。西村は振り返った姿勢で固まったまま。大口がすっと離れたのに気づいた永尾は、慌てて「大口さん」と声をかけたものの、言葉が続かない。

「西村さんですね?」

返事はなかった。唇は震え、両手を拳に握りしめている。永尾はさらに一歩詰めた。それだけ近い距離になると、先ほどは気づかなかった「老け」の兆候がはっきりと読み取れる。髪にはだいぶ白いものが混じっているし、頬の肉もたるんでいる。十七年間の苦労がそのまま滲み出ているようだった。

「東日新聞の永尾です」さっと頭を下げたが、その間も視線は切らないように気をつける。

「大口さん……」西村が助けを求めるように大口を見た。大口は一言、「すまん」と口にして頭を下げ、二歩下がった。しかしそれ以上は離れようとしない。まるで、西村の退路を塞ごうとしているようだった。

西村が二度、肩を上下させる。その後、彼はさらに年老いてしまったように見えた。一気に十歳ほども歳を取り、老齢に足を踏み入れてしまったような……永尾はなおも西村に近づいた。もう、彼の息遣いが聞こえるほどになっている。

「お話を伺いたいことがあります」

西村がまた振り向き、「大口さん……」と繰り返した。

「騙したんですか？」

大口が苦しげな表情を浮かべる。反論はできたはずだが、一言も発しようとしない。何を言っても言い訳に過ぎない、自分は裏切り者だ、とでも思っているのだろう。彼の苦悩を考えると、申し訳ない気持ちで胸が破裂しそうになった。しかしそこで、いつの間にか近づいて来ていた花山が助け舟を出してくれた。緊張した声で呼びかける。

「西村君」

「花山さん……」西村の体から力が抜ける。「花山さんもグルなんですか？」

「その人の質問に答えなさい。答えないで、逃げるつもりですか？」

西村がびくりと体を震わせる。一瞬強い風が吹き抜け、西村のコートの裾をはためかせた。

「とにかく、話しなさい。私たちは近くで見ている」

花山が永尾に向かってうなずきかけ、数歩下がった。ついで大口に目配せする。大口はぎこちない動きで花山に追従した。二人は西村から三メートルほど離れる。

「座りませんか？」

永尾は、先ほどまで大口が座っていたベンチを指差した。言われるままに、西村が腰を下ろす。永尾も彼の隣に座った。距離は一メートルほど開ける。緊張させないためだが、そのために永尾の尻はベンチから落ちそうになった。

「ずいぶん捜しましたよ」

「どうして？」

「聞きたいことがあったからです……あなたは今、高校野球のブローカーをやっていますね」

「そういう言葉は……好きじゃない」

「言葉は何でもいいです。有力な中学生をスカウトして、強豪校に送りこむ——そういう仕事で報酬を得ているんですね？」

「不正行為じゃない」言い訳したが、西村の言葉に力はなかった。

「今、それを討論するつもりはありません。是非について話し合うと、長い時間がかかりますから……でも、あなたがブローカーをやっていることと関連した話です」

「それは——話すことはない」

「あります」永尾は強い言葉を叩きつけた。「壮徳高校の鳥井監督はご存じですね？　ご存じというか、昔馴染みだ。それは鳥井監督も認めています」

「鳥井さんと会ったのか？」

「ええ」肯定して、永尾は最初の壁を乗り越えた、と一安心した。昨夜事情を聞いた後、永尾は鳥井に対して「西村に接触しないように」と釘を刺していた。状況を話して、逃げるように忠告したら、西村は当然従うだろう。そうなったらもう、追跡は不可能になっていたはずだ。結局鳥井は、口をつぐんでいてくれたことになる。

「正確に言えば、顔見知りではありました。十年以上前ですけど、高校野球の取材で何回も会っています。鳥井さんもずいぶん丸くなりましたね。昔は、迂闊に声もかけられないぐらい、怖い感じでしたけど」

「鳥井監督は今でも厳しいよ」

「そうですか？　私には、昔とは比べ物にならないぐらい穏やかになったように思えましたけどね」

会話は転がり出した、と永尾はほっとした。これなら何とか上手く、真相を引き出すことができるのではないだろうか。

「十七年前の賭博事件……あの時、私はこの街で取材していました」

「ああ……やっぱりね」西村がぽつりと言った。「どこかで見た顔だと思っていた」

「シーズン中にも、このスタジアムに何度も取材に来ました。竹藤を取材するためですけど、あのシーズン、あなたはずっと竹藤と組んでいましたから、顔はよく見ていましたよ」

「そうか……」

ここで一気に攻める手もある。しかし決定的な話を出すのは、もう少し先送りにすることにした。取り敢えず西村の過去をほじくり出し、できれば少しだけ心を柔らかく解《と》かしたい。会って二分でいきなり本題を持ち出したら、頑なになってしまうかもしれない。

「あの事件で有罪判決を受けてから、あなたは表舞台から姿を消しました。山梨の建設会社で長く仕事をしていた……社長さんは、なかなかいい人ですね」

「そんなことを調べていたのか？」

「そういう必要がありまして……そこで、あなたは今でも野球にかかわっている、と聞いたんです。最初は何のことか分かりませんでした。少年野球のコーチをしているとか、草野球のチームに加わっているとか、そういうことかとも思ったんですが、実際はプローカーだったんですね」

「あの事件……あんなことがなければ、俺はパイレーツでコーチをやっているはずだった。今も」

　西村の微妙な物言いに、永尾は少しだけかちんときた。「あんなことがなければ」。まるで自分の意思とは関係なく、巻きこまれてしまったような言い分ではないか。しかしここで議論を始めては、話が先に進まない。永尾は一度言葉を切り、横を見て西村の顔を観察した。変化がない……というか、いかなる感情も読めなかった。内心で何を考えているかは分からないが、少なくとも表面上は穏やかな表情である。

　風は止んでいた。午後の陽射しは、冬らしからぬ暖かさをスタジアム前広場にもたらしている。このまま風が吹かなければ、居眠りしてしまいそうな陽気になっている。しかし永尾はまったく眠気を感じなかった。高揚感が全身を覆い、昨夜あまり寝ていないハンディが一切なかった。こういう感覚を味わうのは久しぶり……まさに十七年前の気分が蘇ってくる。こういう感じを、長い間忘れていたわけだ、と情けなくなった。この十七年間、自分はいったい何をしていたのだろう。

「コーチ、ですか」永尾は少し脱線することにした。今のところ、西村は淀みなく話している。もう少しリラックスさせて、今以上にスムーズに話させたかった。新聞記者の仕事は、とにかく人から情報を聞き出すことだ。相手にいかに気分よく話させるか――要求される能力はそれだけと言っていい。

「俺はずっと一軍半……二軍暮らしの方が長かった。知ってるか？」

「ええ」

「十年もそういう生活が続くと腐ってくる――普通はね」

「分かります」自分も同じようなものだ、と永尾は皮肉に思った。

「ただ俺は、そういう生活が嫌いじゃなかった。もちろん、一軍に上がって華々しく活躍したいという気持ちはあったけど、大卒で入団して五年も一軍と二軍を行ったり来たりの生活が続けば、自分の将来がどうなるかは、だいたい想像がつく。三十になったら肩を叩かれるか、自分から辞めると言わざるを得ない状況に追いこまれるだろうから……何しろプロ野球のチームには、毎年ドラフトで新人が何人も入ってくるんだ。支配下登録選手の数は限られているから、入ってきたのと同じ人数は辞めなくちゃいけない。俺も間もなくそういうリストに載るだろう、と思っていた」

永尾は無言でうなずいた。プロ野球は完全な競争社会であり、一軍の試合で結果を出せない人間は、容赦なく切られる。一億円の契約金を得たドラフト一位の選手も例外ではない。そういう意味では、一般の会社などよりもはるかにシビアな世界なのだ。

「ところが俺は、その後も首を切られなかった。もちろん、便利屋として上手く使われていただけなんだろうけど」

「どのチームでも、キャッチャーは貴重ですからね」

「打てなければ一軍には定着できない。しかし試合をリードすることは、年齢を重ねると自然にできるようになるからね」

　永尾の感覚では、西村は「守備の人」だった。貧弱な打撃力に目を瞑れば、リードは一流である。それは竹藤からも、チームの幹部からも聞いていた。特にチーム内での評価が意外に高かったのをよく覚えている。「あいつが二割五分打てれば、オールスターの常連になれるけどな」。もっともそれも、怪我がなければの話である。西村は怪我の多い選手だった。賭博事件が発覚した後で調べたのだが、プロ二年目に左膝を、六年目に右肩を負傷して、長期離脱している。二軍の試合にも出られず、リハビリに専念するしかなかった時期で、一軍定着、レギュラー奪取の目標はその都度遠のいたに違いない。

「怪我でも苦労しましたよね」

「怪我も自己責任だけどね」西村が皮肉っぽく言った。「ただ、そういうことがあると視野が広くなる……自分が、いかに多くの人に支えられているか、分かるようになるんだ。そこの大口さん——うちのトレーナーにも本当にお世話になった。大口さんがいなければ、俺は最初の膝の怪我でプロ野球をやめていたかもしれない」

「それで、チームスタッフとも深く交流するようになったんですか？」

「中には傲慢な選手もいてね……裏方はあくまで裏方で、スター選手は踏みつけにしてもいい、と考えているような奴が。もちろんそんなことは口には出さなくとも、態度を見れば分かる。俺は、そういう奴らにはとにかく釘を刺したけどね。それに俺自身は、シーズンオフには裏方さんを招いてご苦労さん会をいつもやっていた。もちろん、毎年数人ずつだったけどね。その頃の俺の給料では、何十人も集めてどんちゃん騒ぎをすることは不可能だった」

現役時代の西村の年俸はどれぐらいだったか……一軍半の選手として、辛うじてチームに引っかかっているような状態では、一千万円かそれぐらいだったのではないか。自分が一年で貰う給料とそれほど変わらないと思うと愕然とした。

「そういうこと……チームのたくさんの人と触れ合うことで、風向きが変わってきた。三十を過ぎると、『そのうちコーチだな』と言い出す人が増えてきたんだ」

「人柄ですね」

「人柄でコーチなんていうのは、プロ野球選手にとっては褒め言葉じゃない」西村が軽く抗議した。

「そうですか？」

「コーチの仕事は技術を教えることだ。人間性なんか関係ない。あれこれ説教されるよりも、バッティングフォームを厳しく修正してくれる方がありがたいよ」

「そもそも、そういうコーチングの技術がないと、コーチの候補には上がらないでしょう。あなたの場合は、それに加えて人柄もあったんじゃないですか？」

「そういうことは、自分では言えないな」西村が首を横に振った。「自分で自分を褒めるようなものでね……冗談じゃない」

「コーチの話は、本当だったんでしょうか」

「おそらく、な。バッテリーコーチかブルペンコーチ……何でもよかった。三十を過ぎて、何の保証もなく球団から放り出されるよりも、仕事は何でもいいから残れる方がいい。ヘマしなければ、普通のサラリーマンの定年ぐらいまでは働けたはずだ」

「それが、あの事件で狂ったんですね」

「それはしょうがない……自分が馬鹿だったんだ。正直、あの頃の俺には金がなかった。手っ取り早く金になりそうなことに飛びついたのは、今考えても馬鹿としか言いようがない。あれだったら、株でもやってた方がよほどよかったよ。本当に、馬鹿なことをした」

「賭博は怖いものです。裏にはだいたい暴力団がついていますから、のめりこむと大変なトラブルになる」

「そんなこと、あんたに指摘されなくても十分分かってる」西村が凄んだ。

「失礼しました……あなたの言っていることは、十七年前とまったく変わりませんね」

「そうかね?」

「裁判も全部傍聴しました。よく覚えていますよ」

「そうか……」

「こういう言い方を今するのはどうかと思いますが、あの事件であなたは全てを失った。プロ野球での仕事も、家族も……でも、野球に対する思いだけは消えなかったんですね」

「野球をやっていなければ、俺の人生は下らないものになっていたからね。野球をやっていたからこそ、賭博なんかに手を出して、下らない人生になってしまったとも言えるけど」西村が吐き捨てた。

「ブローカーを始めたのは、野球との縁を保つためだったんですね?」

「抜け出せないんだよ……それより、自分が中途半端に終わってしまったことが嫌だった」

「だから、どんな形でも野球とかかわりたかった、ということですね？」

「ああ……いろいろ言われているけど、俺の仕事はマッチングだと思う」

「強豪校で野球を続けたい有望な中学生と、有力選手が欲しい高校の間をつなぐ——そういうことですね？」

「ああ」西村がうなずく。「もちろん、プロ野球のスカウトの方がずっといいんだけど。一人でやっていると、出て行く金の方が多かったりするからね」

「それでもやめられないわけですか」

「いい選手を見る楽しみはあるからね。それに俺には、実力と将来性を見抜く目はある。自分の力が誰かの役にたってると思うと、それだけで満足できるね」

「そういう中で、鳥井監督とも知り合ったんですね？」

「有力校の監督とは、だいたい知り合いだよ」

「知り合いではなく、密接な関係ですね」永尾は言い直した。昨夜の鳥井の証言をそのまま信じるとすれば、「ずぶずぶ」である。

「まあ……壮徳高校には何人もいい選手を紹介した。確実に、あの高校の役に立っていると思うよ」

「そのせいで、田野倉さんとまずい関係になった」

西村が突然黙りこんだ。横を見ると、うつむき、両手でがっちりと膝を握っている。あんなに力を入れて、古傷に障らないだろうかと心配になるほどだった。

「田野倉さんは、鳥井監督とは同じ高校の野球部でした。彼が三年の時に、鳥井監督が一年……卒業してからもずっとつき合いは続きました。田野倉さんは酒屋を経営していたんですが、早々に息子さんに仕事を譲り渡して、自分は野球三昧の日々——それこそ彼も、ブローカーとして活動していたそうです。壮徳高校にも、何人も選手を送りこみました。鳥井監督も、彼を全面的に信頼していたようですね。高校の先輩後輩という関係もあったし、田野倉さんは目利きとしても優秀だった。ところが、あなたはそこに割りこんだ格好になったんです」

「割りこんではいない」西村が小声で修正した。「我々の仕事は……いや、これは仕事じゃない。ボランティアみたいなものだ。普通の会社同士の取り引きをイメージされたら困る」

「よく分かりませんが……契約書もないんですよね」

「ああ。最初は、選手側の希望だった。三年前かな……山梨県になかなか有望な選手がいて、本人は壮徳高校への進学を希望していた。ところが伝手がなくてね。それで俺がお膳立てして、送りこんでやったんですよ。小柄だけど守備が上手くて足が速い——バッティングもパンチ力があってね。一年の秋からレギュラーになって、チームを支えました。今年の夏で引退したけど、たぶん大学にも推薦で進んで活躍するだろうね。プロレベルに達するかどうかは分からないけど……とにかくそれで、鳥井監督とはいい関係ができた。彼も、有望な選手はいくらでも欲しいからね」

「それで、鳥井監督は、田野倉さんからあなたにシフトしたんですね？」

「田野倉さんは……言ってみれば素人だ。とにかく野球が好きでよく見ているのは間違いないけど、本人は高校野球止まりの人間だったから。俺はプロだった。見立てが違う」

西村が胸を張った。ここに、元プロとしての矜持があるわけか……実際、目利きとしての能力が田野倉よりもはるかに上だったとしてもおかしくはない。

「鳥井監督は、田野倉さんを持ち上げていました。何より高校の先輩だし、いろいろお世話になっている——最初はね。しかし結局、認めたんですよ」

「何を？」

「田野倉さんが紹介した選手は、あまり活躍しなかった。所詮は素人だ——そういう言葉ではありませんでしたけど、実際はそうだったと思います。他のチームの監督も、概ねそういう評価だったようですね。そこへあなたが、新しいブローカーとして新規参入してきた。賭博事件のことはともかく、あなたは十年もプロで飯を食ってきたから、当然選手を見る目もあります。あなたが選んだ選手なら間違いない——そんな風に考えて、あなたに紹介を依頼する監督も増えてきた。結果的にそれが、田野倉さんの仕事を奪ったわけです」

言葉を切り、西村の反応を見る。無言……唇を噛み締め、うつむいていた。逃げ出す気配はない。もしかしたら彼は、ここで永尾を見た時点で全てを諦めたのかもしれない、と思った。もはや逃げられない……。

その時ふと、永尾は別の人間の気配に気づいた。周囲を見回すと、歩道に立っている金崎に気づき、鼓動が跳ね上がった。例の着古したコートを着用し、周囲を見回している。どうしてここに？　偶然な訳がない。彼の守備範囲は東京都内——自分の所轄の中だけなのだ。まさか、後をつけられていた？　そう考えるとかすかな怒りと情けない気分がこみ上げてきたが、何とか堪える。これで、花山に「警察を呼ぶように」というサインを送らなくて済むのだし……金崎は立ち尽くしたまま、こちらを凝視している。しかし姿勢がわずかに前のめり——何かあったらダッシュで駆けつけようという気配だ。

永尾は素早く、彼に向かってうなずきかけた。

「田野倉さんはあなたに接触して、ブローカーから手を引くように迫ったんじゃないですか？　しかしあなたとしては当然、受け入れることはできなかった。今では、原石の選手を発掘して強豪校に送りこむことが生きがい――野球にかかわるアイデンティティになっていたから。手を引くつもりはまったくなかった。違いますか？」

「当たり前だ。俺がやっていることは、野球界を活性化するんだから。田野倉さんのような素人が手を出していいものでもない」

「多くのブローカーは素人でしょう。その実態は分かりませんが、元プロ野球選手のブローカーなんて、ほとんどいないんじゃないですか？　例えば、自分が教えている少年野球チームの有望選手を、強豪校に送りこむようなことはあるかもしれませんが……すみません、話が脱線しました」永尾はさっと頭を下げた。「ブローカーの善し悪しについて議論するつもりはありません。とにかく田野倉さんは、あなたを排除したがった。何度も会って、時には懇願し、時には脅し――鳥井監督にも泣きついていたそうですね。しかし鳥井監督も、仲裁に入るのは嫌がった。それは理解できます。実際には鳥井監督はあなたにシフトして、田野倉さんとは距離を置こうとしていた。田野倉さんに対して、ちょっとシビア過ぎる態度だったかと思いますが」

「高校野球だってシビアな世界なんだ」西村が反論する。「勝つか負けるかで、その後の流れも変わってくる。強豪校はいつまでも強いままでいたいと思うし、その下のレベル──地方大会でベストエイトの常連のようなチームは虎視眈々チャンスを狙っている。どこのチームでもいい選手は欲しいんです」

「そのためには、あなたたちのようなブローカーにも金を払う」

「それは──」西村が咳払いした。やはり、金のことはあまり詳しく話したくないようだ。

「田野倉さんにもプライドや金の問題があったでしょう。あなたに対する憎しみが生まれてもおかしくはなかった。それである日、決定的な出来事が起きた」

見ると、西村の喉仏が大きく上下した。膝を握り締める手に、さらに力が入る。

「逮捕されたのは竹藤でした。どういうことなんでしょう。あなたと竹藤は、今でもつき合いがあったんですか?」

「──ああ」低い声で西村が認めた。

「あんな事件があったにもかかわらず?」

「そういうことは言いたくない」

「そうですか……田野倉さんは殺されました。逮捕されたのは竹藤さんです。間もなく──今週の木曜日には判決公判があります。裁判は傍聴していましたが、事実関係に争いはありませんでしたから、間違いなく有罪判決が出るでしょう。私は最初、彼がどうしてこんなことをしてしまったのか知りたくて、この事件の取材を始めました。しかし、次第に別の側面があることが分かってきたんです」

「俺は……」

「あなたがやったんですか？」永尾は一気に攻めこんだ。「竹藤さんはあなたの罪を被っただけじゃないんですか？」

「それは……」

「竹藤さんはほとんど酒を呑みません。酔って他の客とトラブルになるようなことは、まず考えられないんです。だから最初から不自然な感じがしていた……今私が言っていることは、あくまで推測ですけど、筋はつながるんです」

永尾は自分の推理を話した。論理立てて話すのは難しかったが、何とか必死に……その間、体を捻ってずっと西村の様子を観察していたのだが、彼は固まったままだった。反論しようともしない。それで永尾は、自分の推理は当たったのだと確信した。

「――当たっていますか？　それとも私は、ただ失礼なことを言っただけですか？」

「……当たっている」西村が首を一度だけ縦に振った。

「どうして竹藤が逮捕されたんですか？　罪を被った？　あり得ません」永尾は首を横に振った。「交通事故なら、身代わり出頭ということも珍しくありません。ただ、ことは殺人事件ですよ？　いくら先輩を庇うといっても限界はあるでしょう。どういうことなんですか？」

西村が黙りこむ。両手をきつく握り合わせ、引き結んだ唇も震えていた。話せば全てが終わる……それは分かっていて、迷っているのだ。

顔を上げると、金崎がいつの間にか、歩道から広場に入りこんでいるのが見えた。永尾たちからの距離は五メートルほど。永尾は彼に向かって首を横に振り、これ以上近づかないようにと警告した。金崎はその場に立ち止まり、体をゆっくりと揺らし始める。不機嫌。自分が排除されているとでも思っているのだろう。当たり前だ。こちらはまだ取材中。警察とはいえ、割りこむ権利はない——。

「話してもらえますか？　あなたにとっては辛いことになるかもしれませんが、竹藤さんが無実の罪で服役するのは、いいことではありません。いや、あなたは一生、彼に対する負債を抱えたまま生きていくことになるんですよ？　出所してきたら、彼は五十五歳になっている。あなたは六十五歳だ。それから、何かの方法で彼に恩返しできると思っていますか？　自分の罪は自分で償うべきです」

西村が顔を上げた。そのまま仰け反るように空を見上げる。雲一つない冬空。野球の季節ははるか先だ。

彼はそこに何を見たのだろう。

3

「出し抜きやがったな」

金崎は開口一番、永尾に文句を言った。いや、文句ではなく脅しだ。しかしそれは、永尾の胸にはまったく染みなかった。

「警察の動きが遅いんですよ。それより、何でここにいるんですか？　俺をつけていたんですか？」

「そんなことはどうでもいいだろうが」

金崎が吐き捨てたので、永尾は自分の推理が当たっていると確信した。よほど困っていたのだろうか……そう考えるとかすかに同情する。刑事も、一人きりでやれることには限界があるのだろう。しかもこれは、警察的には「終わった」事件である。仲間のミスを疑うような再捜査を、堂々とできるわけもない。

「それより、今の証言は録音したのか？」

「もちろんです」永尾はスーツのポケットからICレコーダーを取り出した。中に入っていてもきちんと録音できているのは、経験から分かっている。

「ちょっと聞かせてもらおうか」

「駄目です」

「どうして」

永尾は溜息をついた。金崎が不機嫌そうに目を細める。

「これは報道目的で録音したものです。警察に渡すわけにはいきません」

「えらく固いことを言うな」

「テレビの連中が撮影した映像を、警察が証拠として提出を求めて拒否、裁判になったケースがいくらでもありますよ。警察だからと言って、何でも手に入るわけじゃありません。改めて西村に話を聞けばいいでしょう。それこそ警察の仕事です」

「事前の情報が必要だ」

「本当は、全部聞こえてたんでしょう？　そんなに離れた場所にいたわけじゃないんだから」

言って、永尾はスタジアムに向かって歩き出した。西村は、大口と話したいと永尾に頼みこんでいた。これで終わりと覚悟してのことだろうが……拒絶する権利もなく、永尾は西村を大口に引き渡していた。今二人は、スタジアムの中にいる。花山も一緒だった。金崎は「冗談じゃない」と反発したが、今すぐ逮捕できるだけの材料がない以上、強引には出られなかった。

スタジアムは完全に「閉じた」造りではなく、外に向かって開けた場所もある。機材の搬入などのためだろうが、正面ゲート近くに、横にパイプが並んだシャッターだけで閉ざされた場所があって、そこからは中の様子が窺える。三人はホームプレート付近に集まり、何やら話しこんでいた。西村は二人よりもずっと背が高いが、さすがに現役の気配はない。球団スタッフが三人、芝の養生について話し合っているようにしか見えなかった。

「結局、身代わりだったわけか」

横に立った金崎の声は暗い。警察としては完全なミス……間もなく判決公判なのだから、このミスは否定しようもない。検察も同罪である。

「そうなりますね。殺人事件の身代わりは珍しいと思います」

「交通違反ではたまにあるが……参ったな」金崎が両手で顔を擦った。

「こういう場合、どうなるんですか」

「知らねえよ」金崎が乱暴に吐き捨てた。「俺は、こんな経験をしたことはないからな。法手続き上はどうなるか……見当もつかない」

「公判停止、とかですかね」

「このまま判決を言い渡すわけにはいかんだろうな。まあ、その辺を調整するのは警察じゃなくて検察だ。俺たちは粛々と捜査するしかない」

「何でミスしたんですか？」

「警察批判か？」金崎が永尾を睨みつけた。

「批判するためには、もう少し状況を知らないと駄目ですね」

金崎が、シャッターの横棒に指を置き、ぐっと顔を近づけた。三人の様子を見守りながら、低い声で話し続ける。

「あの二人……球団関係者の二人は信用できるのか？　まさか、このまま逃すつもりじゃないだろうな」

「それは心配いらないと思いますよ」永尾もシャッターに近づいた。「あれは……最後なんでしょう」

「最後の思い出作りってことか？」

「茶化す権利は誰にもないと思います」

永尾は金崎を睨みつけた。睨める自分に驚いた。まさか、刑事に対してこんな態度に出られるとは……今は、怒りに突き動かされているのを意識する。警察を出し抜いた快感は――ない。むしろ呆れていた。長年警察の取材をしてきた永尾は、日本の警察の優秀さを身を以て知っていると思っていたが、あれは勘違いか思いこみだったのか。ごく簡単なミスで、一人の人間の人生を完全な破滅に追いこむところだったのだ。

「とにかく」金崎が咳払いした。「奴が殺したのは間違いないんだな?」

「間違いないかどうかは、きちんと捜査してみないと分からないでしょう。ただ本人は、間違いなく自分がやったと言っています」

「つまり、あの事件現場には二人いたわけだ」

「ええ……意外に目立たない場所ですよね。通りからは引っこんでいますし、店内にいた人間が気づかない限り、分からないでしょう。それに、あの分厚いドア越しでは簡単には聞こえないはずだ」

「悲鳴を聞いた人は何人もいるぞ」

「それは、悲鳴が大きかったからでしょう。とにかく、あそこで揉めていたのは竹藤と田野倉ではなく、西村と田野倉だった。竹藤は仲介に入ったか何かしただけじゃないでしょうか」

「二人が揉めた原因が、高校野球ブローカーとしての仕事だった、というわけか」

「ええ」永尾はうなずいた。「田野倉さんは度を越した野球好きで、とうとう自分で選手を発掘して高校に紹介するブローカーを始めた。特に高校の後輩だった鳥井氏が監督をやっていた壮徳高校とのパイプは太く、何人もの選手を送りこんできました。自分が紹介した選手が甲子園で活躍して、その後はプロ野球選手にもなる――それは、かなりプライドをくすぐられる行為だと思います」

「目利きとしてのプライドか……」

「そうですね。ところが、そこへ西村が割りこんできたんです。西村は、賭博事件で逮捕されて、プロ野球の世界から追い出された後も、どうしても野球にかかわっていたかった。それでブローカーとしての活動を始めたんですが、おそらく目利きとしては田野倉さんよりもはるかに上だったんでしょう。田野倉さんも元高校球児ですけど、西村は仮にも元プロです。そういう人間がいきなり横から現れて、鳥井さんに食いこんだ……田野倉さんにすれば面白くないですよね。手を引くように、何度も脅したわけです。しかし西村としては、やめる気はさらさらない。ブローカーとしての活動が、彼に残された唯一のプライドだったからです」

「それであの日、全面衝突に至った――そして殺した」

「ええ。ただ、西村の言い分を信じるとすれば、刃物を持っていたのは田野倉さんの方だったと……揉み合いになって刃物を奪い、それで刺してしまった――揉めているうちに偶然に刺さってしまったということなんですが」

「俺は、その説には乗りたくないね」金崎が鼻を鳴らした。「少しでも罪を軽くするためにそう言ってるんだろうが」

「疑問に思うなら、調べればいいじゃないですか。警察には調べる権利も義務もあるんだから。ただし、真面目に調べれば調べるほど、自分たちのミスを掘り起こすことになりますけどね」

金崎がまた永尾を睨みつけたが、永尾はまったく怖くなかった。彼がいくら反論しようが強気に出ようが、警察が決定的なミスを犯したのは間違いないのだから。ただ、金崎を責めるのは筋違い……彼も、あの捜査に疑問を感じて、たった一人で調べていたのだから。言ってみれば、永尾と同じようなものである。

「とにかく、私が聞けたことには限界があります。後は警察に任せますよ」

「そうだな」

「どうするんですか？」

「特捜――元特捜の連中に連絡した。間もなく、こっちに何人か来るよ」

「金崎さんの説明に納得したんですか？」

「納得するも何も、新しい事実が出てきたら、調べざるを得ないだろうが……まあこれで、竹藤が無実の罪で十五年もぶちこまれるようなことにはならないだろう。しかし、何で奴は身代わり出頭したんだ？　昔のチームメイト、先輩だったことは分かるが、それだけで庇うものかね？　純粋体育会系の人間は単細胞かもしれないが、自分の人生が終わるかもしれないとなったら、少しは考えるだろう」

「そうですね。でも、その辺は竹藤本人に聞いてみないと分かりません。警察も、また竹藤を調べることになるんでしょう？」

「当然そうなる」金崎がうなずいた。「真犯人を庇って逃したとなったら、犯人隠避になるからな。これはこれで、別途起訴されて裁判を受けることになるだろう」

「実刑判決になりますかね」

「裁判のことは何も言えないが、交通事故の身代わりで犯人隠避に問われた人間は、だいたい執行猶予つきの判決を受けているはずだ」

「ということは、竹藤が出てくる可能性もあるんですね」

「だろうね……ああ、来たよ」

振り返ると、スタジアム前広場に面した道路に覆面パトカーが停まり、二人の刑事が車を降りたところだった。離れていても、険しい表情を浮かべているのが分かる。しかも異様な気配――怒りの気配を発している。

「あんたはここまでだ」

「そうですね」

「素直だな」金崎が怪訝そうな表情を浮かべた。「写真ぐらい撮らせろと言うかと思った」

「警察に頭を下げてまで、そんなことは言いたくないですよ」

「じゃあ……言いたくないが、あんたには礼を言うべきかね」

「ご自由に」永尾は肩をすくめた。金崎に礼を言われれば、この場では気分がいいかもしれない。しかしその後は……どうでもいいことだ。

「だったら礼は言わない」金崎が引き攣った顔で言った。「人に頭を下げるような人生は送りたくないからな」

「お好きにどうぞ」うなずき、永尾は一礼した。

金崎が二人の刑事と合流し、打ち合わせを始める。永尾はシャッターに手をかけ、グラウンドにいる三人の様子を窺った。柔らかな冬の陽射しが降り注ぐ中での野球談義……三人が急に首をすくめる。その直後に強い寒風が吹きつけて、永尾も身を縮こまらせた。

西村が突然、ホームプレートの後ろに座りこむ。蹲踞《そんきょ》の姿勢——左手を突き出し、幻のボールをキャッチすると、素早く立ち上がり、二塁に向かって送球する動作を見せた。現役時代に何百回、何千回と繰り返した動きは、まだ錆びついていないように思えた。直後、誰か——たぶん大口の笑い声が響き渡る。お前も腕が落ちたな、とでも言っているのだろうか。西村は後頭部に手を当て、照れているようだった。

金崎たちがスタジアムに入って行く。こういう場所から連行されて行く人も珍しいだろうし、刑事が捜査で球場に入ることもないだろう——いや、十七年前には賭博事件の捜査で十数人の刑事たちが段ボール箱を抱えて球場に入って行った。その場面を、同期の記者がきっちり写真に納めた。

あいつがやれたのだから、自分もやるしかない。

永尾は身を隠す場所を確かめた。スタジアムの周囲にある柱が、いい隠れ場所になる。いつ出て来るかは分からないが、待つぐらいは何でもない。

柱の陰に身を隠し、バッグからコンパクトデジカメを取り出す。支局時代のように、巨大な一眼レフカメラを持ち歩くことはなくなったが、最近はこういうコンパクトデジカメでも、紙面掲載に十分耐えられる写真が撮影できる。実際には、スマートフォンのカメラ機能でも十分だろう。ただしスマートフォンでは、動きのある被写体には上手く対応できない。

待った——三十分。

ざわついた雰囲気が流れ、刑事たちが戻って来るのが分かった。永尾はカメラを構え、気配がする方へレンズを向けた。実際の光景と、モニターに映った光景を交互に見ながら、タイミングを見てシャッターを押す。

西村は逮捕された訳ではなかった。少なくとも、手錠はかけられていない。金崎と若い刑事が両側から挟みこみ、もう一人、背の高いがっしりした刑事が背後を固めている。誰も西村の体に触れていなかった。西村は抵抗せず、その恐れもないと判断したのだろう。

永尾は何度もシャッターを切った。フィルムカメラと違って、まず失敗はない。横を通り過ぎる時に金崎が睨みつけてきたが、何も言わなかった。これぐらいはサービスということか……四人の背中を見送った瞬間、永尾の頭の中で今後の計画が目まぐるしく動き出した。まず、デスクに連絡。警視庁クラブとも打ち合わせて、警察側の動きをチェックしなければならない。永尾は、西村の完全な証言を得ているが、これだけでは記事が書けない。警察がきちんと裏を取り、状況が確認できたところで記事にする——そこで特ダネにするためには、警察との駆け引きが必要だが、その辺は警視庁クラブが何とかしてくれるだろう。何しろこちらは、誤認逮捕という警察の弱みも握っているのだ。

写真を確認する。きちんと撮れていた。西村はうつむくこともなく、真っ直ぐ前を見て歩いている。堂々としているわけではないが、うつむく必要はないと考えていたのか……撮影されたことは分かっているはずだが、顔を背ける気配もなかった。「容疑者連行」の写真としては完璧、百点だろう。

「どうも」

花山に声をかけられ、びくりとする。何と返していいか分からなかった。

「滅茶滅茶にしてしまいましたね」ようやく声が出る。

「それがあなたの仕事でしょう。しょうがないことです」

「また、事件絡みでパイレーツの名前が出ますよ」

「それもしょうがないことだ」花山がゆっくりと息を吐いた。「幸い今の私は、そういう状況に対処すべき立場ではありません。後輩たちが上手くやるでしょう。そもそも今回の件は、チームには関係ないんだし」

必ずしもそうとは言えない。十七年前の人間関係が、この一件の背後にあるのだから。新聞では書ききれないかもしれないが、週刊誌の連中は喜んで長い記事にするだろう。読み応えのある記事に。

「記事にするんでしょう?」

「それが仕事ですから……何より、記事にすることで、竹藤の名誉を回復できると思います」

「そうだねえ」花山が拳を顎に当てる。「まあ……書かないわけにはいかないだろうね。もちろん私には、口出しする権利もないですが、あまりいい気分ではないね」

「すみません。ご迷惑をおかけします」謝る場面ではない、謝る必要もないと思いながら、永尾はつい頭を下げてしまった。

「世の中、どこでどうなっているか、分からないものですね」

「ええ」

「何と言っていいのか、私にも分からない」

「全ての原因は野球かもしれませんね」

花山がはっとした表情を浮かべ、永尾の顔を見た。

「野球に罪はないでしょう」

「もちろんです。でも、野球の魅力に絡め取られて……夢を見た人、欲のある人、そういう人たちが絡んだ事件だったんです」

「そうかもしれない」花山がうなずく。「それだけ野球には魔力があるんでしょう」

「大成功して夢を叶える人なんて、ほんの一握りだ。そこまで辿りつけなかった人は、忸怩《じくじ》たる思いを抱いて生きていくんでしょうね。もちろん、時が流れれば、屈辱の記憶も薄れていくかもしれないけど……忘れられない人もいるんでしょう」

「私もそういう一人だけどね」花山がため息をつく。「あなたの言う通りかもしれない。野球は麻薬ですよ」

そして自分も、そういう麻薬に溺れた一人かもしれない。十七年前、野球絡みの記事で記者としての人生をスタートさせ、今また、野球絡みの記事を書くことで……書くことで何だ？　記者として再出発するのか？

自分は結局、竹藤に寄りかかったまま生きているだけではないかと思った。

4

永尾の記事の影響は大きかった。

警察は結局、水曜日の朝に西村を逮捕した。「誤認逮捕」を報じる永尾の記事が出たのは、まさにその日の朝刊である。警察の動きを先取りしただけの記事にはあまり価値がないとくさされることもあるのだが、今回は意味が違う。警察より先に西村に接触して、真相を全て聞き出していたのだから。

記事は社会面のトップを飾り、夕刊ではさらに西村の逮捕を伝えて背景を書きこんだ。書くべき事はいくらでもあったが、永尾は全ては出さないことにしようと決めていた。衝撃的な真相ではあるが、事はあくまで偶発的な殺人事件である。事件の背景にあった高校野球ブローカーの件を掘り下げるためには、運動部の協力も必要だ。

この記事を受けて、事態は急展開した。司法担当の記者によると、翌日木曜日に予定されていた判決公判は延期。後に日程を見直すことになった。これで殺人事件に関しては、竹藤は無罪になる確率が高い。もちろんその後では、犯人隠避の疑いで起訴されるだろう。実刑判決を受けるかどうかは微妙なところだが……。

その週はずっと、何らかの形で続報を書き続けた。一番嬉しかったのは、各紙が後追いしてきたことである。本当の特ダネとは、各紙が一斉に後追い記事を書かねばならぬような内容……ぱっと人目を引くような見出しの記事でも、内容的にはすぐに追いかけないでいい、と判断されてしまうものもよくある。そういうのは、真の特ダネとは呼ばれないのだ。

一段落した週明け、遊軍部屋でだらだらしていると、藤川がやって来た。何だか会うのは久しぶりである。

「よ」藤川はニヤニヤ笑っていた。「いい記事だったじゃないか……こういうことだったのか」

「最後の最後で上手くパーツがはまっただけですよ」

「偶然とか？」

「そういうわけじゃないですけど……」

「偶然を引き寄せる力も実力のうちだ」

「運も実力、ですか」永尾はうなずいて言ったが、何だか言葉が上滑りしている感じだった。

「軽くいくか？」藤川が口元に盃を持って行く真似をした。

「いいですよ。この事件、もう俺の手を離れてますから」

「あとは、殺人事件の取材と公判取材のやり直しか……竹藤はどうした？」

「一時釈放されるそうです」

「そうなのか？」

「本当は、西村の起訴と、犯人隠避での竹藤の起訴を同時にしたいんでしょうけど、どうもタイミングが合わなかったようで……でも、釈放まではフォローしませんよ」

本当は、本人に会って直接話を聞いてみたい。いったいどうして、あんなことをしたんだ？　いかに先輩とは言え、殺人事件の身代わりで逮捕されるとは尋常ではない。

「あとは警視庁クラブと司法クラブに任せる、か」

「本筋取材の担当はそちらですからね。奢ってもらえます？」

「高い物じゃなければいいよ」藤川がニヤリと笑う。「こっちも懐さびしきおり……な？」

「高い酒なんか呑んだら、胃がびっくりしてひっくり返りますよ……すみません」

スマートフォンが鳴りだした。金崎……先週の月曜日以来会っていないが、何の用事だろう。こちらから話すことはないのだが。

「竹藤が今日、出るぞ」

「何時ですか？」反射的に腕時計を見てしまう。竹藤は、小菅の東京拘置所に入っているはずだ。

「一時ぐらいだと思う。夕刊に間に合うか？」

「今はそれを心配する立場じゃないんですよ」

「ああ？」

「もう、取材は俺の手を離れましたから」

「何だよ、あんたが専任でやってたんじゃないのか」金崎は非常に不満そうだった。せっかく教えてやったのに、とでも思っているのだろう。

「取材は警視庁クラブと司法クラブに戻りました」

「そうか……」

「でも、教えてくれてありがとうございます」永尾は見えない相手に向かって一礼した。

「今後はうちの若い記者もよろしくお願いしますよ」

「所轄勤務のヒラ刑事が、記者さんと接触する機会なんかないよ」

「あったじゃないですか」

「今回はたまたまだ」

吐き捨てるように言い、金崎は電話を切ってしまった。

「どうかしたか?」藤川が敏感に反応した。

「竹藤が拘置所を出るそうです。一時過ぎ」

「そうか……警視庁クラブの連中は当然摑んでると思うけど、一応連絡しておこうか」

「藤川さん、お願いできますか?」

「お前が自分で言えばいいじゃないか」不審げに、藤川が目を細める。

「連中とは、何となく話しにくいんですよ。何だか出し抜いたみたいで。同じ社内で競争していてもしょうがないんですけどね」

「何を気にしてるんだよ?」藤川が驚いたように言った。「そもそも、警視庁クラブの連中の取材が甘いから、こんなことになったんじゃないか。お前がそれを正してやったみたいなものなんだから、遠慮する必要はないんだぜ」

「いや、遠慮します」永尾は苦笑した。「敵は増やしたくないですからね……俺は東京拘置所に行って来ます。夜、約束通り奢って下さいよ」

「それは構わないが……」藤川は不機嫌だった。「お前、もうちょっと胸を張っていいんだぞ。十七年前の新聞協会賞と比べてどうかは分からないが、今回の記事だっていい記事だ。俺はむしろ、今回の記事の方が意義があると思うね。権力のミスをチェックするのが新聞本来の仕事なんだから」

「そうですね……」

応じながらも、永尾は自分で納得できなかった。何なのだろう、この中途半端な気持ちは。娑婆に出て来る竹藤を見たら、何か気持ちは変わるのだろうか。

東京拘置所前は、既に報道陣でざわついていた。こういう情報——誰かが釈放されるなどという情報はいつの間にか流れるもので、このタイミングを逃した社はいないはずだ。脚立に乗ったカメラマン、ＩＣレコーダーを手にした記者たち……永尾にはお馴染みの光景が広がっている。永尾自身は、記者たちの輪に入らず、外側から様子を見守った。これでは竹藤の顔を拝むこともできないのだが……来てはみたものの、竹藤に会うことに意味があるかどうかも分からなくなっていた。

「来た」誰かが囁《ささや》くように言うと、ざわめきが一気に高まった。カメラのシャッター音が鳴り響き、真昼なのにストロボが閃《ひらめ》く。その瞬間、永尾は誘い出されるように記者たちの輪に割って入っていた。「おい！」と怒鳴られたものの、気にならない。やはり、一目竹藤の顔を見ておかないと……。

先々週まで、裁判で竹藤の顔は見ていたのだが、この状況ではまた違って見える。コートなし。スーツ姿でネクタイは締めていない。あのスーツは、逮捕された時に着ていたものだろうか……だったら寒くて仕方がないだろう。何しろ、竹藤が逮捕されたのは夏場で、あのスーツも夏向けのもののはずだ。しかし竹藤はまったく寒さを感じていない様子で、報道陣に向かって深々と一礼した。それこそ、頭が膝にくっつかんばかりに。

あの礼は何なのだろう、と永尾は一瞬戸惑った。迷惑をかけたから？　混乱させたから？　何もマスコミに謝ることなどないのに。

「竹藤さん！　何で身代わりになったんですか？」

「今のお気持ちを一言！」

質問が飛んだが、竹藤は答えるどころか、頭を上げようともしない。永尾は次第に不安になってきた。いったい彼は、何を考えているのだろう。

やがて竹藤は顔を上げた。きりっとしているわけではないが、何かを決意したような厳しい表情。そこへ弁護士の内野が近づいて来て、竹藤の腕を取り、待たせておいた車へ誘導した。

「竹藤さん！」

「一言お願いします！」

報道陣の叫びを完全に無視して、竹藤は車に乗りこんだ。ゆっくりと走り出した車は、報道陣に邪魔されることもなく、そのまま去って行く。しかし……最後の最後で一瞬だけ、後部座席の窓が細く開き、竹藤が顔を覗かせた。

目が合った。

裁判の時と同じように。あの時、竹藤は何か言いたそうにしていたが、今も同じだった。おそらくこの場にいる記者の中で、彼の一番古い知り合いが自分だろう。その永尾に向かって、何か言いたいことがあったのか……何故か、一瞬鼓動が跳ね上がった。

「結局ノーコメントか」藤川が言った。

「ノーコメントどころか、一言も発しませんでした」

今夜は何だか酔いが回るのが早い……新橋の居酒屋で午後六時過ぎから呑み始めて、まだ一時間。普段なら、少し調子が上がってくるか、というタイミングなのに。

「今、竹藤はどうしてるのかね」

「弁護士が面倒を見ていると思いますけど、どうでしょうね……話を聞きたいと思う社は多いでしょうけど、簡単に取材に応じるとは思えないな」

「お前、ちゃんと竹藤に話を聞いて記事にしろよ」藤川が厳しい口調で言った。

「無理でしょう」永尾は弱気に言った。「今更取材に応じるとは思えませんよ」

「しかしな、考えてみろ。第一報で完璧に抜いた後に、第二弾を放つとなったら、本人へのインタビューしか考えられないぞ。だいたい、どうして竹藤が西村を庇ったかは、まだ分かっていないんだろう?」

「そうですね」

永尾はハイボールを一口呑んだ。焼き魚を箸でほじって口に運ぼうとしてやめる。どうも、魚の生臭さとハイボールのシャープな味が合わない。

西村は、その場に居合わせた竹藤に「逃げて下さい」と言われてそのまま従ってしまった、と永尾に証言した。とっさのことで何も言えず、言われるままに従ったが、後に竹藤が逮捕されたというニュースを見て仰天した――しかし、名乗り出ることはできなかった。やはり、恐怖が義務感を上回ったのである。

「今回は問題にしなかったけど、何だっけ……壮徳高校？　そこの監督が人を雇ってお前を黙らせようとしたんだろう？　あれは何のためだったんだ？」

「監督に言わせると、騒ぎを大きくしたくなかった……もしも西村が逮捕されるようなことになれば、自分や高校に被害が及ぶ可能性があるから、ということでした」

「勝手な言い分だな」藤川が吐き捨てる。「書いちまったらどうだ？　怪我はなかったとはいえ、これは立派な犯罪だぞ。何しろお前が当事者なんだから、いくらでも書けるだろう」

「そうなんですけど、気乗りしないんですよね……何だか弱い者いじめをするみたいで」

「変なところで遠慮するんだな」

「実は、壮徳高校の監督は辞めるらしいんです」

「この件で？」

「いや……表向きは健康問題ということですけど、真意は分からないですね。聞く気もないです」

「お前、相変わらず熱がないな。若い頃だったら、もっとガンガン攻めてただろう」

「自分が事件に絡んでしまったからかもしれません。何だかやりにくいんですよ」

言い訳しながら、「熱がない」ことは自分でも認めざるを得なかった。全てを明るみに出すことになったら、もっととんでもないことになるのではないか……ひたすら怖かった。この辺でノートを閉じてしまう方が、多くの人間は幸せになるのではないだろうか。

テーブルに置いたスマートフォンが鳴動する。酔眼で画面を確認すると、見たことのない固定電話の番号が浮かんでいた。取るべきか取らざるべきか……記者の携帯には、多くの電話がかかってくる。得体の知れない――信用できない情報提供の電話も多いのだが、無視はできない。「鳴った電話には必ず出る」という、新人の頃からの教育が身に染みついているからだ。

しかし今回、永尾は躊躇った。何となく――根拠はないのだが、嫌な予感がする。

「出なくていいのか?」

「知らない番号です」我ながら下手な言い訳だと思いながら、永尾はスマートフォンから目を背けた。藤川が何か言うかと思ったが何も言わない。

ほどなく呼び出し音は鳴り止んだ。少ししてから、留守番メッセージが入っていることが分かる。わざわざメッセージまで残したのだから、いたずらではあるまい。知り合いの可能性もある。普段は携帯電話で連絡を取り合っている相手が、たまたま固定電話からかけてきた可能性だってあるのだ。

　しかし永尾は、敢えてそれを無視し続けた。何となくすっきりしない——取材は既に自分の手を離れたとはいえ、何とも中途半端な気持ちだった。本当は竹藤を追いかけ、どうして身代わり出頭などしたのか、理由を聞くべきではないか……しかしどうしても、竹藤に会う気になれなかった。

　自分は、彼の人生を二度も破壊したのではないか？　いや、今回は破滅から救い出してやったはずだが……彼の何らかの計画を破壊したのは間違いない。

　急に酔いが覚めてきた。同時に尿意を催し、スマートフォンを持って立ち上がる。

「ちょっとトイレに行ってきます」

　藤川は何か言いたげだったが、結局何も言わなかった。

　用を済ませると、スマートフォンを取り出す。何かが気になっていた。先ほどの電話番号に、心当たりがあるようなないような……廊下の壁に背中を預け、留守番電話を確認する。

「弁護士の内野です。竹藤さんの弁護を担当していた内野です」

　すぐにピンときた。先ほどの電話番号は、内野の事務所のものだったのだ。取材のアポを取るために電話を入れたことを思い出す。

「早急にご相談したいことがありますので、電話をいただけませんでしょうか」

その後に、自分の携帯電話の番号を告げる。やはり、よほど急用らしい。藤川を待たせたままになってしまうが、かけ直すことにした。内野はすぐに電話に出た。

「東日の永尾です。お電話いただいたようですが……」

「ああ、どうも」内野の声には元気がなかった。

「お急ぎのようですが……竹藤さんの件ですか」

「ええ。彼にはすっかり騙されましたよ」内野が皮肉っぽく言った。

内野は、十七年前の賭博事件で、父親と一緒に竹藤の弁護を担当している。今回も……彼にすれば、「頼られている」実感はあっただろう。しかし、結果的には裏切られたわけだ。竹藤は本当のことを話さず、裁判は思いもかけぬ形でひっくり返った。

「竹藤さんは何と言ってるんですか?」

「申し訳ない、と。それはもちろん、申し訳ないでしょうけど、いったいどういうつもりであんなことをしたのかは、私には言ってくれません」

「結局、内野先生には事実を隠しっぱなしだったわけですね」

「そうなるね」疲れた声で内野が認めた。すぐに、気を取り直したように続ける。「まあ、この仕事をしていると、こういうこともありますよ」

「竹藤さんは、今どうしているんですか？」

「こちらで用意したホテルに泊まっています。二、三日はそこに籠《こも》ってもらうことになるでしょうね」

「マスコミ対策で……」

「その通り。しばらくは、彼を追いかける人間も後を絶たないでしょうから……ところがね、彼はあなたには会いたいそうです」

「私に、ですか？」永尾は思わず声を張り上げてしまった。これは最後にして最大のチャンスなのか？　事件の真相について、彼の口から直接聞けるとなれば……しかし、何かがおかしい。これまでの流れからして、竹藤がマスコミの取材に応じるとは思えなかった。

「そう。私は止めたんですけどね」

「私が弁護士でも止めますよ」

電話の向こうで、内野が乾いた笑い声を上げた。声を聞いただけで、疲れているのが分かる。

「で、どうしますか？　現段階では、私には竹藤さんを止めることはできない。彼は自由の身ですからね」

「会います」反射的に永尾は言ってしまった。拒絶する理由はない。何となく危険な匂いを感じたが、向こうが会いたいと言っているのだから会うべきだ。ただし……藤川には黙っておこう。彼に話せば、絶対に「原稿にしろ」と言われるに決まっている。書くかどうかは、竹藤に会って話を聞いてから、じっくり考えたかった。

5

よりによってベイサイド・スタジアムの前とは……ここで西村に真相を告白させたことを思い出し、永尾は落ち着かない気分になった。竹藤がここを選んだ理由は何なのだろう。

約束の時間の十分前に着き、コンクリート製のベンチに腰かけて待つ。今日は一段と寒く、ダウンジャケットを着ているのに背中が冷たいぐらいだった。無意識のうちに背筋が曲がってしまい、慌てて真っ直ぐ伸ばす。しょげた格好で竹藤を待ちたくなかった。

約束の時間ジャストに、一台の車——シルバーのベンツが広場の前に停まった。助手席から、体を折り曲げるようにして男が出て来る——竹藤。竹藤は、運転席に向かって一礼してから、急ぎ足でこちらに歩き始めた。車は動かない。おそらく、内野が運転してきて、この会談が終わるまで待つつもりなのだろう。

永尾は立ち上がった。向こうは俺を認知しているのか……五メートルほどの距離まで近づいた時、竹藤がすっと頭を下げる。ごく自然な動作で、知り合いに軽く挨拶するような様子だった。

竹藤は、二メートルほどの間隔を置いて永尾と向き合った。ごく真面目な表情――いや、緊張で引き攣っているようにも見えた。今日はスーツ姿ではなく、トレーナーに薄いダウンジャケットという格好である。下はジーンズにニューバランスのスニーカー。この服はどうやって調達したのだろうと、永尾はぼんやりと考えた。

「私に何か、話したいことがあるんですか」永尾が口火を切った。

「それは……」竹藤の口調は曖昧だった。「あなたとは会っておかなければならない気がした」

「十七年前の恨み節ですか」思わず皮肉が口を衝《つ》いて出る。

「いや……自分が悪いんだから、人のせいにはできない。あなたは自分の仕事をしただけでしょう？」

「だったら、今回の件で？」

「けじめ、かもしれない」

「けじめ?」

竹藤がうなずいたが、自信なさげだった。目が赤い。寒風に髪が揺れ、青白い顔が強張った。

「俺は……十七年前に間違って、そのまま間違ったままだったかもしれない」

「今回も間違いだったんですか? どうしてあんなことをしたんです? 殺人事件で身代わりなんて、聞いたことがないですよ」昔の暴力団の抗争では、そういうこともあったようだが。

「西村さんには恩があった。返しきれないほどの恩が」

「プロ入りして、キャッチャーとしてあなたの力を引き出してくれたのが西村さんだったから?」

「それもあります」竹藤がうなずく。「だけどそれ以上に……例の事件で」

「賭博事件? 何言ってるんですか」永尾は呆れた。「あなたは西村に巻きこまれて、プロ野球の世界から追放されたんですよ? 恨みを言うならともかく……」

「それは違う」竹藤がゆっくりと首を横に振った。

「何が違うんですか?」

「俺は……起訴されなかった」

「そうですね」賭博事件に関与した中で、悪質と見なされた人間——西村たち数人は逮捕・起訴されたが、竹藤は「関与が薄い」として起訴猶予処分になっていた。

「どうして起訴されなかったか、分かりますか？」

「悪質じゃなかったからでしょう」何を言い出すんだ……永尾は自分が混乱しているのを意識した。こんな昔の話を、今になって蒸し返されても。

「西村さんのお陰ですよ」

「彼が何かしたんですか？」

「実際よりも、俺の関与が薄いと証言してくれた。本当は俺は、起訴されていてもおかしくなかったんですよ。だけど西村さんは、自分が強引に引きずりこんだだけで、俺はつき合いで嫌々それに従っていただけだ、と警察に証言したんです」

「それで……あなたはそれに話を合わせた？」急に喉の渇きを覚えた。警察は、事実関係は把握していたものの、「重さ」については騙されていたのか？

「西村さんに誘われたのは事実です。でも、その後は……俺の方が賭博にのめりこんでいたと言っていい。でも警察は、賭博事件の中心にいた西村さんの証言を重視した。俺は……『誘われただけか？』と聴かれたら、『そうです』と答えるしかなかった」

「要するに、上手く逃げたわけですか」

永尾の皮肉に、竹藤の顔がまた引き攣った。我ながら当たりが強過ぎると思うのだが、言葉は止められない。

「まさか、その時の恩義を今でも感じていて、今回身代わりになったんじゃないでしょうね？」

「そうです」

「あり得ない……」永尾は力なく首を横に振った。体育会系の人間関係は濃く長く続くものだが、そこまで深いのか？　自分を犠牲にするほどに？

「十七年間、ずっと西村さんに対しては後ろめたい思いを抱いていたんですよ。西村さんは起訴された。俺はされなかった。西村さんはずっと苦労してきたんです」

「それはあなたも同じじゃないですか。野球ができなくなって、仕事も転々として……家族とも別れた。そういう状況にあなたを巻きこんだのは西村ですよ。恨みを抱きこそすれ、後ろめたい気持ちを抱くなんて、それはおかしい」

「説明できません。できないけど、俺はずっと西村さんに申し訳なく思っていた。自分を庇ってくれた人が、野球のことでまたトラブルに巻きこまれて……今度は、何とか自分が助けたいと思ったんですよ」

「ブローカーの件ですね？」

竹藤が無言でうなずく。永尾はゆっくりと息を吐いた。実際に聞いてみれば、何とも単純な、ある意味幼稚とも言える動機。理解するのは難しいが、竹藤が嘘をついているとも思えない。

「これからどうするんですか？」

「さあ……弁護士の先生に聞いた限りでは、俺はまた裁判にかけられるんでしょうね」

「でも、実刑判決は受けないと思う。また社会に出て来るんですよ。その後どうするか、という話です」

「まったく分からないですね」竹藤が悲しげな表情で首を横に振る。

「変なことを聞いていいですか？」

「……どうぞ」言ってはみたものの、竹藤の腰は引けていた。

「十七年前、パイレーツであなたの人生はピークを迎えました。あれほど見事な活躍をしたルーキーは多くない」

竹藤の顔から血の気が引く。栄光の記録も、後に過去形で語られると、屈辱になるかもしれない。「あの時がピーク」と言われれば、その後は転落一途の人生という意味に取れなくもないからだ。

「あの後——賭博事件がなくて、ずっと野球を続けられたら、と考えたことはありますか？」

「毎日」竹藤がうなずいた。「考えない日はなかったですよ。軽い気持ちで手を出したのに、俺は破滅した。もしもずっと野球を続けていたら、二百勝していたかもしれない。大リーグで投げていたかもしれない。それより何より、今でも現役だったかもしれない」

永尾は無言でうなずいた。選手寿命が伸びつつある現代、四十歳でまだ現役であってもおかしくはない。修行のような節制と厳しいトレーニングも、野球を続けたいという強い意志の前では、大きな障害にはならなかったのではないか。

「でも俺は、あの時点で終わったんです。だから残りの人生は、あの一年を思い出にして生きていくしかない。野球は生活の糧でもあったけど、それだけじゃない……夢が叶った一年だったから。多くの選手は、途中で脱落します。でも俺はあの年、全てを手に入れた。それだけで満足すべきだと……人間としては中途半端な俺が、あの年だけはヒーローになれた」

「俺も同じでした」

永尾の告白に、竹藤が目を見開いた。

「あなたのことを書いた記事で、俺は新聞協会賞を受けた。記者としては最高の栄誉で、俺の人生もあの年に——協会賞を受けたのは翌年ですけど——ピークを迎えたと言っていいと思います。でもその後は、何もしてこなかった。実績に胡座をかいて、いつかまたあのレベルの特ダネを書けるとたかをくっていた——何もないまま、四十歳ですよ」永尾は肩をすくめた。

「でも今回、また特ダネを書けたんじゃないですか？」

「そう——でも、考えてみれば、今回もまたあなた頼りだった。新聞記者っていうのは、自分で何かを生み出す人種じゃないんです。誰かがやったことを伝える、それだけの存在なんだ」

「そういう難しいことは分からないけど……俺たちは衰えるだけです。体力の限界は必ず来るし、二度ピークを迎えられる野球選手なんていない」

「分かります」

「でもあなたたちは、俺たちよりもずっと寿命が長い。何回でもピークが来るんじゃないですか？　あなた、自分でそれを証明したようなものでしょう」

どうしてもそうは思えないのだった。結局今回の一件は、十七年前の賭博事件の続きだったのではないか？　自分が書いた記事にどれほどの価値があるのか、まったく判断できなかった。何より、十七年前に感じた興奮は、今回はない。特ダネは特ダネ、それに間違いはないのだが、何故か虚しい。

「これからどうするんですか」

「分かりません」竹藤が首を横に振った。「今更仕事があるとは思えないし。あなたのような人が羨ましいですよ」

「まさか」

「安定して働ける――これよりいいことなんか、ないんじゃないですかね」

「そんなことはない」否定してみたものの、自分の言葉が信じられなかった。上滑りしている。

「本当はね、あなたに恨みの一言でも言おうと思っていたんです」竹藤が打ち明けた。

「十七年前のことはともかく、今回は……あなたが余計なことをしなければ、西村さんが逮捕されることはなかった」

「だけどそれでは、真実が闇に埋もれたままになる。そんなことが許されるわけが――」急に虚しくなって言葉を切った。

「何だか、あなたに会ったらどうでもよくなりました。他人のことをどうこう言う前に、自分のことを何とかしないとね」

竹藤が視線を上げた。目の前のスタジアムで、十七年前、彼は何度も見事なピッチングを披露し、満員の観客の声援を浴びた。その記憶は、どれぐらい深く、心に残っているのだろう。

「お時間いただいて、すみません。失礼します」

言って竹藤が頭を下げ、すぐに踵を返した。何か言わなければ……言うべきことがあるはずだと思ったが、永尾の頭には何も浮かばなかった。

過去の頂点に囚われた男が、姿を消す。これが二度目だ。おそらくもう、竹藤と会うことはあるまい。

そして自分は、どう生きていくべきなのか。現役の記者としての仕事は、もうそれほど長くはできない。しかしその後も人生は続く……再びピークを求めて何かにチャレンジしていくべきなのだろうか。それとも頭を低くして、平穏無事に暮らしていくべきなのだろうか。

答えが出ない疑問だ。

しかし自分は、この先ずっとこの疑問を抱え続けていくだろうということだけは分かっていた。

ピーク　朝日文庫

2022年1月30日　第1刷発行

著　者　堂《どう》場《ば》瞬《しゅん》一《いち》

発行者　三宮博信
発行所　朝日新聞出版
〒104-8011　東京都中央区築地5-3-2
電話　03-5541-8832(編集)
03-5540-7793(販売)
印刷製本　大日本印刷株式会社

Published in Japan by Asahi Shimbun Publications Inc.

ISBN978-4-02-265004-7

堂場　瞬一
暗転

通勤電車が脱線し八〇人以上の死者を出す大惨事が起きた。鉄道会社は何かを隠していると思った老警官とジャーナリストは真相に食らいつく。

貫井　徳郎
乱反射
《日本推理作家協会賞受賞作》

幼い命の死。報われぬ悲しみ。決して法では裁けない「殺人」に、残された家族は沈黙するしかないのか？　社会派エンターテインメントの傑作。

横山　秀夫
震度0《ゼロ》

阪神大震災の朝、県警幹部の一人が姿を消した。失踪を巡り人々の思惑が複雑に交錯する。組織の本質を鋭くえぐる長編警察小説。

恩田　陸
錆びた太陽

立入制限区域を巡回する人型ロボットたちの前に国税庁から派遣されたという謎の女が現れた！　その目的とは？
《解説・宮内悠介》

久坂部　羊
老乱

老い衰える不安を抱える老人と、介護の負担に悩む家族。在宅医療を知る医師がリアルに描いた新たな認知症小説。
《解説・最相葉月》

ディーン・R・クーンツ著／大出　健訳
ベストセラー小説の書き方

どんな本が売れるのか？　世界に知られる超ベストセラー作家が、さまざまな例をひきながら、成功の秘密を明かす好読み物。

朝日文庫

今野 敏
TOKAGE《トカゲ》
特殊遊撃捜査隊

大手銀行の行員が誘拐され、身代金一〇億円が要求された。警視庁捜査一課の覆面バイク部隊「トカゲ」が事件に挑む。《解説・香山二三郎》

鈴峯 紅也
警視庁監察官Q

人並みの感情を失った代わりに、超記憶能力を得た監察官・小田垣観月。アイスクイーンと呼ばれる彼女が警察内部に巣食う悪を裁く新シリーズ！

中山 七里
闘う君の唄を

新任幼稚園教諭の喜多嶋凛は自らの理想を貫き、周囲から認められていくのだが……。どんでん返しの帝王が贈る驚愕のミステリ。《解説・大矢博子》

湊 かなえ
物語のおわり

悩みを抱えた者たちが北海道へひとり旅をする。道中に手渡されたのは結末の書かれていない小説だった。本当の結末とは――。《解説・藤村忠寿》

宇佐美 まこと
夜の声を聴く

引きこもりの隆太が誘われたのは、一一年前の一家殺人事件に端を発する悲哀渦巻く世界だった！平穏な日常が揺らぐ衝撃の書き下ろしミステリー。

小説トリッパー編集部編
20の短編小説

人気作家二〇人が「二〇」をテーマに短編を競作。現代小説の最前線にいる作家たちのエッセンスが一冊で味わえる、最強のアンソロジー。